Ullstein

ÜBER DAS BUCH:

Gerry Kells ist ein Killer. Sagt jedenfalls die Polizei, die ihm eine Serie von Morden in die Schuhe schieben möchte. Kells selbst, einst hochdekorierter Scharfschütze im Ersten Weltkrieg, sieht sich als Spieler. Im Los Angeles der Depressionsjahre möchte er ans große Geld kommen. Die Gelegenheit dazu ergibt sich, als Kells von einer Ladung Kokain hört, die demnächst an Land geschafft werden soll. Doch Kells übersieht, daß Polizei und Stadtverwaltung längst im Sold der Gangstersyndikate stehen. Zum Verhängnis aber wird ihm schließlich seine Liebe zu Granquist, der trunksüchtigen Schwedin, die ebenfalls für das Syndikat arbeitet.
NULL AUF HUNDERT, erstmals 1932 in Fortsetzungen im legendären *Black-Mask*-Magazin veröffentlicht, ist eines der großen und zu Unrecht lange in Vergessenheit geratenen Meisterwerke der Kriminalliteratur.

DER AUTOR:

Der Amerikaner Paul Cain (eigentlich George Sims, 1902–1966) begann seine Karriere als Autor Anfang der zwanziger Jahre in den Stummfilmstudios von Hollywood, wo er unter anderem mit Josef von Sternberg zusammenarbeitete. Film und später Fernsehen, für die er unter dem Pseudonym Peter Ruric schrieb, blieben auch seine Haupteinnahmequellen, nachdem *Black Mask* in den frühen dreißiger Jahren zwölf seiner Kurzgeschichten veröffentlicht hatte.
NULL AUF HUNDERT, 1933 erstmals als Buch erschienen, ist sein einziger Roman.

FÜR
GERTRUDE MICHAEL

PAUL CAIN

Null auf Hundert

Übersetzt von Jürgen Behrens

ULLSTEIN

Kriminalroman
Ullstein Buch Nr. 23990
im Verlag Ullstein GmbH,
Frankfurt/M – Berlin
Titel der amerikanischen
Originalausgabe:
Fast One

Neuauflage der deutschen Erstausgabe

Umschlaggestaltung:
Vera Bauer
Umschlagbild:
Pictor International

Printed in Germany 1996
Gesamtherstellung:
Ebner Ulm
ISBN 3 548 23990 0

April 1996
Gedruckt auf alterungsbeständigem
Papier mit chlorfrei
gebleichtem Zellstoff

Die Deutsche Bibliothek – CIP-Einheitsaufnahme

Cain, Paul:
Null auf hundert / Paul Cain. Übers. von Jürgen Behrens. –
Neuaufl. der dt. Erstausg. – Frankfurt/M ;
Berlin : Ullstein, 1996
(Ullstein-Buch; Nr. 23990 : Kriminalroman)
ISBN 3-548-23990-0
NE: GT
Vw: Sims, George [Wirkl. Name] → Cain, Paul

INHALT

ZWEITAUSENDVIERHUNDERT

Kells lief auf der Spring Street nach Norden. An der Fifth wandte er sich nach Westen, ging zwei Seitenstraßen weiter und betrat einen kleinen Zigarettenladen. Er nickte dem gedrungenen, kahlköpfigen Mann hinter dem Ladentisch zu und schritt durch eine Milchglastür in ein großes, kahles Hinterzimmer.

Der Mann, der an einem ausladenden Schreibtisch saß, erhob sich, sagte zur Begrüßung herzlich Hallo, ging zu einer anderen Tür, öffnete sie, sagte: »Gehen wir hier rein.«

Kells kam in einen sehr kleinen Raum, der von dem angrenzenden Zimmer durch eine Milchglaswand abgeteilt war. Er setzte sich auf ein verschlissenes Sofa an der einen Wand, lehnte sich zurück, faltete die Hände über dem Bauch und schaute Jack Rose an.

Die Ellbogen aufgelegt, saß Rose an einem runden Tisch mit grünem Schonbezug, das lange, schmale Kinn in eine Hand gestützt. Er war ein brünetter, fast zu hübsch aussehender junger Mann, dessen Leben als Jake Rosencrancz in Brooklyn und Queens begonnen hatte. Er sagte: »Hast du schon mal die Geschichte von den drei Bären gehört?«

Kells nickte. Er saß nur da, musterte Rose ernst und bewegte den Kopf langsam auf und ab.

Rose lächelte. »Dacht' ich mir doch, daß du die schon mal gehört hast.« Er führte die Finger seiner einen Hand an eine Kopfseite und zupfte heftig am Ohrläppchen. »Jetzt erzähl du mir eine. Erzähl mir, wie du's geschafft hast, im vierten Rennen soviel Kies mit *Kiosque* zu machen.«

Kells lächelte schwach, verträumt. Er sagte: »Du glaubst doch nicht, daß ich einen Insidertip von jemandem bekommen habe, den du bisher übersehen hast, oder doch, Jakie?« Er stand auf, reckte sich übertrieben, ging quer durch den Raum und tat so, als besichtige er eine große Karte des Los Angeles County an der gegenüberliegenden Wand.

Rose blieb unverwandt sitzen. Er starrte mit leerem Gesichtsausdruck auf das Sofa. »Ich kann's noch mit *Bolero* deichseln.«

Kells schlenderte zurück, baute sich neben dem Tisch auf. Er blickte auf eine kleine Armbanduhr an der Innenseite seines linken Handgelenks und sagte: »Du kannst vielleicht deinen Draht zur Rennbahn spielen lassen, aber deine Verbindungsleute im Osten erreichst du nicht mehr rechtzeitig.« Er lächelte mit sanfter Ironie. »Aber jedenfalls hast du hier den raffiniertesten Buchmacherring an der Küste – den gerissensten Buchmacherring westlich des Mississippi, bei Gott! Hör mal, du würdest es dir doch nicht mit deiner betuchten Kundschaft in Beverly Hills verderben wollen, oder?«

Kells drehte sich um, ging zurück zum Sofa, ließ sich müde hineinsinken und faltete die Hände wieder über dem Bauch. »Sag mal, was soll das Ganze? Ich pick' mir zwei saftige Gewinner in Reihenfolge raus, und schon quäkst du rum. Zum Teufel, was kümmert's dich, wie viele ich mir rauspicke? – Das Syndikat ist draußen, du nicht.«

Er rutschte seitwärts, bis sein Kopf auf der Armlehne des Sofas ruhte. Er zog eins seiner langen Beine auf den Sitz und streckte das andere auf dem Fußboden weit von sich. Eindringlich betrachtete er einen geräuschvoll sich drehenden Ventilator auf dem Regal in einer Ecke. »Du hast mich doch nicht bei dieser Hitze hergelockt, um mit mir über Pferde zu reden.«

Rose trug einen leichten schwarzen Filzhut. Er schob ihn über die hohe gebräunte Stirn zurück, entnahm einem schmalen Kästchen auf dem Tisch eine Zigarette und zündete sie an. Er sagte: »Ich will die *Joanna D.* wieder flottmachen – Doc Haardt und ich werden sie gemeinsam betreiben – sein Schiff, mein Bankkonto.«

Kells meinte: »Aha.« Er starrte unverwandt auf den Ventilator, ohne sich zu bewegen oder eine Miene zu verziehen.

Rose räusperte sich, fuhr fort: »Die *Joanna* war früher mal die einzige schwimmende Spielhölle an der Küste, aber dann kam Fay mit der *Eaglet* dazu, und dann hat Max Hesse eine Achtzig-Meter-Jacht ausgerüstet und den beiden die Spieler abgejagt.« Rose hielt inne, um einen kleinen Fetzen Zigarettenpapier von seiner Unterlippe zu entfernen. »Vor etwa drei Monaten haben sich Fay und Doc zusammengetan und Jagd auf Hesse gemacht. Man erzählt sich, daß einer der Spieler eine Pralinenschachtel auf der *Monte Carlo* – das ist Hesses Boot – zurückgelassen hat, die dann gegen zwei Uhr morgens explodiert ist. Niemand ist dabei groß zu Schaden gekommen, aber die Gäste haben einen mächtigen Schreck gekriegt, und dann ging das Gerücht um, daß die Schachtel beim nächsten Mal größer sein würde, so daß Hesse die Fliege gemacht hat und weiter die Küste rauf ist. Aber vielleicht hast du das alles schon gehört.«

Kells schaute auf den Tischventilator, zeigte die Andeutung eines Lächelns. Er sagte: »Na ja – ich hab' das alles ein bißchen anders gehört.«

»Mußt du ja wohl.« Rose zerdrückte seine Zigarette und fuhr fort:

»Ein paar Wochen lang ist alles glatt gelaufen. Die *Joanna* und das Schiff von Fay ankerten in sieben Kilometer Abstand voneinander, und ihre Zubringer haben vom selben Steg abgelegt; alle beide hatten Männer an den Gangways, die jeden gefilzt haben, der an Bord gegangen ist – das war gar nicht gut fürs Geschäft. Dann hat sich jemand an den Sicherheitsleuten der *Joanna* vorbeigeschlichen und da die nächste Zeitbombe gelegt. Die ist dabei fast auseinandergeflogen; sie mußte abgeschleppt werden und kam schließlich ins Trockendock.«

Kells sagte: »Ja ja, ja ja.«

»Heute abend fährt sie wieder raus.« Rose entnahm dem schmalen Kästchen die nächste Zigarette und rollte sie mit der Hand sacht über den grünen Filz des Tisches.

Kells fragte: »Und was hat das nun mit mir zu tun?«

Rose zupfte lose Tabakfäden von einem Ende der Zigarette und leckte das Papier an. »Hast du mal 'n Streichholz?«

Kells schüttelte bedächtig den Kopf.

Rose sagte: »Sag Fay, er soll die Finger davon lassen.«

Kells lachte auf – ein langes, etwas schrilles, sarkastisches Lachen.

»Dann *bitte* ihn, die Finger davon zu lassen.«

»Erledige deine Angelegenheiten selber, Jakie.« Kells schwang herum, setzte sich auf, schaute Rose jetzt direkt ins Gesicht.

»Für einen jungen Burschen, den man allgemein für ziemlich schlau hält«, sagte er, »hast du manchmal ziemlich blöde Einfälle.«

»Du bist doch ein Freund von Fay.«

»Klar.« Kells nickte betont. »Klar, ich bin jedermanns Freund. Ich bin der Knabe, über den sie die Lieder vom netten Kumpel schreiben.« Er stand auf. »War das alles, Jakie?«

Rose sagte: »Komm heute abend raus auf die *Joanna.*«

Kells grinste. »Schlag's dir aus dem Kopf. Du weißt verdammt genau, daß ich in solchen Häusern nie mit Geld um mich schmeiße. Überhaupt bin ich kein Berufsspieler – ich bin ein Playboy. Komm doch irgendwann in meinem Hotel vorbei und schau dir meine Trophäen an.«

»Ich meine, komm doch raus und schau dir mal die Einrichtung an.« Rose erhob sich und lächelte zaghaft. »Ich hab' fünf neue Roulettetische aufgestellt und –«

»Ich hab' so'n Glücksrad schon gesehen«, sagte Kells. »Interessiert mich nicht die Bohne.« Er wandte sich zur Tür.

Rose sagte: »Ich geb' dir 'nen Anteil von fünfzehn Prozent.«

Kells blieb stehen, drehte sich langsam um und ging zurück an den Tisch. »Anteil *wovon*?«

»Der Gesamteinnahme von heute an.«

»Wofür?«

»Damit du dich drei- oder viermal die Woche sehen läßt ... das Vertrauen wiederherstellst.«

Kells ließ seinen Blick nicht los. »Wessen Vertrauen, worin?«

»Ach Quatsch. Hören wir mit diesem verdammten Blödsinn auf und reden wir vom Geschäft.« Rose setzte sich, fand ein Streichholzbriefchen und zündete sich seine schlappe Zigarette an. »Man hält dich für 'nen guten Freund von Fay. Ob du's nun bist oder nicht, geht mich nichts an. Der Punkt ist, daß jeder glaubt, du bist es. Und wenn du dich ab und zu auf dem Schiff zeigst, wird es so aussehen, als hätten wir alles unter Kontrolle, als wenn Fay und ich ein Abkommen getroffen haben. Verstehst du?«

Kells nickte. »Warum *triffst* du dann kein Abkommen?«

»Ich versuch' schon seit Wochen, Fay zu erreichen.« Rose zupfte wieder an seinem Ohrläppchen. »Diese Küste ist breit genug für uns alle, zum Teufel; aber er will das nicht einsehen. Er ist stur. Er glaubt, daß jeder ihn reinzulegen versucht.«

»Wahrscheinlich tut's jeder.« Kells stützte eine Hand auf den Tisch, beugte sich hinüber und lächelte zu Rose hinunter. »Jetzt will ich dir mal was sagen, Jakie. Du willst mich auf der *Joanna* haben, weil es in diesem Winkel des Landes so aussieht, als wär' ich der beste Schutz, mit einer Menge Macht dahinter, die sich einer nur wünschen kann. Mit diesem achtzehnkarätigen Ruf, den ich habe, willst du dich schmücken, damit rumwedeln und all die bösen kleinen Buben damit verscheuchen.«

Rose sagte: »Na schön, na schön!«

Das Telefon auf dem Tisch schnarrte. Rose nahm den Hörer auf, sagte dreimal hintereinander »Ja« in die Sprechmuschel, und dann, bevor er auflegte: »In Ordnung, Liebes.«

Kells fuhr fort: »Hör zu, Jakie. Ich will damit nichts zu tun haben. Ich bin immer ganz gut allein zurechtgekommen, und ich werd' auch weiterhin ziemlich gut allein fertig werden. Jedenfalls würde ich nicht mal dann in ein Geschäft mit Doc Haardt einsteigen, wenn er mit dem Bürgermeister schlafen würde – ich hasse seine ganze Art, und ich würde mich verkrümeln, wenn ich nicht der Meinung wäre, daß er mich auch haßt.«

Rose machte eine hilflose Handbewegung.

Kells hatte sich aufgerichtet. Er betrachtete jetzt prüfend den Nagel seines Zeigefingers. »Ich bin vor ein paar Monaten mit zwei Tausendern hier angekommen und hab' sie ziemlich gut rollen lassen. Ich hab' eine hübsche kleine Bude mit eingebauter Bar im *Ambassador*; ich hab' jede Menge Telefonnummern und etliche tausend Freunde auf der Bank. Es macht 'ne Menge mehr Spaß, den Namen eines Rennpferdchens zu raten, als zu raten, wie der nächste Fremde heißen wird, den ich angeblich erschossen haben soll. So wie es ist, habe ich eine Menge Spaß. Ich will bei nichts mitmachen, absolut bei nichts.«

Rose stand auf. »Okay.«

Kells sagte: »Bis dann, Jakie.« Er wandte sich ab, ging durch die Tür, dann draußen durch den großen Raum und durch den Zigarrenladen hinaus auf die Straße. Er lief ein Stück die Seventh Street hoch und nahm sich dann ein Taxi. Als sie an der großen Normaluhr Ecke Dyas Street vorbeifuhren, war es zwanzig Minuten nach drei.

2

Der Mann am Empfangspult händigte Kells ein paar Briefe und eine Nachricht aus: *Anruf von Mr. Dave Perry um 2 Uhr 35 und dann noch mal um 3 Uhr 25. Bittet um Ihren Rückruf oder um Ihren Besuch bei ihm zu Hause. Wichtig!*

Kells ging auf sein Zimmer und meldete ein Gespräch mit Perry an. Er mixte sich einen Drink, las die Briefe, während ihn das Mädchen in der Telefonvermittlung zweimal anrief, um ihm mitzuteilen, daß die Leitung besetzt war. Als sie wieder anrief, sagte er: »Laß gut sein«, ging nach unten und nahm ein Taxi. Er gab dem Fahrer Anweisung: »Ecke Chirokee und Hollywood Boulevard.«

Perry wohnte in einer Art Penthouse ganz oben in den Virginia Apartments. Kells erklomm die schmale Treppe zum Dach, klopfte an die mit Eisenblech beschlagene Feuertür. Er klopfte wieder, dann drehte er den Türknauf und stieß die Tür auf.

Ein Krachen erfüllte das Zimmer. Kaum drinnen, ließ Kells sich auf ein Knie fallen und schlug die Tür hinter sich zu. Ein Streifen Sonnenlicht fiel durch zwei hohe Fenster in den Raum, färbte den Teppich gelb. Doc Haardt lag auf dem Rücken, Brust und Beine im Schatten, wie von dem Lichtstrahl halbiert. An einer Seite der Kehle war ein häßliches rundes, bläuliches Mal, und während Kells hinschaute, breitete sich darum ein roter Fleck aus.

Ruth Perry saß auf einer niedrigen Couch an der Wand und starrte auf Haardts Leichnam.

Irgendwo im hinteren Teil des Hauses schlug eine Tür zu.

Kells richtete sich auf und drehte den Schlüssel in der Tür, durch die er gerade gekommen war. Dann ging er schnell durchs Zimmer und blieb über dem Leichnam stehen.

Haardt war ein großer Holländer mit schlaffen Wangen und dem Mund voller Gold gewesen. Sein totes Gesicht sah aus, als würde er gleich lospoltern: »Na ja ... Ich sag's euch ...« Eine kleine Automatik lag neben seinen Füßen am Boden.

Ruth Perry stand von der Couch auf und fing an zu schreien. Kells umspannte mit einer Hand ihren Nacken und hielt ihr mit der anderen den Mund zu. Sie machte einen Schritt nach vorn und schlang wild die Arme um ihn. Sie schaute zu ihm hoch und zog seine Hand von ihrem Mund weg.

»Liebling! Ich hab' gedacht, er wollte auf dich los!« Sie sprach sehr schnell. Ihr Gesicht war vor Angst verzerrt. »Er war eine Stunde hier. Er wollte, daß Dave dich anruft ...«

Kells tätschelte ihre Wange. »Wer denn, Baby?«

»Ich weiß nicht.« Sie machte sich von ihm los. »Ein Warmer. Ein kleiner Kerl mit Brille.«

Kells deutete mit dem Kopf zu Haardts Leichnam, fragte: »Was war mit Doc?«

»Er ist gegen halb drei gekommen ... Hat gesagt, er müßte dich treffen, wollte aber nicht zu dir ins Hotel gehen. Dave hat angerufen und eine Nachricht hinterlassen. Dann ist vor ungefähr einer Stunde dieses kleine Schwein hereinspaziert und hat befohlen, daß wir uns alle auf den Boden setzen sollten ...«

Draußen hämmerte jemand an die Tür.

Auf Zehenspitzen schlichen sie zu einem kleinen Bogengang mit Vorhängen, der ins Eßzimmer führte. Mitten im Gang lag Dave Perry auf dem Bauch.

Ruth Perry sagte: »Der kleine Kerl hat Dave eins verpaßt, als er sich aufs Telefon stürzen wollte, nachdem er dich angerufen hatte. Vor einer Weile ist er zu sich gekommen, und der kleine Kerl hat ihm noch mal eins versetzt. Dieser kleine Strolch.«

Wieder schlug jemand an die Tür, und das Geräusch lauter Stimmen drang gedämpft herein.

Kells sagte: »Ich bin für die ein gefundenes Fressen, wenn sie mich hier finden. Darauf ist das Ganze angelegt.« Er deutete mit einem Kopfnicken zur Tür. »Können die hintenrum zur Küche kommen?«

»Nein, es sei denn, sie gehen erst runter und kommen über die Feuertreppe hoch. Auf diesem Weg ist unser brutaler Freund gekommen.«

»Ich geh' den anderen Weg.« Kells ging mit schnellen Schritten zu Haardts Leichnam, kniete sich hin und hob die Pistole auf. »Ich nehm' das hier mit, damit deine Geschichte gut klingt. Halt dich genau dran, aber sag nichts von den Anrufen und von dem Grund, weswegen Doc hier gewesen ist.«

Ruth Perry nickte. Ihre Augen glänzten vor Aufregung.

Kells sagte: »Ich will sehen, was ich über diese Tunte rausfinden kann – und das Mädchen in der Telefonzentrale vom Hotel und den Taxifahrer, der mich hergebracht hat, bring ich schon zur Räson.«

Das Hämmern an der Tür wurde immer stärker. Jemand stemmte sich mit massigen Schultern dagegen, sie splitterte in den Angeln.

Kells war schon auf dem Weg ins Schlafzimmer, wandte sich dann um und kam noch einmal zurück. Sie hob ihm ihren Mund entgegen, und er küßte sie. »Überlaß nicht diesem Trottel, deinem Mann, das Reden«, sagte er – er wies mit dem Kopf nach unten zu Dave Perry – »Und vielleicht wirst du jetzt besser ohnmächtig, damit du 'ne Ausrede hast, warum du nicht an die Tür gegangen bist. Laß die sie einschlagen.«

»Mein Gott, Gerry! Ich bin viel zu aufgeregt, um jetzt in Ohnmacht zu fallen.«

Kells küßte sie noch einmal leicht. Sein Arm auf der ihr abgewandten Seite fuhr blitzschnell hoch; die Handfläche nach unten, die Faust locker geballt. Seine Knöchel krachten scharf gegen ihr Kinn. Er fing sie mit den Armen auf, trug sie ins Wohnzimmer und legte sie sanft auf den Boden. Dann zog er sein Taschentuch, wischte sorgfältig die kleine Automatik ab und legte sie auf den Fußboden zwischen Haardt, Perry und Ruth Perry.

Er ging zurück ins Schlafzimmer und dann in das angrenzende Bad. Er schob das Fenster hoch und stieg auf einen schmalen Sims. Zur Straße hin war er von einer Gebäudeecke des Nachbarhauses vor Blicken geschützt, und von der Gasse her schirmte ihn ein dichtbelaubter Baum ab, der aus dem Hinterhof des Apartmenthauses aufragte. Nach ein paar vorsichtigen Schritten auf dem Sims ertastete sein Fuß eine Eisensprosse, fand Halt, dann schwang er sich hinunter zur nächsten, sprang das kurze Stück hinüber auf den Sims eines offenen Korridorfensters im Nachbargebäude.

Er lief den Korridor hinunter, dann einige Treppen abwärts und verließ das Gebäude durch eine Hintertür. Eine Gasse durchquerend, ging er durch ein Holztor auf den Innenhof einer Bungalowanlage und von dort zur Whitley Street. Dann wandte er sich nach Norden.

3

Cullens Haus stand am Nordosthang der Whitley Heights unweit der Cahuenga. Beim vierten Klingeln kam er an die Tür, stand auf der Schwelle, blinzelte Kells zu. »Nanu, Fremder, lange nicht gesehen!«

Cullen war ein stämmiger Mann von ungefähr fünfundvierzig Jahren. Er hatte ein rundes blasses Gesicht, ein blauschattiges Kinn und blauschwarzes Haar. Abgesehen von der gelbseidenen Pyjamahose war er nackt; über die Breite seiner Brust war kunstvoll ein Schiff unter vollen Segeln tätowiert.

Kells sagte: »Da bist du ja, Willie«, und Cullen ließ ihn vorbei ins Zimmer. Er setzte sich in einen tiefen Ledersessel, legte seinen Panamahut ab und fuhr sich mit den Fingern durch rotes, leicht angegrautes Haar.

Cullen ging in die Küche, kam zurück mit zwei hohen Gläsern, einem Krug mit Eiswürfeln und einer gedrungenen, kantigen Flasche.

Kells sagte: »Also, Willie –«

Cullen hob eine Hand. »Warte. Sag gar nichts! Laß mich raten.« Er schloß die Augen, spielte mit entrückter Miene den Gedankenleser, dann öffnete er die Augen wieder, setzte sich und goß beiden die Drinks ein. »Du steckst schon wieder im Schlamassel«, sagte er.

Kells verzog den Mund zu einem freudlosen Lächeln und nickte. »Du bist ein Genie, Willie.« Er nippte an seinem Drink und lehnte sich zurück.

Cullen machte es sich bequem.

Kells sagte: »Du kennst doch Max Hesse ziemlich gut. Du bist schon mal draußen in seinem Haus in Flintridge gewesen.«

»Sicher.«

»Weißt du, wie Dave Perry aussieht?«

»Nein.«

Kells setzte sein Glas ab. »Ein kleiner gelackter Kerl, Glubschaugen, gewichster Schnurrbart. Trägt graue Seidenhemden mit feingewebten Streifen. Hat in Frisco ein paar Lastwagen laufen gehabt – hatte Beziehungen zu Leuten, die einen Ring von Lagerhäusern betreiben. Ist vor ungefähr einem Jahr wegen ein paar gefälschter Liberty-Anleihen angeklagt worden und dabei pleite gegangen, die ganze Sache geradezubiegen. Als er noch ganz oben gewesen ist, hat er Grant Fays Schwester geheiratet.«

»Die hab' ich schon mal gesehen«, sagte Cullen. »Leckere Puppe.«

»Du hast Dave nie bei Hesse gesehen?«

Cullen schüttelte den Kopf. »Ich glaube nicht.«

»Na schön. Hätte sowieso nicht viel zu bedeuten.« Kells griff zu seinem Glas, trank es leer und stand auf. »Ich möchte mal telefonieren.«

Er wählte eine Nummer, die in großen Lettern auf den Einband des Telefonbuchs gedruckt war, und ließ sich mit dem Reporterzimmer verbinden. Als die Verbindung hergestellt wurde, fragte er nach Shep Beery, sprach sachlich und unbeteiligt in den Apparat.« Hör zu, Shep, hier ist Gerry. Du wirst wahrscheinlich gleich ein paar Neuigkeiten über mich hören ... Ja ja ... Ruf Granite sechs fünf eins sechs an ... Und Shep – wie war der Einlauf beim vierten Rennen in Juana? ... Danke, Shep. Die Nummer hast du? ... Okay.«

Cullen goß ihnen wieder ein. »Falls das alles so schlimm ist, wie es sich anhört, dann bist du wirklich ein vertrauensseliger Typ«, bemerkte er.

Kells wählte die nächste Nummer. Über die Schulter gewandt, sagte er: »Ich gewinne zweitausendvierhundert auf *Kiosque.*«

»Wie schön.«

»Perry hat gegen vier Uhr Doc Haardt erschossen.«

»Wie schön. Und wo bist du gewesen?« Cullen ließ die Flüssigkeit im Glas kreisen.

Kells drückte immer wieder auf die Gabel. »Diese gottverdammten Telefone!«, sagte er. Er wählte die Nummer noch einmal, drehte sich um und lächelte Cullen zu. »Ich bin *hier* gewesen.«

In der Leitung klickte es. Kells hob den Hörer ans Ohr, fragte: »Hat Nummer vier jetzt Dienst?« Er mußte einen Moment warten, sagte dann: »Hallo, Stella! Hier ist Mr. Kells ... Hören Sie zu, Stella. Heute zwischen zwei und vier Uhr sind keine Anrufe für mich gekommen ... Ich weiß ja, daß sie eingetragen sind, Baby, aber ich will sie gelöscht haben! Können Sie zusehen, wie man das anstellen kann? ... Jetzt gleich? ... Ja, das ist schön! Und, Stella, die Nummer, die ich so gegen halb vier angerufen habe – ja, wo besetzt gewesen ist ... Ja, das war Granite sechs fünf eins sechs ... Haben Sie das? ... Sehr schön, Kleine. Ich erzähl's Ihnen später. Tschüs.«

Cullen meinte: »Wie ich gerade sagte – du bist ein sehr vertrauensseliges Wesen.«

Kells blätterte durch die Seiten eines kleinen, blauen Adreßbuches. »Nur noch eine«, sagte er, mehr zu sich selbst. Wieder drehte er die Wählscheibe. »Hallo? – Yellow Taxi? Taxistand Ambassador bitte!... Hallo? Ist Achtundfünfzig da?... Das ist doch der kleine, kahlköpfige Mick, oder?... Nein, nein. Mick... Ja sicher... Schikken Sie ihn nach zwei neun Iris Circle, sobald er zurück ist... Zwei... Neun... Das ist in Hollywood; dicht an der Cahuenga...«

Ohne zu sprechen, saßen sie eine Weile einander gegenüber. Kells nippte an seinem Drink und starrte aus dem Fenster. Dann sagte er: »Ich zieh' hier für dich keine Nummer ab, Willie. Ich weiß nicht, wie ich's dir sagen soll; bisher ergibt alles noch keinen Sinn.« Träge lächelte er Cullen zu. »Bist du gut im Rätselraten?«

»Mächtig gut.«

Das Telefon klingelte. Cullen stand auf, um ranzugehen.

Kells sagte: »Vielleicht ist das die Antwort.«

Cullen holte ihn ans Telefon. Er sagte: »Ja, Shep?«, und hörte eine Weile stumm zu. Dann sagte er »Danke«, legte auf und ging zurück zu dem tiefen Ledersessel. »Schätze, es läuft nicht ganz so, wie ich's mir ausgerechnet hatte«, sagte er. »Gegen mich ist ein Haftbefehl raus.«

Langsam und sarkastisch sagte Cullen: »Mein lieber Freund, sie werden das getürkte Telefongespräch zurückverfolgen, um das sich deine Freundin gerade kümmert. Oder sie schnappen sich den Taxifahrer, bevor er bei dir ist. In 'ner Viertelstunde trudeln hier ganze Wagenladungen mit Polypen ein.«

»Das geht schon in Ordnung, Willie. Du kannst dann mit denen reden.«

Cullen grinste freudlos. »Ich hab' seit vier Jahren mit keinem Cop mehr geredet.«

Kells beugte sich in seinem Sessel vor. »Hör zu. Doc ist zu Perry gegangen, wo er mich treffen wollte... Weswegen wohl? Ich bin bei Jack Rose gewesen, der mir den Vorschlag gemacht hat, mit ihm und Doc raus auf die *Joanna* zu fahren. Offenbar rechnen die sich aus, daß Faye oder Hesse mit harten Bandagen spielen wollen. Und mich wollten sie für diesen Fall als Feuerschutz.«

Er schaute auf seine Armbanduhr.

Cullen warf Eiswürfel für den nächsten Drink in sein Glas.

Kells fuhr hastig fort: »Als ich bei Perry die Tür aufmache, besorgt es jemand Doc gerade und verschwindet dann ab durch die kalte Küche. Na ja, oder auch nur vielleicht. Die Hintertür ist zugeschlagen, aber das könnte auch von der Zugluft gewesen sein, als ich vorn die

Tür aufgemacht habe. Dave liegt auf der Matte mit 'ner Beule überm Ohr, und Ruth Perry erzählt, daß eine kleine Schwuchtel mit Brille Doc erschossen und dann Dave eins übergezogen hat, als er zum Telefon wollte . . .«

Cullen sagte: »Du erfindest das alles doch nicht so einfach aus dem hohlen Bauch?«

Kells beachtete Cullens Einwand nicht. »Die Knarre liegt am Boden. Ich hab' Ruth gesagt, sie soll bei ihrer Geschichte bleiben . . .«

Cullens Augenbraue zuckte hoch, und seine Lippen verzogen sich zur Andeutung eines Lächeln.

Kells sagte: »Das wird sie auch«, um dann fortzufahren: ». . . und versuchen, daß Dave die Klappe hält, während ich mir ein Alibi ausdenke und rauszufinden versuche, worum es hier eigentlich geht. Ich hab' ihr eins verpaßt, damit alles ganz echt aussieht. Und dann ist mir der glänzende Einfall gekommen, daß man alle beide festhalten wird, wenn ich die Waffe zurücklasse, ganz gleich, welche Geschichte sie ihnen auftischen. Irgendwen müssen sie ja festhalten; Doc hat in der City 'ne Masse Freunde gehabt.«

Kells leerte sein Glas, griff nach seinem Hut und setzte ihn auf. »Ich kann mir vorstellen, daß Ruth Dave stecken wird, ich würde an der Sache arbeiten, und daß er dann vielleicht die Klappe hält, sofern er nicht in diesem Komplott drinsteckt.«

Cullen seufzte schwer auf.

Kells sagte: »Aber er ist dabei. Shep hat mir erzählt, Dave hätte behauptet, daß ich Streit mit Doc gehabt habe, ihn erschossen und dann Dave eins übergebraten hätte, als er versucht hat, mich daran zu hindern. Shep konnte nicht rausfinden, welche Story Ruth erzählt, aber ich geh' jede Wette ein, daß sie noch immer die mit dem kleinen Kerl erzählt.« Er erhob sich. »Die halten beide *incommunicado* fest. Und eins ist bombensicher: Reilly hat die Verhaftung vorgenommen. Aber was zum Teufel hat Reilly da draußen zu suchen gehabt, es sei denn, er hat 'nen Tip bekommen.«

Cullen meinte: »Das war 'ne abgesprochene Sache. Es ist das Mädchen gewesen.«

Kells schüttelte langsam den Kopf.

»Dave weiß das und versucht sie zu decken«, fuhr Cullen fort. »Sie hat dir den Schwindel mit dem kleinen Kerl aufgetischt, und ich könnte wetten, daß sie gerade jetzt genau dieselbe Geschichte erzählt wie Dave.«

»Falsch!«

Cullen lachte. »Wenn du nicht selbst glauben würdest, daß das nicht möglich ist, würdest du jetzt nicht so ein Gesicht machen.«

»Du bist ja verrückt! Falls sie mich hätte reinlegen wollen, hätte sie doch keine Show abgezogen. Sie hätte nicht . . .«

»O doch, hätte sie! Sie läßt dich abziehen, und dann zeigt sie von weitem mit dem Finger auf dich.« Cullen kratzte sich unter dem Arm und gähnte.

Kells fragte: »Und was ist mit Dave?«

»Dem hat vielleicht Doc den Scheitel gezogen.«

»Sie hätte gejubelt.«

»Vielleicht.« Cullen stand auf und trat ans Fenster. »Vielleicht hat sie gejubelt und trotzdem gleichzeitig abgedrückt. So was soll schon vorgekommen sein, verstehst du?«

Kells schüttelte den Kopf. »Ich seh' das nicht so«, sagte er. »Dafür hat die Sache viel zu viele Haken.«

»Du willst das bloß nicht sehen.« Cullen wandte sich vom Fenster ab, grinste. »Du verstehst überhaupt nichts von weiblicher Psychologie.«

Kells sagte: »Ich hab' sie doch erfunden.«

Cullens Mund verzog sich zu einer breiten, dünnen Linie, und er nickte heftig. »Klar doch«, sagte er. »Es gibt eine Menge Jungs, die ihre Zeit in Quentin absitzen, die restlichen Jahre an den Fingern abzählen und ebenfalls glauben, sie hätten sie erfunden.« Er ging zur Treppe und machte dann wieder kehrt. »Jedenfalls mußt du so eine Ahnung gehabt haben, als du Beweisstück A auf dem Boden hast liegenlassen.«

»Ich bin abergläubisch. Ich habe seit über einem Jahr keine Waffe mehr getragen.« Kells lächelte leicht.

Cullen sagte: »Da ist noch so ein Haken – sie ist Fays Schwester.«

»Wie schön für sie, aber das bedeutet gar nichts.«

»Könnte aber sein.« Wieder gähnte Cullen ausgiebig, kratzte sich die Arme.

Kells fragte: »Irgendeine Vermutung?«

»Ja, schon. Ich bin gerade dabeigewesen, ein paar Tütchen Stoff aufzukochen, als du mit deinem großen Drama hier reingeplatzt bist.« Cullen deutete mit dem Kopf zur Treppe. »Eileen ist oben.«

Kells sagte: »Ich dachte, die letzte Kur war erfolgreich?«

»Klar. Durchschlagend.« Cullen lächelte schläfrig. »Genau wie die anderen neun davor. Ich bin runter auf zwei Dröhnungen pro Tag.«

Sie schauten einander eine Zeitlang ausdruckslos an.

Ein Wagen keuchte das kurze, gewundene Hangstück unterhalb der Einfahrt hoch, hielt dann an. Kells drehte sich um und ging in das Halbdunkel der Küche. Ein Summer schnarrte. Cullen ging zur Eingangstür, machte auf, sagte: »Kommen Sie rein!« Ein kleiner Ire in der Uniform eines Taxifahrers kam ins Zimmer und nahm seine Mütze ab. Cullen ging zurück zu seinem Sessel und setzte sich mit dem Rücken zum Eingang. Er nahm seinen Drink in die Hand.

Das Telefon klingelte.

Kells kam aus der Küche und nahm ab. Eine Weile blieb er mit dem Hörer in der Hand stehen und starrte den Taxifahrer mit leerem Gesichtsausdruck an. Dann sagte er »Danke, Kindchen«, und legte auf. Er schob eine Hand in die Tasche und zog ein ordentlich gefaltetes Bündel Geldscheine heraus. »Als Sie mich gegen vier Uhr vom Hotel hierhergefahren haben«, sagte er, »hab' ich ganz vergessen, Ihnen ein Trinkgeld zu geben.« Er blätterte zwei Geldscheine von dem Bündel und streckte sie dem Fahrer hin.

Der kleine Mann trat vor, nahm die Scheine und untersuchte sie. Der eine war ein Hunderter, der andere ein Fünfziger. »Muß ich das vor Gericht angeben?« fragte er.

Kells lächelte, schüttelte den Kopf. »Wahrscheinlich müssen Sie das nirgends erzählen.«

Der Fahrer sagte: »Besten Dank auch, Sir.« Er setzte die Mütze auf und ging zur Tür.

Kells rief ihm hinterher: »Warten Sie einen Moment!« Zu Cullen gewandt, sagte er: »Kann ich deine Karre benutzen, Willie?«

Cullen nickte ohne sonderliche Begeisterung und ohne sich auch nur umzudrehen.

Kells wandte sich an den Fahrer. »Also gut, Paddy. Ich fänd's gut, wenn Sie jetzt irgendwo 'ne Stunde rumhängen. Wenn Sie dann irgendwer irgendwas fragt, können Sie demjenigen ja sagen, daß Sie mich – auf ihrer letzten Fuhre – hier abgeholt und runter nach Malibu gefahren haben. Keine Hausnummer – nur die Tankstelle oder irgendwas.«

Der Fahrer sagte: »Wird gemacht«, und ging hinaus.

»Unsere Polizeibehörde, die jetzt unter Volldampf arbeitet, hat Stella in die Mache genommen.« Kells ging zurück zu seinem Sessel, setzte sich auf die Kante und grinste Cullen fröhlich zu. »Wieviel Bargeld hast du im Haus, Willie?«

Cullens tragischer Blick schweifte zur Decke.

»Es ist zu spät, jetzt noch zur Bank zu gehen«, fuhr Kells fort. »Und mit Sicherheit kann ich mich morgen früh keiner Bank bis auf einen Kilometer nähern. Die werden überall postiert sein.«

»Ich könnte durchkommen. Aber jetzt habe ich bloß ungefähr dreißig Dollar da.«

Kells lachte auf. »Die behältst du besser für Zigaretten hier. Ich muß diese Sache pronto deichseln, und wahrscheinlich brauch' ich da ein bißchen mehr als Klimpergeld – vielleicht muß ich auch 'ne kleine Reise machen.« Er stand auf, ging durchs Zimmer und musterte sein schmales weißes Gesicht in einem Spiegel. Er beugte sich vor, rieb mit zwei Fingern seiner einen Hand leicht übers Kinn. »Ich frag' mich, ob mir Mexiko gefallen wird.«

Cullen sagte nichts dazu.

Kells wandte sich vom Spiegel ab. »Ich schätze, ich muß das Risiko eingehen, mir Rose und meine vierundzwanzig Hunderter zu schnappen.«

Cullen sagte: »Das wird ein großer Spaß.«

4

Die ersten Verkehrsampeln und Leuchtreklamen waren eingeschaltet, als Kells an der Fourth Street zwischen Broadway und Hill einparkte. Er ging die Hill bis zur Fifth hinauf, verschwand in einem Eckhaus, stieg dort die Treppe bis zum dritten Stock hoch und lief den Flur hinunter bis zu einem Fenster, das auf der Seite der Fifth Street lag. Dort blieb er einige Minuten stehen und beobachtete aufmerksam die Passanten unten auf dem Bürgersteig. Dann ging er zu dem geliehenen Auto zurück.

Als er den Zündschlüssel umdrehte, kam ein junger, rotbackiger Streifenpolizist über die Straße, setzte einen Fuß schwer auf das Trittbrett, eine Hand gewichtig auf den Fensterrahmen der Fahrertür gestemmt. »Wissen Sie nicht, daß man hier zwischen vier und sechs Uhr nicht parken darf?« fragte er.

Kells schielte auf seine Armbanduhr. Es war jetzt fünf Uhr fünfunddreißig. Er sagte: »Nein, ich bin fremd hier.«

»Dann zeigen Sie doch mal Ihre Fahrerlaubnis.«

Kells lächelte und sagte fast unbeteiligt: »Ich habe sie leider nicht dabei.«

Der Streifenpolizist schüttelte traurig den Kopf. »Wo kommen Sie her?« fragte er.

»San Francisco.«

»Sie sind hier in einer Großstadt, mein Lieber.« Der Streifenpolizist schaute mißmutig auf Kells, auf das Auto, auf den Himmel. Längere Zeit schien er in Gedanken versunken. Dann sagte er nur: »Na schön. Jetzt wissen Sie Bescheid.«

Kells fuhr die Fourth hinauf bis zum Ende der Steigung. Seine Augen waren halb geschlossen, und sein Gesichtsausdruck beinahe sanft. Er fluchte leise, obszön und ohne Unterbrechung.

Als er den Wagen an der Grand geparkt hatte und den steil abfallenden Hügel bis zum Hintereingang des *Biltmore* hinuntergegangen war, war seine Wut verraucht. Im neunten Stock stieg er aus dem Fahrstuhl, übersah den starrend fragenden Blick der Frau am Empfangspult, lief über einen langen Flur und klopfte an die Tür zur Suite 9 D.

Rose öffnete ihm. Fünf Sekunden lang blieb er wortlos und bewegungslos stehen, fuhr sich dann mit der Zunge über die Unterlippe und sagte: »Komm rein.«

Kells trat ins Zimmer.

Ein stämmiger, blaßäugiger junger Mann hockte rittlings auf einem kleinen Stuhl, die Ellbogen auf die Rückenlehne gestützt, das Kinn auf die Hände gelegt. Sein sandfarbenes Haar war ordentlich über eine Stirnseite gekämmt. Sein Mund stand leicht offen, und er atmete hörbar und regelmäßig.

Rose sagte: »Das hier ist Mr. O'Donnell aus Kansas City . . . Mr. Kells.«

Den Stuhl noch immer mit Beinen und Armen umklammernd, stand der junge Mann halb auf und streckte ihm eine schweinchenrosa Hand entgegen. »Nett, Sie kennenzulernen.«

Kells schüttelte ihm flüchtig die Hand, sagte: »Ich bin vorbeigekommen, meinen Kies abzuholen.«

»Na klar.« Rose ging zu einem Schränkchen, entnahm ihm drei Gläser und eine Flasche Whisky. »Warum hast du's nicht im Laden abgeholt?«

Kells ging durchs Zimmer und setzte sich auf die Lehne eines ausladenden, üppig gepolsterten Sessels. O'Donnell hatte sich die Hemdärmel aufgekrempelt. Ein Stück seitlich hinter Kells lag O'Donnells Jacke auf dem Tisch.

Kells sagte: »Ich brauche es bar.«

Rose stellte die Flasche und die Gläser auf dem breiten Tisch in der Mitte ab. »Ich hab' kein Bargeld hier«, sagte er. »Wir müssen zum

Laden rübergehen.« Er ging zum Telefon, das auf einer in die Wand eingelassenen Schreibtischplatte stand. »Ich bestell uns White Rock.«

Kells sagte: »Nein.«

Rose blieb stehen, wandte sich um – er lächelte breit. O'Donnell löste sich von seinem Stuhl und bewegte sich lässig auf Kells zu. Seine blassen Augen waren auf Kells Magengegend gerichtet. Kells sprang auf, trat schnell und geschmeidig zwei Schritte zur Seite und schnappte sich O'Donnells Jacke. Die Automatik im Schulterhalfter unter der Jacke fiel scheppernd zu Boden. O'Donnell sprang mit ausgestreckten Händen nach vorn, und Kells trat ihm hart auf die Finger, schnellte ein Knie hoch und traf O'Donnell schwer im Gesicht. O'Donnell gab einen Grunzlaut von sich, verlor das Gleichgewicht und fiel hintenüber; stumm rollte er auf dem Boden herum und hielt sich die Nase mit beiden Händen.

Rose stand neben dem Tisch in der Mitte, die Whiskyflasche am Hals gepackt. Er lächelte noch immer, als wäre Gipsmasse hart geworden und hätte seine Züge eingefroren.

Kells bückte sich und hob die Waffe auf.

In der einen Längswand des Zimmers war eine Flügeltür, die in ein Schlafzimmer führte, und an der Wand gegenüber war die Tür zum Bad. Sie wurde aufgestoßen, und eine Frau mit superoxydblondem Haar streckte den Kopf heraus. Sie rief: »Was ist denn los, Jack?«

In einem der Spiegel der breiten Flügeltür konnte Kells undeutlich ihr Gesicht sehen. Er selbst und O'Donnell befanden sich außerhalb ihres Gesichtsfelds.

Rose sagte: »Es ist nichts, Süße.« Er kippte die Flasche und goß sich ein Glas voll.

»Ist Lou noch hier?« Sie hob die Stimme, damit er sie über das Geräusch des einlaufenden Wassers hinweg hören konnte.

»Nein.«

Die blonde Frau machte die Tür zu. O'Donnell setzte sich auf, zog ein Taschentuch hervor und breitete es über seine Nase.

Kells sagte: »Also dann . . .«

Rose schüttelte langsam den Kopf. »Ich hab' nur einen Hunderter und einen Zehner hier.«

Kells rieb sich mit der Kuppe seines Mittelfingers einen Augenwinkel. Er sagte: »Also schön, Jakie. Ich möchte jetzt, daß du den Laden anrufst. Und du sagst dann genau folgendes: ›Hallo, Frank‹ – und falls dann nicht Frank rangeht, möchte ich, daß du wartest, bis Frank ans Telefon kommt. Und dann sagst du zu ihm: ›Bring mir sofort dreitausend Dollar rüber ins Hotel.‹ Und dann möchte ich, daß du auflegst.«

Rose hob sein Glas und trank. »Im Laden sind nicht mehr als vierhundert Dollar«, sagte er. »Alles Bargeld ist drüben auf der *Joanna* – für die Eröffnung.«

Kells warf ihm einen langen, abschätzenden Blick zu. »Na schön. Dann schnapp dir deinen Hut.«

Rose zögerte einen Moment, blickte hinunter auf O'Donnell, ging dann zu einem Stuhl neben der Schlafzimmertür und griff sich seinen Hut.

Kells sagte: »Und jetzt, Jakie, zurück ins Schlafzimmer.« Kells nahm die Automatik in die linke Hand, packte mit seiner rechten O'Donnell hinten am Kragen. »Verzeihung, Mr. O'Donnell.«

Er schleifte O'Donnell über den Boden bis zur Schlafzimmertür – Rose ging vor ihnen her – und zerrte ihn dann durchs Schlafzimmer bis zum Bad. Er riß die Badezimmertür auf, stellte O'Donnell auf die Füße und schob ihn hinein. Die blonde Frau schrie laut auf. Dann zog Kells den Schlüssel ab, der drinnen im Schloß der Badezimmertür steckte, warf die Tür zu, schnitt damit den zweiten Schrei der blonden Frau ab, die von ihrem neuen Badegast nicht begeistert schien, und sperrte ab.

Rose stand am Ende der beiden Doppelbetten. Seine dunkle Haut spannte sich straff über den Kiefermuskeln. Er sah aus, als wäre ihm schlecht.

Kells steckte den Schlüssel in die Tasche. Er grinste und sagte: »Also dann – komm.«

Gemeinsam gingen sie bis zur Außentür der Suite. Kells hob den Saum seiner Anzugweste, schob den Lauf der Automatik in den Hosenbund. Er öffnete den Gürtel, machte ihn ein paar Löcher weiter, bis die Pistole so sicher und bequem wie möglich unterhalb seines Rippenbogens verstaut war. Dann zog er den Saum seiner Weste über den Pistolengriff. Schlank wie er war, war nur noch eine kleine Ausbuchtung zu sehen. Er sagte: »Jakie, kannst du dir vorstellen, wie schnell ich das Ding ziehen und wie sicher ich damit umgehen kann?«

Rose blieb stumm. Er strich mit den Fingern einer Hand über seine linke Gesichtshälfte und starrte dabei zu Boden.

Kells fuhr fort: »Man hat mich heute einmal mit einem Ganoventrick reingelegt, aber das klappt bei mir kein zweites Mal. Beim nächsten Mal geht's hart auf hart – und was ich dann mit dir anstellen würde, ob im Foyer des *Biltmore* oder anderswo, falls du dahintersteckst, kannst du dir gar nicht vorstellen.« Er stieß die Tür auf und schaltete das Licht aus. »Gehen wir!«

Sie fuhren mit dem Fahrstuhl nach unten, gingen dann durch die Galeria nach draußen auf die Fifth Street und weiter bis zu ihrem südlichsten Ende an der Einmündung zur Grand Street. Sie nahmen die Steigung, bis sie zum Auto kamen.

Kells sagte: »Besser, du fährst jetzt, Jake. Ich hab' keinen Führerschein.«

Rose sagte, er habe seinen Führerschein auch nicht dabei.

5

Rose fuhr. Sie nahmen die Grand hinauf bis zur Tenth und dann die Tenth hinaus bis zur Main. Als sie sich auf der Main in Richtung Süden wandten, drehte sich Kells auf dem Vordersitz so, daß sein Gesicht dem von Rose ganz nahe war. Er sagte: »Wer hat Doc erschossen?«

Rose wandte den Kopf und lächelte leicht. »Präsident Roosevelt, wer sonst?«

Kells leckte sich die Lippen. »Nun komm schon! Wer hat Doc erschossen, Jakie?«

Roses Augen waren geradeaus gerichtet. Er wandte sein spitzes Kinn nur um den Bruchteil eines Zentimeters zu Kells, sprach ganz leise, überredend, fast ohne die Lippen zu bewegen. »Perry und der Bezirksanwalt und sämtliche Zeitungen behaupten, daß du es gewesen bist. Ach, weißt du, mir reicht das!«

Kells lachte glucksend. Er sagte: »Bleib dabei! Dein kleiner Freund aus Kansas City wird ja nicht ewig untergetaucht bleiben.« Er schaute zu, wie die Nadel seines Sekundenzeigers von fünfundzwanzig auf fünfunddreißig übersprang. »Das muß reichen.«

Sie fuhren auf der Main Street bis zur Slauson, bogen dann auf den Truck Boulevard und von dort nach Süden.

Kells sagte: »Also Jakie, du bist ein großartiger Fahrer. Du hättest damals in Brooklyn im Taxigeschäft bleiben sollen.« Er schaute hoch zu dem langsam dunkler werdenden Himmel und fuhr dann wie im Selbstgespräch fort: »Dieses Spiel muß einen ganz raffinierten Hintergrund haben. Das, was auf allen Schiffen zusammen abgezockt wird, wäre die ganze Trickserei nicht wert – die Schießereien und die Bomben und das ganze Drumherum.« Er wandte sich langsam mit samtweichem Blick an Rose. »Worum geht's da eigentlich?«

Rose schwieg. Er verzog amüsiert die Mundwinkel.

Als sie sich dem P. & Q.-Dock näherten, wo die Zubringerboote der *Joanna* angetäut lagen, sagte Kells: »Jetzt, wo wir uns heimischem Boden nähern, siehst du viel zufriedener und ruhiger aus. Aber denk dran, Jakie – ein falsches Wort, eine falsche Bewegung, und du bekommst eins mitten in den Bauch. Ich bin in der richtigen Verfassung dazu. Ich werde wild, wenn ein Ganove wie du versucht, mich reinzulegen.«

Sie ließen das Auto auf einem Abstellplatz, gingen das Dock hinunter. Für Kundschaft war es noch viel zu früh. Ein paar Würfler und Kartengeber von den Black-Jack-Tischen, Kellner, ein Mann von der Aufsicht, der Kells entfernt bekannt vorkam, lungerten in dem kleinen Raum herum und warteten darauf, mit dem ersten Boot ablegen zu können. Die Gespräche verstummten, als Kells und Rose in den Warteraum kamen.

»Hallo, Boss«, sagte der Aufsichtsmann zu Rose und nickte Kells zu.

Rose sagte: »Gehen wir!«

Der Besitzer der Zubringerboote kam aus seinem kleinen Büro. Er sagte: »Mickey ist noch nicht hier. Er macht die erste Fahrt.«

Rose wandte den Blick von ihm ab und sagte: »Dann fahren Sie uns selbst raus.«

Der Mann nickte etwas unsicher, schloß seine Bürotür ab und ging hinaus zu seiner kleinen Flottille von vier Booten, die die *Joanna* ansteuerten. Die Kartengeber und Kellner standen auf und folgten ihm. Der Mann von der Aufsicht blieb zurück. Er benahm sich so, als wolle er mit Rose reden.

Kells faßte Rose am Arm. »Gehen wir einen Augenblick da rüber«, sagte er.

Sie gingen über das Dock zu der Anlegestelle, wo eine kurze Gangway den Kai mit einem der Zubringerboote der *Eaglet* verband. Ein großer, rotgesichtiger Mann machte sich am Motor zu schaffen.

Kells rief ihm zu: »Ist Fay schon an Bord gegangen?«

Der Mann richtete sich auf, nickte. »Er ist gegen sechs Uhr rübergefahren.«

Kells sagte: »Fahren Sie rüber und sagen Sie Fay, daß Kells Sie geschickt hat. Sagen Sie ihm, daß ich an Bord der *Joanna* gehe, um mir Geld abzuholen. Sagen Sie ihm, er soll Ihnen ein paar Jungs mitgeben. Und dann fahren Sie rüber zur *Joanna* und halten sich in ihrer Nähe, bis ich Ihnen ein Signal gebe, mich abzuholen. Haben Sie das mitbekommen?«

Der rotgesichtige Mann sagte: »Ja, Sir – aber wir erwarten hier heute abend eine Menge Menschen – und eins der Boote fällt aus, weil es keine Zulassung mehr hat . . .«

Kells sagte: »Das geht schon in Ordnung – ein Boot reicht für die Leute aus. Die Sache hier ist wichtig.« Er grinste Rose zu. »Oder nicht, Jakie?«

Nur Roses Mund lächelte; seine Augen waren sehr kalt und schienen in weite Ferne gerichtet.

Der rotgesichtige Mann sagte: »Also gut, Mr. Kells.« Er riß an der Zugleine, und als der Motor lief, setzte er die große Aluminiumabdeckung darüber, machte die Leinen los und ging ans Ruder.

Kells und Rose schlenderten über den Kai zurück, dann hinunter zum Anlegesteg, wo sie auf den Zubringer der *Joanna* stiegen. Ein Helfer machte die Leinen los, und das Fährboot legte ab, steuerte hinaus in die Bucht.

Auf dem Wasser wurde es jetzt sehr schnell dunkel.

Sie umrundeten die Mole, hielten auf ein fernes Blinklicht zu. Einer der Kartengeber sprach mit gedämpfter Stimme auf den Mann am Steuer ein; zwei der Kellner schwatzten munter auf italienisch. Die anderen waren still.

Während der fünfunddreißig oder vierzig Minuten, die sie brauchten, um zur *Joanna* zu kommen, frischte der Wind auf, und das Boot wurde von der Dünung hochgehoben und tauchte in Wellentäler ab. Durch einen dünnen Nebelschleier kamen die Lichter der *Joanna* in der Dunkelheit näher.

Einen Schritt hinter Rose, etwas links von ihm, stieg Kells die Gangway hinauf. Einige Seeleute und Gaffer standen an der Reling und starrten neugierig. Sie durchquerten das Restaurant auf dem Oberdeck, gingen eine mit einem breiten roten Teppich ausgelegte Treppe hinunter in den größten der Spielsäle. Er erstreckte sich fast über die ganze Breite und Länge des Schiffs. Dutzende grünbespannter Tische standen längs der Seitenwände; Blackjack, Faro, Roulette, Würfeltische. Zwei Croupiers zogen das Leinentuch von einem der großen Roulettetische.

Unten an der Treppe wandten sie sich zu einem weißen Schott querschiffs. In das Schott waren drei Türen eingelassen; die mittlere stand offen. Sie gingen hinein.

Swanstrom saß in einem zur Seite geneigten Drehstuhl vor einem großen Rollsekretär. Swanstrom war Doc Haardts Hausmanager gewesen; er war ein sehr fetter Mann mit großen braunen Augen, einem trägen Lächeln und flinkem Blick. Ein schwarzweißes Kätzchen lag zusammengerollt auf seinem Schoß.

Der Drehstuhl quietschte, als er sich schwerfällig herumschwang und aufstand. Er setzte das Kätzchen auf der Schreibtischplatte ab, sagte: »Wie geht's denn so, Jake?«

Rose nickte abwesend, räusperte sich. »Darf ich vorstellen: Das hier ist Mr. Kells . . . Mr. Swanstrom.«

Swanstrom öffnete den Mund zur Begrüßung. Er streckte Kells die Hand entgegen und schaute zur Tür. Kells war knapp hinter der Tür stehengeblieben; er drehte sich halb um und machte sie zu, drückte den kleinen Messingknauf, und das Schnappschloß rastete ein. Er stand da, schaute zu Rose hin, musterte den Raum.

Von der Deckenmitte hing eine Zugpendelleuchte mit blauem Schirm, und über dem Rollsekretär war eine zweite Lampe angebracht. An einer Wand befand sich ein großer, altmodischer Safe, neben dem eine kurze Leiter stand, die hinauf zu einem schmalen, schulterhohen Podest führte, das sich über die ganze Breite des Vorderschotts erstreckte – dem, durch das sie hereingekommen waren. Das Schott über dem Podest war mit Stahlplatten verstärkt, die etwa in Augenhöhe eines mittelgroßen Mannes mit einem durchgehenden, fünf Zentimeter breiten Schlitz versehen waren. Auf dem Podest ans Schott gelehnt, standen zwei Gewehre vom Kaliber .30–.30. Hinter dem Rollsekretär befand sich eine weitere schmale Tür.

Rose ging an den Sekretär und setzte sich. Er zog ein graues, ledernes Schlüsseletui aus seiner Tasche und schloß eine der Schreibtischschubladen auf. Er zog die Schublade auf, entnahm ihr ein Zigarrenkästchen und klappte den Deckel hoch. Er legte ein dickes Bündel Hundert-Dollar-Noten heraus, streifte das Gummiband ab, das er sich über zwei Finger zog und zählte vierundzwanzig Scheine ab. Den Rest tat er in die Kiste zurück, verstaute sie wieder in der Schublade, die er abschloß. Noch einmal zählte er das Geld durch und streckte es Kells hin. »Also, wenn du mir jetzt bitte eine Quittung geben würdest . . .« sagte er.

Kells nahm das Geld, stopfte es in seine Innentasche und sagte: »Klar. Schreib sie selbst aus.« Sein Gesicht war hart und ausdruckslos.

Rose kritzelte ein paar Worte auf ein Stück Papier. Kells ging zum Sekretär, beugte sich hinunter und unterschrieb es.

Swanstrom stand noch immer mitten in der Kabine und schaute mit leerem Lächeln herausfordernd Kells an. Er sagte: »Na also, dann. Schätze, ich geh' jetzt besser mal hoch und schau nach, ob alles für die erste Ladung fertig ist.«

Kells sagte: »Wir gehen alle zusammen.«

Niemand sagte ein Wort, doch in die eingetretene Stille mischte sich jetzt eine neue, dünne hohe Stimme. »Bitte, heben Sie die Hände hoch und verschränken Sie sie hinter dem Kopf.«

Kells wandte langsam den Kopf und schaute auf die schmale weiße Tür hinter dem Sekretär. Sie war etwa zehn Zentimeter weit geöffnet worden, und durch den Spalt schob sich der schlanke, stahlblaue Lauf eines großkalibrigen Revolvers. Während er hinsah, schwang die Tür ein Stück weiter auf, und er erblickte einen kleinen dunklen Mann, der in dem trüb beleuchteten Gang dahinter stand. Der kleine Mann lehnte lässig an einer Wand des Durchgangs, hielt den Revolver auf Kells' Brust gerichtet und lächelte ihn durch dicke Brillengläser an.

Kells hob die Hände und verschränkte sie hinter dem Kopf.

Rose kam um den Rollsekretär herum und zog die Automatik aus Kells' Hosengürtel. Er hielt sie am Lauf, holte damit aus und schmetterte sie Kells an den Kopf. Kells hatte eine Hand weit genug nach vorn gerissen, um den Griff der Automatik mit den Fingerknöcheln aufzufangen, und jetzt ging er leicht in die Knie und packte Roses Arm. Dann ließ er sich rückwärts fallen und zog Rose mit nach unten.

Der kleine Mann kam schnell in den Raum und versetzte Kells seitlich am Kopf einen schweren Tritt. Kells mußte loslassen, und Rose erhob sich. Er klopfte sich imaginären Staub ab, machte dann ein paar Schritte zu Kells hin und trat ihm mehrmals an Kopf und Gesicht. Seine Miene war düster und angespannt, und er atmete schwer. Er trat sehr konzentriert auf Kells ein, zog den Fuß zurück und zielte und trat dann sehr genau und hart zu.

Das Kätzchen sprang vom Rollsekretär, ging zu Kells blutendem Kopf und schnupperte ganz zart. Kells spürte den warmen Atem des Kätzchens im Gesicht. Dann wurde alles um ihn herum dunkel, und er spürte nichts mehr.

GRANQUIST

Von irgendwo drang ihm sehr trübes gelbes Licht in die Augen. Da waren Stimmen. Eine davon gehörte O'Donnell, aber er war zu weit weg, um die Worte zu verstehen, die gesagt wurden. Dann entfernten sich die Stimmen.

Kells bewegte die Schulter Zentimeter um Zentimeter und drehte ganz langsam und vorsichtig seinen Kopf. Er fühlte sich an, als würde er gleich in tausend Stücke zerspringen. Er schloß die Augen und bewegte den Kopf langsam und sehr vorsichtig. Dann machte er die Augen auf. Das gelbe Licht fiel durch eine halbgeöffnete Tür am anderen Ende eines langen, dunklen Laderaums. Undeutlich sah Kells Kisten, die an den Seiten gestapelt waren. Umrahmt vom trüben Licht sah er einen Mann auf einer der Kisten sitzen.

Der Mann stand auf, kam zu ihm herüber und schaute zu ihm herab. Kells schloß die Augen, blieb bewegungslos liegen, und der Mann schlenderte zurück, setzte sich, stützte die Ellbogen auf die Knie und legte das Kinn in seine Handflächen. Von irgendwo oben drang schwach Jazzmusik zu ihm herunter; der Mann klopfte mit dem Fuß den Takt.

Kells beobachtete ihn lange Zeit. Dann stand der Mann auf, kam wieder zu ihm, riß ein Streichholz an und hielt es ihm ganz nahe ans Gesicht. Dann verschwand er durch die Tür, die er hinter sich schloß. In dem kurzen Augenblick, in dem die Tür ganz offen gestanden hatte, entdeckte Kells, daß der Raum sehr groß war und die der Tür gegenüberliegende Wand einen Bogen beschrieb – sie folgte der Linie des Achterschiffs. An den Längswänden waren Hunderte von Kisten gestapelt. Dann schloß sich die Tür, und alles war stockdunkel.

Kells stand sehr langsam auf, hielt den Kopf zwischen seinen Händen, zog ein Taschentuch heraus und versuchte sich das getrocknete Blut vom Gesicht zu wischen. Dann ging er mit schnellen Schritten zur Tür und fand sie verschlossen. Er lehnte sich an das Schott, und scharfe, schwirrende Hammerschläge pochten an seine Schädeldecke.

Kurze Zeit später hörte er den Mann zurückkommen. Er stand flach an das Schott der Tür gedrückt, und als der Mann hereinkam, legte Kells einen Arm um seinen Hals und zog mit der anderen Hand fest zu. Der Fluch des Mannes kam nur als schwaches Gurgeln heraus; sie fielen beide hin und rollten über das Deck. Kells hielt den Arm fest an die Kehle des Mannes gepreßt. Nach einiger Zeit wurden seine Bewegungen schwächer, und schließlich blieb er schlaff liegen. Kells blieb minutenlang keuchend neben ihm, ohne seinen Griff zu lockern, und als er sicher sein konnte, daß der Mann bewußtlos war, stand er auf. Er beugte sich hinunter und durchsuchte die Taschen des Mannes, fand darin eine Streichholzschachtel und einen kleinen, mit Leder überzogenen Totschläger.

Entschlossen ging er durch die Tür, durch einen engen, L-förmigen Raum, wo unbenutzte Stühle, Liegestühle und Tische gelagert waren.

Er entdeckte eine Bodentür mit einer steil nach unten führenden Treppe. Kells stieg leise nach unten in den anderen Raum.

Über einem niedrigen Tisch hing eine Lampe mit einem Papierschirm; er sah zwei Kojen. In der einen schnarchte ein Mann im Overall. In eins der Schotts war eine wasserdichte Tür eingesetzt, und Kells ging durch sie hindurch in einen dunklen Gang, der sich an der Außenseite des Schiffs bis nach vorn erstreckte.

Nach zehn Metern trat er im Durchgang auf etwas Weiches, Nachgiebiges; er riß ein Streichholz an, und im Licht der Flamme schaute er in das schmerzverzerrte Gesicht des kleinen Mannes, der vorhin gesagt hatte: »Bitte, nehmen Sie die Hände hoch und verschränken Sie sie hinter dem Kopf.« Vorn auf seiner Hemdbrust war ein dunkler Fleck; seine ausgestreckte Hand hielt noch immer den schweren Revolver umklammert. Er atmete noch.

Kells entwand der Hand des kleinen Mannes den Revolver und stand auf. Er balancierte den Revolver auf seinen ausgestreckten Fingern, und in seine Augen trat ein Blick milden Irrsinns. Er ließ das Streichholz ausgehen, lief den dunklen Gang zurück, durch den er gekommen war, durchquerte die Kabine, in der der Mann im Overall schlief, stieg hinauf in den L-förmigen Abstellraum. Am anderen Ende des L befand sich eine weitere schmale Tür. Kells drückte sie sacht auf.

Swanstrom saß mit dem Rücken zur Tür am Rollsekretär. Ein weiterer Mann, ein magerer, schwindsüchtig wirkender Kerl mit schütterem Haar, saß auf einem Stuhl auf dem Podest, eines der .30–.30-Gewehre quer über die Knie gelegt. Er schaute zu Kells hin, und er sah den großen Revolver in Kells' Hand, und vorsichtig legte er das .30–.30-Gewehr auf den Boden seines Schießstands.

Swanstrom schwenkte herum, sein Mund öffnete sich, und dann lächelte er, als wäre er sehr, sehr müde.

Kells sagte: »Die vierundzwanzig Hunderter, aber ein bißchen dalli.«

Von irgendwo über ihnen hörten sie schwach das Stöhnen von Saxophonen.

Swanstrom beugte seinen Kopf über die Schreibtischplatte. Mit demselben müden Lächeln sagte er: »Ich hab' keinen Schlüssel.«

Das Schloß der anderen Tür klickte, die Tür ging auf, und Rose und O'Donnell kamen herein. Vielleicht fünf Sekunden lang blieben sie wie erstarrt stehen: O'Donnell stand fast genau hinter Rose. Er schloß die Tür und streckte dann die Hand nach dem Lichtschalter am Schott aus. Kells drückte den großen Colt ab; O'Donnell sank nach vorn auf

Hände und Knie, schüttelte langsam den Kopf von einer Seite zur anderen, sackte zusammen und fiel aufs Gesicht.

Kells' Gesicht war dunkel von getrocknetem Blut. Sein Blick war glasig, starr und verrückt. Er sagte: »Noch jemand?«

Er schwankte. Langsam ging er auf Rose zu. Swanstrom starrte auf O'Donnell; Swanstrom stand auf, und im selben Augenblick klopfte jemand heftig an die Tür, rüttelte am Knauf. Jemand rief draußen. Kells trat näher an Rose heran. Seine kalten Augen und der schlanke Lauf des Revolvers waren auf Roses Gürtelschnalle gerichtet.

Rose leckte über seine volle Unterlippe, und seine dunkle Stirn glänzte vor Schweiß. Er schob eine Hand in seine Brusttasche, zog das gefaltete Bündel Hundert-Dollar-Noten heraus und hielt es Kells hin.

Kells nahm es, nickte. Er grinste, und sein Grinsen in diesem blutigen Gesicht hatte etwas Schreckliches. Langsam zog er sich zurück, und vorsichtig zu der Tür zurückgehend, durch die er hereingekommen war, sagte er: »Der erste, der hier durchkommt, kriegt eins in die Eingeweide.« Er ging rückwärts hinaus und schloß die Tür.

Schnell ging er zur Bodentreppe, stieg hinunter. Der Mann, der geschlafen hatte, war verschwunden. Kells lief durch den Gang zu dem kleinen Mann, riß ein Streichholz an und sah, daß er bei Bewußtsein war. Die Augen hinter den dicken Brillengläsern waren offen, und als das Streichholz aufflammte, lächelte er und trat mit letzter Kraft nach Kells' Knie.

Kells sagte: »Na na – *Garbo*!«

Er packte den kleinen Mann am Kragen und schleifte ihn über den Gang. Am anderen Ende tauchte plötzlich ein schwacher Lichtschein auf; er wartete, bis sich ein Schatten vor die Lichtquelle schob, und schoß zweimal kurz hintereinander auf ihn. In dem engen Raum klangen die Schüsse wie Donner.

Sie kamen nur mühsam voran; Kells zerrte den kleinen Mann hinter sich her. Der kleine Mann verfluchte ihn leise und wütend. Das vordere Ende des Ganges war jetzt wieder dunkel. Kells sog scharf die Luft ein. Die Dunkelheit war von beißendem Rauch erfüllt – es war mehr als nur der Gestank von Kordit, es roch nach brennendem Holz. Kells drückte sich gegen das Schott und riskierte es, ein weiteres Streichholz anzureißen.

Ein Stück weit voraus in der Außenwand des Schiffes war ein großes, rechteckiges Luk – das Bunkerluk –, und eine zweite Luke auf der anderen Seite des Ganges, die ins Innere des Schiffs führte. Das Streichholz flackerte auf, erlosch, und Kells schob sich voran, tastete in der Dunkelheit nach den schweren eisernen Halterungen. Da sie lange nicht benutzt worden waren, klemmten sie, doch er bot all seine Kraft auf, stemmte sich dagegen und drückte, und als er alle bis auf eine gelöst hatte, mußte er sich erschöpft zurücklehnen. Auf die letzte hämmerte er mit dem Revolvergriff ein, bis auch sie nachgab; mit seinem ganzen Gewicht stemmte er sich gegen die Stahlplatte. Das Scharnier quietschte, aber sie ließ sich langsam nach außen klappen.

Die See war schwarz und ölig. Der Nebel hatte sich etwas aufgelöst, und das Schiff rollte träge in der schweren Dünung. Ganz weit zur Linken konnte Kells den gelben Himmel über Long Beach sehen, und rechts ein fernes Blinklicht, das zur *Eaglet* gehören mochte. Das kleine Zubringerboot entdeckte er nirgends.

Dann hörte er lautes Rufen und den Lärm von Leuten, die auf dem Deck über ihm hin und her rannten. Er wartete, horchte, schaute hinunter ins Meer. Das schwarze Wasser färbte sich rot; Kells lehnte sich weit aus der Luke und sah, daß achtern lange Flammenzungen aus dem Schiff schlugen. Während er das Feuer beobachtete, wurden Wasser und Himmel heller. Das hintere Ende des Schiffes stand lichterloh in Flammen.

Als er wieder nach vorn schaute, kam am Bug ein Zubringerboot in Sicht, das zweihundert Meter weiter in Wartestellung ging.

Kells schob den Revolver in den Gürtel, band sich die Schuhe auf und streifte sie ab. Dann griff er zum Revolver, feuerte zweimal in das rötlich glühende Dunkel. Beim heller werdenden Feuerschein von achtern glaubte er eine weiße Hand zu sehen, die winkte; in einem weiten Bogen fuhr die Barkasse auf ihn zu.

Er steckte das Bündel knisternder Geldnoten in seine Gesäßtasche und schloß die Lasche. Er zog seine Jacke aus und warf sie mitsamt dem Revolver ins Meer. Er griff dem kleinen Mann unter die Arme, zog ihn hoch, sagte: »Reiß dich zusammen, Baby – wir machen jetzt Winkewinke.« Er bugsierte ihn irgendwie durch das Luk und ließ ihn fallen. Dann kletterte er auf die Unterkante des Luks, holte tief Luft, machte einen Kopfsprung. Dann war Dunkelheit um ihn, und das kalte Wasser war ein Schock.

Nur wenige Meter von dem kleinen Mann entfernt tauchte er auf, erreichte ihn mit zwei langen Schwimmzügen und schob eine Hand unter seine Achselhöhle. Der Schock hatte ihn munter gemacht – er wehrte sich schwach.

Kells knurrte: »Nun mach's mir nicht so schwer«, und schwamm auf die Barkasse zu.

Der rotgesichtige Mann, mit dem Kells am Kai gesprochen hatte, beugte sich über die Bordwand; gemeinsam hievten sie den kleinen Mann an Bord. Dann half der rotgesichtige Mann Kells. Er war ganz allein auf der Barkasse. Er ging ans Ruder.

Kells entledigte sich seiner Hosen und wrang sie aus. Er sagte: »Wie kommt's, daß Sie allein sind?«

Der rotgesichtige Mann legte hart das Ruder um, spuckte in weitem Bogen in den Wind. »Fay hat gesagt, Sie könnten gut selbst auf sich achtgeben«, sagte er. »Ich bin zurück zur Anlegestelle, und dann hab' ich mir Sorgen gemacht, also bin ich aus eigenem Antrieb hier rausgekommen.«

Kells hockte sich neben den kleinen Mann, schaute zurück zur *Joanna.* Das ganze hintere Drittel war in ein Meer von Flammen getaucht.

»Sieht mir ganz nach einem Feuer aus«, sagte er. Er schaute hinunter in das weiße, erschöpfte Gesicht. »Du hast wohl mit Streichhölzern gespielt?«

Der kleine Mann lächelte.

»Ja, das ist ein ganz schönes Feuer.« Der rotgesichtige Mann gab mehr Gas. Dann fügte er hinzu: »Aber es sind nicht viele Gäste da. So wenig, daß jeder ein Rettungsboot für sich allein hat.« Er lachte glucksend in sich hinein. »Sie sind ziemlich naß – wohin wollen Sie jetzt?«

Kells sagte: *»Eaglet.«* Er zog seine Hose an.

2

Fay saß in einem großen Stuhl hinter seinem Schreibtisch. Er war ein sehr großer Mann mit gewaltigen Muskeln, straff zurückgekämmtem schwarzem Haar, einer geraden Nase, ausdruckslosen, eisgrauen Augen.

Bei ihm war eine Frau. Mit einem großen Glas in der Hand saß sie neben dem Schreibtisch. Sie war sehr betrunken – und das auf eine sehr männliche Art.

Kells stand Fay gegenüber. Sein Gesichtsausdruck war alles andere als freundlich. Er fragte: »Worum geht es hier eigentlich? Wollten Sie erreichen, daß mich jemand umbringt?«

»Warum nicht?«

Die Frau kicherte leise.

Ohne eine Miene zu verziehen, drehte Fay den Kopf, blickte zu dem kleinen Mann, der in die Kabine getragen worden war und jetzt auf der Couch lag. »Wer ist Ihr Freund da?«

Die Frau sagte: »Nemo Kastner aus Kansas City – der kleine Nemo, das Herzblättchen aller Chorknaben.«

Kells warf einen Blick auf die Frau. Sie war blond – doch ein warmer, brünetter Typ. Ihr Mund war sehr rot, ohne daß sie übermäßig Lippenstift aufgelegt hätte, und ihre Augen waren umschattet und tief. Sie war eine großgewachsene Frau mit sehr interessanten Kurven.

Fay sagte: »Das ist Miss Granquist.«

Kells nickte kurz. Er nahm sich eine Flasche und ein Glas vom Schreibtisch, ging hinüber zu dem kleinen Mann.

Fay trat vor eins der Bullaugen. Er schaute zur *Joanna*, die ein Flammenmeer am Horizont war. »Wunderschön«, sagte er. »Wunderschön.« Dann drehte er sich weg und trat zur Couch, wo Kells über Kastner gebeugt stand.

Kells hielt Kastner ein Glas Whiskey an die Lippen. Kastner trank, als hätte er es dringend nötig.

Kells schaute hoch zu Fay. Er nickte zu Kastner hin, sagte: »Das ist der junge Kerl, der Doc erledigt hat.«

Fays Mund verzog sich zu einem bösen Grinsen. Seine Augen blickten düster. Er sagte: »Du hast also Doc erschossen, du Schweinehund – und dann hast du versucht, es Ruth anzuhängen!«

Kells richtete sich langsam auf.

Kastner lachte still in sich hinein, ganz vorsichtig, als täte ihm die Brust dabei weh. »Allmächtiger«, sagte er. »Was für eine Bande von blöden Trotteln.«

Kells und Fay standen da und schauten einander an.

Dann sagte die Frau: »Schafft lieber einen Arzt für Seine Hoheit her.« Sie saß, die Ellbogen auf die Schreibtischplatte gestützt, und hatte das Gesicht in die Hände gelegt.

Kastner schüttelte den Kopf. Er lachte wieder, als wäre er insgeheim sehr belustigt und könnte sich gar nicht bremsen. In seinem Mund hatte sich etwas Blut gesammelt.

Kells sagte: »Du brauchst einen Drink.« Er goß Whiskey in das Glas und setzte sich neben Kastner auf die Couch.

»Was für eine Bande blöder Trottel!« Kastner schaute auf das Glas Whiskey. Dann blickte er Kells an, schaute durch ihn hindurch. »Rose hat Eddie O'Donnell und mich angerufen, nachdem Sie heute nachmittag von ihm weggegangen sind. Er hat gesagt, Dave Perry hätte ihn angerufen, während Sie bei ihm gewesen sind – hat ihm erzählt, daß Doc in diesem Schuppen in Hollywood auf Sie wartet...«

Kells hielt Kastner das Glas an die Lippen. Er trank, schloß einen Moment die Augen, fuhr dann fort: »Perry wußte, daß Rose Doc aus dem Weg schaffen wollte – und er wußte auch, daß Rose vorhatte, es Ihnen anzuhängen. Nur hat er ursprünglich vorgehabt, es auf dem Boot zu erledigen. Das sah ganz nach einer runden Sache aus.«

Kells fragte: »Warum ich?«

Kastner hustete und preßte eine Hand auf die Brust. »Rose findet, daß Sie genau der falsche Typ sind, den man nicht auf der Gegenseite haben darf – und er wollte Fay einen Strick drehen.«

Kastners dunkle, kurzsichtige Augen schweiften einen Moment zu Fay. »Rose hat vor, jeden umzulegen, bei dem er sich nicht ganz sicher sein kann – er hat eine Liste. Dafür hat er Eddie und mich kommen lassen. Er will die ganze Stadt in die Tasche stecken – er und Dave Perry und Reilly.«

Kastner verstummte, schloß die Augen. Dann fuhr er mit geschlossenen Augen fort: »Doc stand ihnen im Weg – und außerdem wollte Rose das Schiff für sich.«

Kells goß noch mehr Whiskey nach. Er sagte: »Die *Joanna* ist heute abend rausgefahren: Wie und wann hat sie die Ladung aufgenommen?«

Kastner sagte: »Sie ist *gestern* abend schon raus. Und sie haben die ganze Nacht geschuftet, Fracht von ein paar Schonern rüberzuschaffen – zwölfhundert Kisten. Sie haben sie mit Barkassen rübergeschafft, immer drei Kisten bei jeder Fahrt. Sie verfügen am Dock über einen großartigen Verbindungsmann von der Bundeszollbehörde – die Schwierigkeit war nur, sie an den Küstenwachbooten vorbeizubringen.«

Wieder hustete Kastner. »Das wär' so ungefähr alles.«

Fay ging wieder an den Schreibtisch und setzte sich. Kells hielt Kastner das Glas Whiskey an die Lippen, doch Kastner schüttelte ablehnend den Kopf. Kells nahm einen kleinen Schluck.

Matt fuhr Kastner fort: »Eddie und ich sind zu Perry gegangen, und ich bin reingestürmt und hab' auf Sie gewartet. Doc hatte Angst. Das war der Grund, weswegen er Sie sehen wollte: Er hatte so eine Ahnung, was Rose vorhatte, und er brauchte Hilfe. Er war vor Angst grasgrün im Gesicht.«

Kells grinste zu Fay hinüber.

Kastner krümmte sich auf der Couch zusammen. Plötzlich sprach er sehr schnell, ganz so, als wolle er ganz viel auf einmal loswerden. »Eddie hat unten auf der Straße gewartet und wollte die Hausklingel drükken, sobald Sie nach oben gehen. Rose hatte Reilly angerufen, und der stand mit drei Polypen in Bereitschaft, die Verhaftung vorzunehmen – zwei Mann vorn und einer hinten im Durchgang.«

Kells sagte: »Wie kam es dazu, daß du Dave bewußtlos geschlagen hast?«

»Er hat eine Nummer für das Mädchen abgezogen, damit sie nicht denken sollte, er wäre beteiligt. Er hat realistisch gespielt.«

Kells schaute zu Fay, sprach weiter mit Kastner. »Ich hab' immer geglaubt, Reilly wäre Lee Fenners Mann.«

»Das war er mal. Er war Fenners bester Verbindungsmann bei der Polizei, bis Rose ihm große Flausen in den Kopf gesetzt hat.« Kastners kleines Gesicht wurde sehr weiß.

Kells sagte: »Gleich wird ein Arzt hier sein – ich hab' die Barkasse an Land geschickt, um einen herzuschaffen.« Damit ging er zu einem Bullauge und schaute auf den blasser werdenen Himmel. Ohne sich umzuwenden sagte er: »Reilly, das ist jener *Lou*, auf den Rose und O'Donnell im Hotel gewartet haben . . .«

»Und er ist derselbe Lou, auf den sie auf dem Schiff gewartet haben – sie wollten Widerstand gegen die Staatsgewalt und 'nen Fluchtversuch daraus machen –, damit es gesetzlich ganz einwandfrei aussieht.«

Kells ging zum Schreibtisch. Fay spielte abwesend mit einem kleinen Papiermesser; die Frau saß noch immer mit dem Gesicht zwischen den Händen da.

Kells wandte sich Kastner zu, fragte ganz beiläufig: »Wer hat dir das Blei verpaßt?«

Kastner lächelte schwach. Er sagte: »Kann mich nicht mehr erinnern.«

Die Frau lachte auf. Sie legte die Hände flach auf die Tischplatte, warf den Kopf zurück und lachte sehr laut.

Kastner schaute zu ihr hin, und in seinen Augen lag ein Ausdruck unbeschreiblicher Kälte und Wut.

Kells beugte sich über den Schreibtisch, nahm einen Füllhalter und schrieb ein paar Worte auf ein Blatt Papier. Er nahm das Papier und den Federhalter mit hinüber zu Kastner und sagte: »Es wird alles viel leichter machen, wenn du das hier unterschreibst.«

Der kleine Mann starrte auf das Papier, und plötzlich wurden seine Augen stumpf und leer. Er sagte: »Blödsinn.« Er grinste zu Kells hoch, und dann verkrampfte sich sein Gesicht, und er starb.

3

Kells und Fay saßen am Tisch in Fays Apartment in Long Beach. Die Frau namens Granquist schlief in einem großen Sessel. Es war jetzt ungefähr acht Uhr dreißig, und draußen war es grau und heiß.

Kells sagte: »Genau so muß es sich abspielen. Keiner von uns ist als Zeuge einen Pfifferling wert.«

Fay schlürfte seinen Kaffee und blieb eine Weile schweigend sitzen; dann stand er auf, ging zum Telefon und meldete ein Ferngespräch an. Er verlangte eine Nummer in Los Angeles, wartete einen Augenblick, sagte dann: »Hallo, hier ist Grant Fay. Ich möchte mit Fenner sprechen ...« Es entstand eine Pause, und dann sagte er: »Dann wecken Sie ihn auf!«

Er mußte noch eine Weile warten, sprach dann: »Hallo, Lee ... Hier neben mir steht ein Freund, der eine Idee hat ...«

Fay machte ihm ein Zeichen, und Kells stand auf und ging ans Telefon. Er sagte: »Hier ist Kells ... Reilly legt Sie rein. Er und Jack Rose haben vor, die Stadt zu übernehmen. Sie importieren eine Menge schwerer Jungs aus dem Osten, und Sie stehen auf ihrer Abschußliste ...«

Am anderen Ende der Leitung entstand ein langes Schweigen; Kells hielt den Hörer ans Ohr und grinste Fay zu. Dann sagte er: »Mein Vorschlag ist, daß Sie sich sofort mit Ruth Perry in Verbindung setzen. Sie hat zwar keine Besuchserlaubnis, ist *incommunicado*, aber das können Sie wohl umgehen. Sagen Sie ihr, es hätte keinen Zweck mehr, daß sie versucht, Dave wegen des Mordes an Haardt zu schützen. Erzählen Sie ihr, daß ich das gesagt habe ... Dann richten Sie es so ein, daß sie auf Kaution freikommt. Sobald Dave feststellt, daß sie gestanden hat, wird er Ihnen eine Menge zu erzählen haben ... Ja, gewiß doch – er ist schuldig bis über die Ohren.«

Kells legte auf und ging zurück zum Tisch. Er sagte: »So, damit müßten wir es geschafft haben.« Er setzte sich, schenkte sich noch eine Tasse Kaffee ein und deutete mit dem Kopf auf die Granquist.

Fay sagte: »Sie ist gestern abend aufs Schiff gekommen und hat mir erzählt, daß sie vor ungefähr einer Woche aus Detroit hierher gekommen ist. Sie hat gesagt, sie hätte Informationen, die eine Million Dollar wert sind, daß sie sie mir aber für fünf Riesen verkaufen würde. Sie meint, das würde die Stadtverwaltung in ihren Grundfesten erschüttern, und daß wir bei der nächsten Wahl dann unsere eigenen Vertrauensleute unterbringen können.«

Kells lachte in sich hinein.

Gelangweilt sprach Fay weiter: »Ich hab' ihr gesagt, daß ich in der Politik nicht mitmische und nicht der richtige Markt für ihr Zeug bin, aber sie hat gedacht, daß ich bloß Spaß mache. Sie hat sich ein paar Flaschen Scotch eingetrichtert und ist schließlich runtergegangen auf zweitausendfünfhundert. Noch ein paar Schluck, und sie hätte wahrscheinlich für einen Dollar achtundneunzig verkauft. Sie sagt, sie braucht neue Schuhe.«

Fays schwarzer Hausboy kam aus der Küche herein und räumte das Frühstücksgeschirr ab.

Kells erhob sich. Er sagte: »Während die Räder der Justiz unerbittlich weitermahlen, werde ich ein Nickerchen machen.« Er ging zur Schlafzimmertür, drehte sich noch einmal um und sagte dem Boy: »Weck mich in zwei Stunden.« Dann verschwand er im Schlafzimmer.

4

Als der Hausboy Kells aufweckte, war Fay gegangen. Kells bat den Boy, noch mehr Kaffee zu machen, und rüttelte die Granquist wach.

»Wie wär's mit ein bißchen Java?«

Sie sagte: »Aber klar.«

Sie setzten sich an den Tisch und tranken Unmengen Kaffee. Kells schickte den Boy eine Zeitung holen. RUTH PERRY GESTEHT: EHEMANN ERSCHIESST HAARDT; die Schlagzeile ging über die ganze Breite der Titelseite.

Kells sagte: »Hat die Natur es nicht wunderbar eingerichtet?« Er stand auf und zog eine Anzugjacke über, die Fay ihm geliehen hatte. »Ich fahr' in die Stadt.«

Die Granquist sagte: »Ich auch. Kann ich mit Ihnen fahren?«

Sie gingen hinunter, besorgten sich ein Taxi und fuhren auf den Parkplatz nahe dem P. & O.-Dock, wo Kells Cullens Auto abgestellt hatte.

Es war heiß, als sie nach Los Angeles kamen. Kells zog die Jacke aus und fuhr in Hemdsärmeln. Sein Gesicht war verquollen, und Fays Schuhe schmerzten ihn, und er hatte den dringenden Wunsch, in die Badewanne zu steigen und dann ins Bett zu gehen.

Er sagte: »Sind Sie mit Kastner und O'Donnell angereist?«

Die Granquist warf ihm aus den Augenwinkeln einen Blick zu, lächelte schläfrig. Dann sagte sie: »Hm, hmm.«

»Sind Sie O'Donnells Mädchen?«

»Mein Gott, nein! Ich bin bei denen nur mitgefahren.« Sie rutschte in die Ecke des Vordersitzes, und ihre Augen klappten zu.

Kells sagte: »Glauben Sie, daß O'Donnell Kastner erschossen hat?«

Er schaute zu ihr hin. Sie nickte mit geschlossenen Augen.

Er parkte den Wagen ein Stück von der Eighth Street entfernt, und sie gingen durch einen Seiteneingang des Hotels den Dienstbotenaufgang bis zu Kells' Zimmer hinauf. Er sagte: »Ich muß heute nachmittag zur Vernehmung in die City – falls sie mich nicht schon vorher holen kommen. Aber erst mal will ich vier- oder fünfmal heiß baden und dann eine Mütze voll Schlaf nehmen.«

Er ging ins Badezimmer, drehte das Wasser auf, entledigte sich seiner Kleidung und zog einen langen, dunkelgrünen Bademantel über. Als er herauskam, hatte sich die Granquist auf dem Diwan zusammengerollt und war eingeschlafen. Ihren Hut hatte sie abgenommen – darunter war wuscheliges, honigfarbenes Haar, das sich auf ihrem Gesicht und ihrem Hals ringelte.

Das Telefon schnarrte, als Kells gerade in der Wanne saß. Es schnarrte weiter, nachdem er herausgestiegen war. Er ging an den Apparat, starrte mit leerem Blick aus dem Fenster und sagte: »Na schön – stellen Sie sie durch.« Dann sagte er: »Hallo, Ruth ... Prächtig ... Nein, ich muß jetzt sofort weg, und vor heute abend bin ich nicht zurück. Ich versuche dich dann anzurufen ... Aber klar doch ... Okay, Baby – tschüß.«

Die Granquist bewegte sich im Schlaf, reckte einen Arm über den Kopf, seufzte. Ihre Augenlider flatterten. Kells blieb eine Weile stehen und schaute auf sie hinunter.

5

Um ein Uhr dreißig stieg Kells aus einem Taxi und verschwand im Eingang zum *Hayward Hotel* an der Sixth Street. Im Fahrstuhl sagte er: »In den Vierten.« Nachdem er auf dem Flur um zwei Ecken gebogen war, klopfte er an eine schwere, altmodische Tür.

Eine Stimme rief: »Kommen Sie rein.«

Drei Männer waren in dem kleinen Zimmer. Einer saß vor einer Schreibmaschine neben dem Fenster. Er hatte ein ledriges, humorvolles Gesicht, und er sprach ruhig in das Telefon, das neben ihm stand: »Gewiß ... Ja, gewiß ...«

Die beiden anderen spielten auf einer Kleiderschachtel, die sie auf den Knien balancierten, Rommé. Der eine von ihnen legte seine Karten ab, stellte den Karton auf den Boden, erhob sich.

Kells sagte: »Fenner.«

Der Mann am Telefon legte eine Hand über die Sprechmuschel, wandte den Kopf und rief durch eine geöffnete Tür in seinem Rücken: »Da ist ein Herr, der Sie besuchen will, Lee.«

Der Mann, der aufgestanden war, ging zur Tür, nickte jemandem im Nachbarzimmer zu und wandte sich dann an Kells. »Hier hinein!«

Kells ging an ihm vorbei in den Raum und schloß die Tür hinter sich.

Dieses Zimmer war größer. Fenner, ein schlanker, silberhaariger Mann um die Fünfzig, lag in Hosen und Unterhemd auf dem Bett. An der Wand über dem Kopfende des Betts war eine Lampe angebracht. Fenner ließ die Zeitung sinken, in der er gelesen hatte, schwang die Beine vom Bett, blieb sitzen, schaute Kells an. Er sagte: »Setzen Sie sich doch«, und griff nach seinen Schuhen, um sie sich überzuziehen. Dann ging er ans Fenster, das auf die Spring Street ging, und hob die Jalousie an einer Seite ein Stück an. Er sagte: »Nun, Mr. Kells – ist Ihnen jetzt heiß genug?«

Kells nickte, sagte sarkastisch: »An Sie ist schwerer ranzukommen als an DeMille. Ich hab' Ihr Hotel angerufen, und da hat man mich aufgefordert, mir erst ein offizielles Okay zu beschaffen, und dann haben sie mehrere Rückfragen gemacht, bevor sie mir diese Nummer hier gaben.« Er deutete mit dem Kopf in Richtung des kleineren Zimmers, durch das er hereingekommen war. »Worum geht's hier?«

Fenner setzte sich in einen großen Sessel und lächelte schläfrig. Er zog eine zerknüllte Packung *Home Runs* aus seiner Tasche, schaffte es, eine Zigarette herauszuziehen und zündete sie an. »Vor einem Jahr ungefähr«, sagte er, »kam hier ein Mann namens Dickinson – ein Zeitungsmann – auf eine glänzende Idee und gab mit wenig Eigenkapital ein Skandalblättchen mit dem Namen *Coaster* heraus.«

Fenner inhalierte tief und blies einen zarten grauen Rauchring gegen die Decke. »Er hat es aufgrund von Erpressungsvorwürfen in den Sand gesetzt und sich dann noch ein paar Verleumdungsklagen eingehandelt . . .«

Kells sagte: »Ich erinnere mich.«

Fenner fuhr fort: »Ich konnte bei den Verleumdungsklagen einen Aufschub erwirken und hab' das Geld für die einstweiligen Verfügungen aufgebracht. Jetzt heißt das Blatt *Coast Guardian: A Political*

Weekly for Thinking People. Dickinson ist noch immer Chefredakteur und Herausgeber und –« er lächelte dünn »– ich bin stiller Teilhaber. Die erste Nummer kommt nächste Woche raus – nicht im Verkauf, wir verteilen sie gratis.«

Kells meinte: »Der Wahlkampf in der Stadt müßte ungefähr nächste Woche richtig anrollen . . .«

Fenner schlug sich in gespielter Überraschung aufs Knie. »Ach du liebes Gottchen, was für ein merkwürdiges Zusammentreffen!« Er saß da und grinste Kells selbstzufrieden an. Dann verhärtete sich sein Gesicht etwas, und ein leicht fanatisches Glitzern trat in seine Augen. Als er jetzt sprach, war es, als hätte er dieselben Dinge schon viele Male in derselben Form verlautbart. »Ich bin ein Boß, der schwer arbeitet, Mr. Kells. Ich habe mit dieser Stadt den ehrlichsten Handel abgeschlossen, den sie jemals bekommen hat. Beim letztenmal haben sie meine Männer an den Wahlurnen geschlagen, aber bei Gott, mich haben sie nicht schlagen können – und bei der nächsten Wahl werde ich mir die Stadt zurückholen –« er legte eine Pause ein und brachte dann sehr gezielt seine Pointe an, »– wie Bow den Richman kassiert hat.«

Kells sagte: »Das bezweifle ich.« Er lächelte leicht, um die Wirkung seiner Worte abzuschwächen, und fuhr dann fort: »Was haben Sie von Perry erfahren?«

»Nichts.« Fenner gähnte. »Gleich nachdem Sie angerufen haben, bin ich zu seiner Frau vorgelassen worden, hab' ihr Ihre Nachricht überbracht und das mit ihrer Kaution geregelt. Sie ist Zeugin Nummer Eins für die Staatsanwaltschaft. Ich hab' ein bißchen länger gebraucht, an Perry ranzukommen, und als ich ihn dann sehen durfte und ihm mitgeteilt habe, daß sie gestanden hätte, hat er die Schotten dicht gemacht.«

Kells nahm seinen Hut ab und rieb heftig seine Kopfhaut mit den Fingern. »Da muß eine Menge Druck gemacht worden sein, um einen krummen Hund wie den zum Kuschen zu bringen.«

Fenner fragte: »Wer hat Haardt umgebracht?«

»Belassen wir es doch eine Weile einfach bei Perry.« Kells setzte seinen Hut wieder auf.

»Sind Sie sicher, daß Sie aus allem raus sind?«

»Ja.« Kells erhob sich. »Sie haben jetzt reichlich genug, womit Sie was anfangen können. Lieutenant Reilly, der damals Ihr bester Mann bei der Polizei gewesen ist, hat sich mit Jack Rose auf ein Spielchen eingelassen, um die Stadt zu übernehmen und sie über Ihren Kopf hinweg allen Ganoven zu öffnen. Dave Perry hat dabei auch mitgemacht.

Sie wollen alles haben – und sie gehen davon aus, daß Sie und ich und ein paar andere von den Jungs ihnen dabei im Weg sind.«

Er trat ans Fenster und schaute hinunter auf den wimmelnden Verkehr in der Spring Street. »Doc Haardt ist ihnen im Weg gewesen – den Rest können Sie sich selbst zusammenreimen.«

Fenner sagte: »Sie benehmen sich so, als wüßten Sie genau, wovon Sie sprechen.«

»Das tue ich auch.«

Belustigt fuhr Fenner fort: »Einer der Vorteile einer Reformverwaltung ist, daß man ihr an allem die Schuld geben kann. Vielleicht ist es gar keine so großartige Idee, die Stadt für ein paar Wochen weit zu öffnen.«

»Aber es ist gut, davon zu wissen, solange man davon ausgehen kann, daß man noch immer der Boß ist . . .« Kells lächelte. »Und es wäre ganz und gar nicht mehr so gemütlich, wenn sie sich so weit öffnet, daß ein paar von Reillys und Roses importierten Gangstern aus dem Osten hier auftauchen und einem ihre Maschinenpistole in den Hals rammen.«

Fenner sagte: »Nein.«

»Ich – ich verdufte von hier«, fuhr Kells fort. »Ich bin hergekommen, um zu spielen, und bei Gott, wenn ich hier nicht spielen kann, geh' ich zurück an den Broadway. Meine Tage als Einzelkämpfer sind vorbei.«

Fenner starrte neugierig auf Kells' geschwollenes, zerschlagenes Gesicht, lächelte. »Bleiben Sie besser hier – ich mag Sie.«

»Das ist schön.« Kells ging zum Tisch und goß sich Wasser aus einer großen Karaffe in ein Glas. »Nein – ich geh' jetzt runter aufs Revier und schau mal nach, ob man mir da noch ein paar Fragen stellen will, und danach geh' ich heim und packe. Ich habe eine Platzkarte für den *Chief* gebucht: für achtzehn Uhr.«

Fenner erhob sich. »Zu schade«, sagte er. »Ich hab' so eine Ahnung, daß Sie und ich uns gegenseitig eine große Hilfe sein könnten.«

Er streckte die Hand aus. Kells schüttelte sie, drehte sich um und ging zur Tür. Dann wandte er sich noch einmal langsam zurück. »Da ist noch eins«, sagte er. »Hier hält sich ein Mädchen auf – ihr Name ist Granquist –, sie ist mit ein paar Kerlen von Rose gekommen; sie behauptet, Belastungsmaterial gegen die hiesige Verwaltung zu haben, das 'ne Million Dollar wert ist. Ich kann's nicht brauchen. Vielleicht kommen Sie irgendwie zusammen.«

Fenner sagte: »Schön. Wieviel will sie dafür haben?«

Kells zögerte den Bruchteil einer Sekunde. »Fünfzehn Riesen.«

Fenner pfiff vor sich hin. »Dann muß es sehr gut sein«, sagte er. »Schicken Sie sie zu mir rüber ins Hotel. Schicken Sie sie noch heute abend – ich schmeiß' eine Party für sie.«

»Da wird sie begeistert zugreifen. Sie ist ganz verrückt nach Scotch.« Kells lächelte, ging durch die Tür und machte sie hinter sich zu.

6

Im Polizeirevier ging er in den Reporterraum gleich rechts neben dem Eingang. Shep Beery schaute von seiner Zeitung hoch und rief aus: »Mein Gott, was ist denn mit deinem Gesicht passiert?«

Sie waren allein im Zimmer. Mit Interesse schaute sich Kells die verschmierten Bleistiftzeichnungen an den Wänden an. Er setzte sich. »Ich hab' sie mir in einer Drehtür eingeklemmt«, sagte er. »Will hier irgendwer mit mir sprechen?«

»Ja. Ich zum Beispiel.« Beery legte die Zeitung weg und beugte sich über den Tisch. Er war ein hochaufgeschossener Mann mit Hängeschultern und einem scharfgeschnittenen, traurigen Gesicht unter einem Schopf mausgrauer Haare. »Was hat das Ganze für einen Hintergrund, Gerry?«

»Was heißt ›das Ganze‹?«

Beery breitete die Zeitungen aus und deutete auf die Schlagzeilen. PERRY DES MORDES AN HAARDT ANGEKLAGT; EHEFRAU GESTEHT. Beerys Finger wanderte weiter über die Seite. SCHWIMMENDES SPIELKASINO ABGEBRANNT; 200 MENSCHEN KNAPP DEM TOD ENTRONNEN BEIM UNTERGANG DER JOANNA D.

Kells lachte auf. »Wahrscheinlich bloß Zeitungsgeschwätz.«

»Ohne Scherz, Gerry! Gib mir ein paar Anhaltspunkte.« Beery sprach ernst und eindringlich.

Kells fragte: »Dir persönlich oder deinem Blatt?«

»Das kannst du entscheiden.«

Kells fuhr mit einem langen weißen Finger über sein verfärbtes rechtes Auge. »Wenn du deine Zeitung ein bißchen aufmerksamer liest«, sagte er, »wirst du dort die Meldung finden, daß ein nicht identifizierter Mann in der Nähe einer Werft bei San Pedro tot aufgefunden worden ist.« Er stemmte seine Ellbogen auf die Schreibtischplatte und lehnte sich weiter zu Beery vor. »Das ist Nemo Kastner aus Kansas City. Er hat auf Jack Roses Befehl Doc Haardt erschossen und mitgeholfen, es mir anzuhängen. Er ist von O'Donnell, seinem ständigen Partner, niedergeschossen worden, als sie sich über ihren Anteil für die Ermordung von Haardt gestritten haben. Er hat das Schiff in Brand gesetzt ...«

»... und ist mit den Lungen voller Blei noch sieben Kilometer weit geschwommen.« Beery hatte durch die Zeitungen geblättert; er hatte die Stelle gefunden und deutete darauf.

»Mmh, genau.«

»Wer hat O'Donnell niedergeschossen?«

Kells sagte: »Du bist zu gottverdammt neugierig. Vielleicht ist es Rose gewesen ... Kommt er mit dem Leben davon?«

»Bestimmt.«

»Na großartig!« Kells atmete tief durch.

»Und das ist jetzt ganz allein für dich«, sagte er. »Perry wird vorläufig die Schuld für den Mord an Doc übernehmen. Er steckt sowieso reichlich tief drin. Kastner ist tot, und ich bin nicht in der Lage, etwas zu beweisen, ohne mich selbst wieder in größte Schwierigkeiten zu bringen. Falls mir etwas zustoßen sollte, liegt es ganz bei dir, davon Verwendung zu machen. Aber solange nichts passiert, bleibt das alles unter Verschluß. Abgemacht?«

Beery nickte.

Kells erhob sich, sagte: »Also, gehen wir jetzt mal nach oben und versuchen herauszufinden, ob der Captain mir ein paar Nüsse zum Knacken gibt.«

Sie gingen aus dem Zimmer hinaus auf den Korridor, dann die Treppe hinauf.

Captain Larson war ein riesiger Schwede mit wäßrigen Augen und einer verbeulten, von feinen Äderchen durchzogenen Nase.

Beery sagte: »Das hier ist Kells ... Er hat gedacht, Sie wollen vielleicht mit ihm reden.«

Langsam schüttelte der Captain den Kopf. Er schaute aus dem Fenster, zog ein großes, quadratisches Leinentuch aus seiner Tasche und schnaubte heftig hinein. »Nein – ich glaube nicht«, sagte er bedächtig. »Cullen und der Taxifahrer haben erklärt, daß Sie gestern nachmittag in Cullens Haus gewesen sind, als Haardt erschossen worden ist.«

Er schaute zu Kells hoch, und sein großer Mund verzog sich breit. Er legte gelbe, unregelmäßige Zähne frei. »Sie sind doch da gewesen?«

Kells lächelte leicht und nickte.

»Das reicht mir vollkommen.« Der Captain schnaubte sich noch einmal geräuschvoll die Nase, faltete das Taschentuch sorgfältig zusammen und steckte es zurück in seine Tasche. »Perry ist der einzige, der behauptet, daß Sie Doc umgebracht haben. Lieutenant Reilly glaubt auch, daß Sie es gewesen sind, aber glauben reicht eben nicht für die Arbeit unserer Dienststelle . . . Ich denke, daß Perry eindeutig schuldig ist.«

Alle nickten weise vor sich hin.

Kells sagte: »Also Captain, bis dann.« Er und Beery waren auf dem Weg nach draußen.

Der Captain rief ihn noch einmal zurück, als Kells durch die Tür ging. »Wo sind Sie gestern abend gewesen?«

Kells wandte sich um. »Ich war besoffen, ich weiß es nicht mehr.« Seine Augen funkelten vor Heiterkeit. Der wuchtige Mann schaute ihn an, und langsam verzog sich sein Gesicht zu einem breiten Grinsen. »Ich auch«, sagte er. Er schlug sich auf den Schenkel und lachte – ein schrecklich rasselndes Gebell. Sein Gelächter verfolgte Kells und Beery noch die Treppe und den Korridor hinunter, hallte durchs ganze Haus.

Beery sagte: »Bis die Tage.«

Kells ging hinaus in die Sonne. Er lief die First bis zum Broadway hinunter, dann den Broadway hinauf zu seiner Bank.

Der Bankangestellte eröffnete ihm, daß sich sein Kontostand auf fünftausendeinhundertunddreißig Dollar belief. Er fragte, ob der Betrag auf eine New Yorker Bank überwiesen werden könne, änderte dann aber seinen Entschluß.

»Ich hebe es bar ab.«

Der Bankangestellte reichte ihm fünf Eintausend-Dollar-Noten, einen Hunderter, einen Zwanziger und einen Zehn-Dollar-Schein. Kells zog das Bündel mit vierundzwanzig nagelneuen Hundert-Dollar-Noten aus seiner Tasche und wechselte die zwanzig Hunderter in zwei weitere Tausend-Dollar-Noten ein. Er faltete die sieben Eintausend-Dollar-Noten in eine Spielkartenhülle, machte die Lasche zu und verstaute das Paket in der Innentasche seiner Jacke. Die fünf Hunderter und die kleineren Noten steckte er in die Hosentasche, ging hinaus und rief ein Taxi heran.

Auf seine Armbanduhr blickend, sagte er: »Ambassador.« Es war vierzehn Uhr dreißig; ihm blieben jetzt noch drei Stunden und zwanzig Minuten, um nach Hause zu gehen, zu packen und dann in den *Chief* zu steigen.

7

»Gerry«, rief ihm die Granquist zu, als er das Foyer durchquerte.

Er wartete, bis sie zu ihm herangekommen war, lächelte ihr treuherzig entgegen. »*Gerry* bin ich nur mit dir im Heu, Baby«, sagte er sanft. »*Mr. Kells* in der Öffentlichkeit.«

Sie lachte weich – eine metallische Weichheit.

Kells fragte: »Haben Sie meine Nachricht bekommen?«

»Mm, hmm.« Sie sprach schnell, sehr rauh. »Ich bin wohl aufgewacht, direkt nachdem Sie gegangen sind, vermute ich. Ihr Telefon hat einen Höllenlärm gemacht. Ich geh' jetzt nach Hause und hol' ein bißchen Schlaf nach . . .«

Sie streckte ihm ihre geschlossene schwarzbehandschuhte Hand entgegen; Kells nahm seinen Schlüssel. Er sagte: »Kommen Sie noch mal mit rauf – ich habe den richtigen Abnehmer für Ihr Zeug gefunden.«

»O ja – wirklich?« Ihre Miene hellte sich auf.

Sie fuhren mit dem Fahrstuhl hoch zu Kells' Zimmer. Mit dem Rükken zum Fenster setzte sich die Granquist in einen stahlgrauen Ledersessel, und Kells marschierte auf und ab.

»Lee Fenner ist sechs Jahre lang der mächtige Boß in dieser Stadt gewesen«, sagte er. »Die Reformkräfte haben bei der letzten Wahl gewonnen, aber Fenner hat alles noch ziemlich gut unter Kontrolle behalten – er hat hervorragende Beziehungen bis hinauf nach Washington . . .« Er legte eine Pause ein, während die Granquist Tabak und Blättchen hervorholte und anfing, sich eine Zigarette zu drehen.

»Sie wollten Ihr Zeug für fünf Riesen an Fay verhökern«, fuhr er fort. »Falls es wirklich so gut ist, wie Sie glauben, könnten wir von Fenner fünfzehn bekommen . . . Das wären dann zehn für Sie und fünf für mich –« er lächelte leicht, »– ich bin ja Ihr Agent . . .«

Die Granquist sagte: »Ich bin betrunken gewesen, als ich mit Fay verhandelt habe. Fünfzehn sind der reinste Kleckerkram. Falls Sie mir dabei helfen wollen, die Angelegenheit so anzupacken, wie sie angepackt werden muß, können wir fünfzig rausschlagen.«

»Du hast übertriebene Vorstellungen, Baby. Bleiben wir doch auf dem Teppich.«

Die Granquist zündete ihre Zigarette an, sagte: »Wie wär's, wenn Sie mir einen Drink besorgen?«

Kells ging in das Ankleidezimmer und holte zwei Flaschen Whiskey aus seiner Schublade. Er löste das Seidenpapier, mit dem sie eingewikkelt waren, ging zurück ins Zimmer und stellte sie auf den Tisch.

»Eine für Sie und eine für mich.« Er holte einen Korkenzieher aus seiner Tasche.

Das Telefon schnarrte.

Kells ging ans Telefon, die Granquist stand auf, streifte ihre Handschuhe ab und machte sich daran, die Flaschen zu öffnen.

Kells sagte: »Hallo ... Ja – gut, Stella ... Wer? ... Nicht *Kuhn*, Stella – vielleicht ist es *Cullen* ... Ja ... Gib ihn mir ...« Er wartete einen Moment und sagte dann: »Hallo, Willie ... aber sicher ...« Er lachte leise. »Nein, dein Wagen ist in Ordnung. Ich lass' ihn dir von einem der Jungs aus der Garage rüberschicken. Oder ich bring' ihn selbst, falls ich noch Zeit habe ... Ich mach' mich hier dünne ... Mit dem *Chief*: achtzehn Uhr ... Mmm, ja, die sind mir hier zu rauh. Ich gehe zurück an den Times Square, wo es ruhig ist ... Okay, Willie. Danke. Viel Glück – und alles andere ... Mach's gut.«

Er legte auf, ging zum Tisch und nahm eine der geöffneten Flaschen. Er sagte: »Möchten Sie ein Glas oder einen Trichter?«

Die Granquist griff sich die andere Flasche und setzte sich. Mit einem Kopfnicken deutete sie zum Telefon. »Ist das amtlich – daß Sie weggehen wollen?«

»Aber ja.«

»Sie sind ein Narr.« Sie setzte die Flasche an den Mund und trank gurgelnd.

Kells ging zu einem kleinen Tisch, der an der Wand stand, nahm zwei Gläser von einem Tablett, ging zur Zimmermitte und stellte sie dort auf dem Tisch ab. Eines der Gläser goß er halb voll. »Nein, Schätzchen – ich bin ein sehr schlauer Bursche.« Er trank. »Solange ich kann, verhelfe ich mir zu soviel frischer Luft wie möglich. Das Gemisch hier ist mir zu stark. Ich bin nicht ehrgeizig ...«

»Sie sind ein Narr.«

Kells schlenderte zu einem Wandschrank, nahm zwei Reisetaschen und einen großen Koffer heraus. Er zog die Schubladen aus seiner kleinen Kommode, legte sie auf Stühle.

»Sie lassen sich die Chance entgehen, fünfzig Riesen mit mir zu teilen?« Die Ungläubigkeit der Granquist war nicht gespielt.

Kells ging daran, Wandschränke zu leeren, Sachen im Koffer zu verstauen. »Ihre Informationen sind für Fenner mehr wert als für jeden anderen«, sagte er. »Falls sie wirklich soviel wert sind, zahlt er womöglich auch. Sie können mir dann ja meinen ...«

»Verdammt, nein! Sie bleiben hier und helfen mir, die Sache zu deichseln, oder Sie bekommen keinen müden Cent.«

Kells hielt mit Packen inne, seine Augen wurden hell und weit, als er sich zur Granquist umwandte. »Hör zu, Baby«, sagte er langsam. »Ich habe ein paar Cent. Ich komme auf ehrliche Weise prächtig zurecht. Sie nehmen jetzt Ihre Flasche und Ihr Erpressermaterial und machen ...«

Die Granquist lachte auf. Sie stand auf, ging zu Kells und schlang ihre Arme um ihn. Sie sagte dabei nichts, schaute ihn bloß an und lachte.

Der wütende, wilde Ausdruck verschwand langsam aus seinen Augen. Er lächelte. Er sagte: »Was bringt dich denn darauf, daß es so viel wert ist?«

Dann schob er sacht ihre Arme weg, ging zum Tisch und goß zwei Gläser voll.

THEATERDONNER

Gegen achtzehn Uhr vierzig setzte Kells die Granquist vor ihrem Apartmenthaus an der Ecke Wilcox und Yucca ab.

»Wir treffen uns in einer Stunde im *Derby.*«

Sie sagte: »Okay – *adiós.*«

Kells fuhr die Wilcox hinauf zur Cahuenga, die Cahuenga entlang bis zur Iris, bog dann auf das sanft abfallende kurze Hangstück, das zu Cullens Haus führte. Die Garagentüren waren offen, er fuhr den Wagen hinein, ging dann die Vordertreppe hinauf und läutete. Niemand machte ihm auf. Er ging wieder zurück, schloß die Garagentüren und lief zu Fuß zur Cahuenga, die Cahuenga hinunter und bog dann in die Franklin.

Eine Weile blieb er an der Ecke stehen, ging dann in einen Delikatessenladen und rief eine Nummer in Hempstead an. Die Leitung war besetzt. Er wartete ein paar Minuten, wählte noch einmal und sagte: »Hallo, Ruth ... Großartig ... Hör zu: Ich werde heute abend sehr beschäftigt sein – ich habe nur ungefähr eine halbe Stunde ... Du gehst raus und spazierst zur Las Palmas hoch, und wenn du ganz sicher bist, daß dir niemand gefolgt ist, geh die Las Palmas hoch bis zur Franklin ... Falls du dir nicht absolut sicher bist, schlenderst du einfach ein bißchen rum oder vertreibst dir irgendwie die Zeit ... Ich rufe dich dann noch spät an. Ja ...«

Er ging hinaus und lief über die Franklin zur Las Palmas. Zehn Minuten lang schlenderte er zwischen Las Palmas und Highland auf und ab, ging dann auf der Las Palmas nach Westen zum Hollywood Boulevard. Ruth Perry war nirgendwo zu entdecken.

Dann ging er die Las Palmas hinunter zum Sunset Boulevard, bog nach Osten auf die Vine und lief die Vine hinauf bis zum *Brown Derby*.

Die Granquist saß weit hinten links in einer Nische. Sie sagte: »Ich habe Austern bestellt.«

Kells setzte sich zu ihr. »Das ist gut.« Er nickte einem Bekannten am Nachbartisch zu.

»Ein paar Minuten, nachdem du mich verlassen hattest«, sagte sie, »kam ein Kerl zu mir und hat das Mädchen unten am Empfang gefragt, wer ich bin. Sie hat geantwortet: ›Wer will das wissen?‹ Und dann hat er behauptet, er hätte mich reinkommen sehen und geglaubt, ich wäre eine alte Freundin von ihm.«

»Und . . .?«

»Und ich hab' gar keine alten Freunde hier.«

»Wie hat er ausgesehen?« Kells überflog die Speisekarte.

»Das Empfangsmädchen ist nicht sehr helle. Alles, woran sie sich erinnern konnte, war, daß er einen grauen Anzug trug und eine graue Mütze aufgehabt hat.«

Kells sagte: »Das ist ja 'ne Wucht – dann war es einer der Barrymores.«

»Nein.« Die Granquist schüttelte sehr ernst den Kopf. »Es könnte ein Cop gewesen sein, der uns von deinem Hotel aus gefolgt ist. Oder vielleicht ist es einer von –«

Kells unterbrach sie plötzlich. »Hast du das Zeug in deiner Wohnung gelassen?«

»Ganz gewiß nicht.«

Kells sagte: »Wie dem auch sei – jedenfalls muß das, was wir damit tun wollen, heute abend geschehen. Ich nehme morgen den Mittagszug.«

»*Wir* nehmen den Mittagszug.«

Kells lächelte und betrachtete sie eine Weile. Er sagte: »Wenn man einer Dame beim Austernessen zusehen kann und noch immer glaubt, sie wäre großartig – dann ist das Liebe.«

Er bestellte sein Menü.

Die Granquist trug eine schicke schwarze Handtasche. Sie öffnete sie, zog ein großes Silberflakon heraus, goß unter dem Tisch Drinks ein.

»Das Dinner war ausgezeichnet.«

Etliche Zeit später sagte die Granquist mit plötzlicher und übertriebener Ernsthaftigkeit: »Ich habe dir noch nicht die Geschichte meines Lebens erzählt.«

Kells trank seinen Kaffee und beobachtete die Tür. Er wandte sich langsam zu ihr und sagte bedächtig: »Nein – aber gehört hab' ich schon mal so eine.«

»Na gut. Dann erzähl mir deine.«

»Ich bin als Kind reicher, doch ehrlicher Eltern geboren worden . . .«

»Die kannst du dir sparen!«

Er grinste ihr zu. »Ich bin aus Frankreich zurückgekehrt«, sagte er, »mit einer Menge Scharfschützenorden, einem wunderschönen Fall von Schützengrabentrauma und einer Morphiumsucht, die nicht von Pappe war.«

Er machte eine Handbewegung. »Alles weg.«

»Sogar die Orden?«

Er nickte. »Der Staat hat sie als Souvenirs nach meinem ersten Prozeß eingezogen.«

Die Granquist goß zwei Drinks ein.

»Mein Pech ist gewesen, daß ich ein paar Morden, die Schlagzeilen gemacht haben, zu nahe gekommen bin«, fuhr Kells fort. »Es gab eine Menge blöder Verleumdungen und eine Menge dummes Geschwätz. Das ging schließlich so weit, daß die New Yorker Polizei, wenn sie die Täter bei einer Schießerei nicht ausfindig machen konnte, automatisch geglaubt hat, ich wäre es gewesen.«

Die Granquist lächelte noch immer.

»Nach den ersten dreien haben sie die Lust verloren, sie mir anzuhängen, aber das Geflüster ging weiter. Man nannte es damals ›Kells privat‹ . . .«

»Und im tiefsten Herzen bist du einfach nur ein großer, sympathischer Junge, der keiner Fliege was zuleide tun würde.«

»Mmm.« Er nickte nachdrücklich und langsam mit dem Kopf. Sein Gesicht blieb ausdruckslos.

»Ich – ich bin Napoleon.« Die Granquist zog eine Puderquaste aus der Handtasche und betupfte damit ihre Nase.

Kells winkte einen Kellner heran und bezahlte die Rechnung. »Und hinter den Alpen liegt Italien. Gehen wir.«

Es regnete leicht.

Kells hielt die Granquist dicht an sich gedrückt. »Das *Knickerbokker* ist gleich um die Ecke an der Ivar«, sagte er. »Aber ich möchte dich jetzt in ein Taxi stecken, und ich möchte, daß du zur Western Avenue runterfährst, da aussteigst und zu Fuß weitergehst, bis du ganz sicher bist, daß dir niemand folgt. Dann nimm ein anderes Taxi und komm zum *Knickerbocker* – ich bin im Zimmer 1016.«

Der Portier spannte einen großen Regenschirm für sie auf; sie gingen ein Stück den Bürgersteig hoch, und die Granquist stieg in ein Taxi. Kells blieb im Nieselregen stehen, bis das Taxi um die Ecke zum Hollywood Boulevard abgebogen war, ging dann zurück ins Restaurant.

Ruth Perry saß in der Ecknische neben der Registrierkasse. Sie sagte nichts.

Kells setzte sich. Auf dem Tisch lag eine Zeitung, und er drehte sie um, schielte auf die Schlagzeilen.

Er sagte: »Was hältst du von der Situation in Europa?«

»Wer war das?« Ruth Perry deutete mit dem Kopf leicht zur Tür.

Kells stemmte die Ellbogen auf den Tisch und rieb sich die Augen mit der Hand. »Geht dich nichts an, Liebling.« Er schaute zu ihr hoch und lächelte. »Behalt die Hosen an. Ich bin dabei, heute abend zehn- oder fünfzehntausend Dollar abzustauben, und die da« – er winkte mit der Hand zur Tür »– ist ein sehr wichtiger Teil dieses Spiels.«

Ruth Perry sagte nichts dazu. Sie lehnte sich zurück, schaute hoch zur Decke und lachte leise.

Schließlich fragte sie: »Was wirst du wegen Dave unternehmen?«

»Was möchtest du denn?«

»Ich trete jedenfalls nicht in den Zeugenstand und lass' mich wegen Meineids unter Anklage stellen.«

Kells schüttelte den Kopf. »Das mußt du auch nicht, Baby. Der Prozeß wird allenfalls in einem Monat oder so angesetzt. Und wir können Dave vorher rausholen –« sein Mund lächelte, »– falls du das überhaupt möchtest.«

Eine Weile blieben sie stumm.

Dann sagte Kells: »Ich muß jetzt gehen – ich ruf' dich gegen zwölf an.«

Er stand auf und ging hinaus in den Regen. Zu Fuß lief er bis zur Ecke Vine und Hollywood Boulevard, betrat dann einen Drugstore und kaufte etwas Aspirin. Er nahm zwei Fünf-Milligramm-Tabletten, ging dann hinaus, überquerte den Boulevard und lief ungefähr hundert Meter die Vine Street hinauf. Dann überquerte er wieder die Straße und ging auf der anderen Seite zurück zum Parkplatz neben dem Postamt. Er blieb auf dem Bürgersteig stehen, beobachtete eine Zeitlang die Leute auf der anderen Straßenseite, ging dann mit schnellen Schritten über den Parkplatz und die Rampe zur Garage unter dem *Knickerbokker*-Hotel hinunter.

2

Er stieg im zehnten Stock aus dem Fahrstuhl und klopfte an die Tür von 1016. Fenner machte ihm auf.

Fenner sagte: »Ja, Mr. Kells – Ihren Zug haben Sie jedenfalls nicht mehr erwischt!« Er lächelte und bat Kells mit einer angedeuteten Verbeugung hinein.

Sie saßen in dem großen Wohnzimmer, und Fenner schenkte Drinks ein. Er goß drei Gläser voll, lehnte sich zurück und fragte: »Wo ist die kleine Lady?«

»Sie wird in ein paar Minuten oben sein.«

Jemand kam aus dem Bad und ging durchs Schlafzimmer. Fenner stand auf und stellte den brünetten, mittelgroßen Mann vor, der hereinkam. »Das ist Bob Jeffers – das Gottesgeschenk an die holde Weiblichkeit . . . Mr. Kells.«

Kells stand auf und schüttelte Jeffers die Hand. Er war ein Filmstar, der eine kurze, doch spektakuläre Karriere hinter sich hatte; seit ungefähr einem Jahr war er auf dem absteigenden Ast. Er war betrunken. Er sagte: »Es ist mir ein Vergnügen, einem echten Revolverhelden zu begegnen, Mr. Kells.«

Kells warf Fenner einen Seitenblick zu, und Fenner schüttelte leicht den Kopf, lächelte entschuldigend. Kells setzte sich und nippte an seinem Whiskey.

Jeffers sagte: »Ich geh' hoch und schaffe Lola her.« Er nahm sein Glas und ging auf unsicheren Beinen aus dem Zimmer, durch die Diele hinaus auf den Außengang.

»Sie dürfen sich an Jeffers nicht stören.«

Kells sagte: »Aber gewiß doch.« Dann lehnte er sich in seinem Sessel zurück und starrte Fenner ausdruckslos an. »Haben Sie fünfundzwanzig Riesen bar?«

Fenner schaute sehr eindringlich zurück. Dann trat ein träges Lächeln in sein Gesicht, und er schüttelte den Kopf. »Nein«, sagte er. »Warum?«

»Können Sie sie beschaffen – noch heute abend?«

»Nun ja – möglicherweise. Ich –«

Kells unterbrach ihn, sprach jetzt sehr schnell. »Ich habe mit der

Lady gesprochen. Sie hat genug gegen Bellmann, um ihn ein für allemal aus der Politik zu verscheuchen – ja, bei Gott, aus dem ganzen Staat. Sie dürfen als erster zugreifen, weil ich so eine Ahnung habe, daß er finanziell ziemlich wacklig dasteht. Für Sie ist das der Stadtschlüssel – richtig auf dem Präsentierteller, schwarz auf weiß –, und es ist ein Bombengeschäft.«

»Sie scheinen ein mehr als nur oberflächliches Interesse daran zu haben . . .«

Kells nickte. »Mmm, ja«, sagte er lächelnd. »Ich bin so was wie Ihr Finanzmakler.«

Fenner stand auf und ging im Zimmer auf und ab, die Hände auf dem Rücken gefaltet, mit der Miene eines Mannes, der vom Podium herunter einen Vortrag hält.

»Sie vergessen ganz, Kells, daß der einfache Mann – der Wähler – nicht voll über Bellmanns Verbindungen informiert ist, über seine Macht in der derzeitigen Administration.«

»Dafür ist Ihr *Coast Guardian* da.«

Fenner blieb dicht vor Kells stehen. »Ich wüßte nur gern, welche Form diese, äh – inkriminierende Information hat.«

Kells schüttelte langsam den Kopf. »Sie müssen sich mit meinem Wort begnügen«, sagte er. Er beugte sich vor und stellte sein leeres Glas auf den Tisch.

Die Türklingel schlug an. Fenner ging hinaus in die Diele, führte die Granquist ins Zimmer. Kells stand auf, stellte sie Fenner vor, und Fenner brachte ihren Mantel ins Schlafzimmer, kam zurück und schenkte allen neue Drinks ein.

»Mr. Kells hat das Vorkaufsrecht auf fünfundzwanzigtausend erhöht«, sagte er. Er lächelte die Granquist jungenhaft an.

Sie nahm ihren Drink und setzte sich. Sie setzte ihr Glas an die Lippen. »Na dann, prost!«

Sie tranken alle.

Die Granquist entnahm ihrer Tasche ein Päckchen Durham-Tabak und Blättchen und drehte sich eine Zigarette.

Fenner sagte: »Natürlich kann ich mich auf ein solches Angebot nicht einlassen, bei dem soviel Geld mitspielt, ohne genau zu wissen, was ich dabei kaufe.«

»Sie setzen fünfundzwanzigtausend Dollar bar auf Sieg, und Sie bekommen genug, um die Wahl auf Eis zu legen.« Kells stand auf und trat an eins der Fenster. Er wandte sich um und fuhr sehr ernst fort: »Und davon sind Sie jetzt noch ein ganzes Stück entfernt.«

Fenner spitzte die Lippen, deutete ein Lächeln an. »Na ja – also ...«

»Und es muß heute abend laufen.«

Die Granquist stand auf und stellte ihr leeres Glas auf den Tisch.

Fenner sagte: »Bedienen Sie sich selbst, bedienen Sie sich selbst!«

Sie füllte die beiden Gläser auf dem Tisch mit Whiskey und Eis und White Rock. Sie sagte: »Gestatten Sie Fremden, Ihr Badezimmer zu benutzen?«

Fenner führte sie durch die Diele zum Schlafzimmer und schaltete das Licht im Bad ein. Er kam zurück, setzte sich, nahm den Hörer vom Telefon und fragte nach einem Mr. Dillon. Als die Verbindung hergestellt war, sagte er: »Ich möchte, daß Sie den versiegelten gelben Umschlag heraufbringen, der im Safe liegt ... Ja, bitte – und bringen Sie ihn selbst hoch.« Er legte auf und wandte sich zu Kells. »Also gut«, sagte er. »Ich spiele mit.«

Kells setzte sich und schlug die Beine übereinander. Er hielt den Blick auf die hochglänzende Kappe seines linken Schuhs gerichtet und sagte: »Das wird sich für Sie wie ein Märchen anhören.« Er schaute zu Fenner hoch. »Bellmann ist ein ganz ausgekochter Bursche. Wäre er das nicht, würde er nicht da stehen, wo er jetzt ist.«

Fenner nickte ungeduldig.

Kells sagte: »Aber je ausgekochter sie sind, desto blinder tappen sie in Fallen, die man für sie aufstellt. Bellmann hat das Wochenende vor vierzehn Tagen in Jack Roses Berghütte in Big Bear verbracht.« Er beugte sich vor und nahm sein Glas vom Tisch. »Rose hat schon seit langer Zeit versucht, seine Fühler nach ihm auszustrecken, hat versucht, über seine Freunde an ihn ranzukommen. Vor ein paar Wochen hat Rose ein großes Grundstück am See unweit dem von Bellmann gekauft, und Hugg und MacAlmon – Mac ist ein enger Freund von Bellmann – zum Fischen und allerlei Zeitvertreib eingeladen. In gutnachbarschaftlichem Geist sind sie dann alle bei Bellmann aufgekreuzt, und danach kam er zu dem Schluß, daß er sich in all den Jahren gründlich in Rose getäuscht hätte. Am folgenden Tag hat er den Besuch erwidert. Als Hugg und Mac in die Stadt zurückgefahren sind, haben sie Rose und Bellmann so zurückgelassen –« Er hielt zwei schlanke Finger hoch, die fest ineinander verhakt waren.

Die Granquist kam wieder herein und setzte sich.

Kells wandte den Kopf in ihre Richtung. Ohne sie direkt anzuschauen, sagte er: »So ist die Situation, als dieses Schätzchen hier ins Spiel kommt.«

Fenner zündete eine Zigarette an und stieß hustend Rauch aus.

»Sie war mit Freunden von Rose aus Kansas City hier raufgekommen«, fuhr Kells fort. »Bellmann ist ihr bei Rose begegnet und gleich auf sie abgefahren. Das war genau, was Rose vorgehabt hatte. Er hatte eine Party geschmissen – eine dieser intimen, ruhigen kleinen Privatfeten – nur Rose und ein Revuemädchen, Bellmann und« – er lächelte leicht zur Granquist hinüber, – »*die da.* Sie sind alle hinüber gewesen – ich meine, nicht nur besoffen, sondern wirklich hinüber. Und was glauben Sie, ist dann passiert?«

Er machte eine Pause und grinste Fenner fröhlich zu. »Miss Granquist hatte ihre kleine Kamera dabei und hat eine Menge Schnappschüsse gemacht.« Grinsend wandte er sich an die Granquist. »Miss Schluckspecht Granquist war nüchtern genug geblieben, ihre kleine Kamera auszulösen.«

Fenner stand auf, nahm das leere Glas der Granquist und schenkte nach. Er blickte dabei sehr ernst.

Kells fuhr fort: »Natürlich konnte sich Rose am nächsten Morgen wieder an alles erinnern. Er hat nach den Bildern gefragt, und sie hat ihm ein paar Filmrollen gegeben, die sie nachts in die Kamera eingelegt und bei verdeckter Linse abgeknipst hatte. Es waren Nieten. Als sie sie ihm gab, bemerkte sie dazu, daß die Linse verdeckt gewesen wäre. Und sie lachten das typische Lachen vom Morgen danach. Bellmann hatte einen rabenschwarzen Kater; er konnte sich erst einen oder zwei Tage später an die Fotos erinnern, und dann schrieb er an Miss Granquist ein paar heiße Liebesbriefe, alle versehen mit dem beiläufig nüchternen Postskriptum: ›Wie sind die Schnappschüsse geworden, Darling?‹ – so kleine Spitzen eben.«

Kells stand auf und reckte sich. »Sie sehen, es wird immer besser.«

»Was ist auf diesen Bildern?« Fenner hatte sich neben der Granquist aufgebaut, sein kleines spitzes Kinn zu Kells vorgereckt.

»Seien Sie nicht albern! Einer dieser kleinen Gauner, die an der Rue de Rivoli arbeiten, hat sie gerade diskret weitergegeben.« Kells fuhr sich mit den Fingern durchs Haar. »Aber das ist auch gar nicht der Punkt. Es ist nicht so entscheidend, was drauf ist, sonder wer darauf zu sehen ist: Mr. John R. Bellmann, der große Boß der Reformverwaltung, der Kandidat aller Frauenvereine – im Haus und in intimer Gesellschaft mit Jack Rose, Berufsspieler, Kronprinz der Unterwelt im Westen und noch ein paar, na ja – zweifelhafte Damen.«

»Und was genau kaufe ich?«

»Die Negative und einen Satz Abzüge. Ich gebe Ihnen mein Wort, daß Sie alle Negative bekommen und daß es keine weiteren Abzüge gibt. Dann die Briefe – und gewisse Informationen darüber, was Bellmann und Rose miteinander besprochen haben, bevor sie weggetreten sind . . .«

Es klingelte an der Tür.

Fenner sagte: »Das wird Dillon sein.« Er ging hinaus in die Diele und kam mit einem Mann mit sandfarbenem Haar und Brille wieder herein. Beide hielten die Hände über dem Kopf, im Gesicht einen überraschten Ausdruck. Zwei Männer, die Kells noch nie gesehen hatte, kamen hinter ihnen herein. Einer von ihnen, der auffälligste, war ziemlich fett, und sein kleiner Kopf ragte aus einem steifen Kragen. Seine Krawatte war so gebunden, daß sie waagrecht von der Kragenöffnung abstand. Er hielt einen kurzen Revolver in der Hand.

3

Der fette Mann sagte: »Sieh mal nach, ob der Große irgendwas in seinen Taschen hat!«

Der andere Mann trat zu Kells. Er war ein graugesichtiger, unscheinbarer junger Mann in einem eng geschnürten Regenmantel. Er durchsuchte Kells' Taschen sehr sorgfältig und sagte, als er fertig war: »Hinsetzen!«

Dillon verlagerte sein Gewicht von einem Fuß auf den anderen, und der fette Mann, der dicht hinter ihm stand, hob den Revolver und schlug ihm mit dem Lauf fest auf den Hinterkopf. Dillon grunzte, seine Knie gaben nach, er klappte zusammen und sank weich auf den Fußboden.

Der fette Mann kicherte leise und nervös in sich hinein. Er sagte: »Damit scheidet schon mal einer aus. Na ja, hier hilft schon jede Kleinigkeit.«

Kells setzte sich auf den Diwan, lehnte sich zurück und schlug die Beine übereinander.

Der fette Mann sagte: »Nimm die Hände hoch, Kleiner.« Kells schüttelte leicht den Kopf.

Der junge Mann im Regenmantel beugte sich zu ihm und schlug Kells quer über den Mund. Kells schaute zu ihm hoch, und sein Gesichtsausdruck war sehr traurig, seine Augen blickten schläfrig. Er sagte: »Das ist jammerschade.«

Fenner drehte den Kopf und sprach den fetten Mann über die Schulter hinweg an. »Was wollen Sie?«

»*Sie* will ich nicht. Setzen Sie sich da in den Sessel am Fenster.«

Fenner ging durchs Zimmer, setzte sich.

Der fette Mann sagte: »Greifen Sie jetzt nach hinten und ziehen Sie die Vorhänge zu.«

Die Granquist bemerkte sarkastisch: »Jetzt ziehen Sie sich selbst einen Stuhl heran, Herzchen.« Sie beugte sich zum Tisch vor. »Willst du dir nicht auch 'nen Drink reinkippen?«

Kells sagte: »Sag doch nicht ›reinkippen‹, Liebes.«

Der fette Mann nahm in dem Sessel dicht neben der Tür Platz. Seine Ellbogen lagen auf den Armlehnen, und, den Revolver locker im Schoß haltend, sagte er: »Ich will einen Stapel Fotos, den du an Bellmann verhökern wolltest, Püppchen.«

»Nenn mich nicht Püppchen, du Hundesohn.«

Kells schaute zur Granquist und schüttelte traurig den Kopf. »Das ist was, das du vergessen hast, mir zu erzählen«, sagte er.

»Ich will alle Fotos«, wiederholte der fette Mann. »Und ich will die zwei Briefe. Aber dalli!«

Die Granquist starrte den fetten Mann an. Langsam wandte sie sich zu Kells. »Das ist eine Lüge, Gerry. Ich hab' nicht mit Bellmann gemauschelt.«

Fenner erhob sich. »Dafür würde ich meine Hand nicht ins Feuer legen«, sagte er. Er rammte die Hände in die Taschen und machte einen Schritt nach vorn.

»Hinsetzen.« Der fette Mann schwenkte leicht den Revolver, bis er direkt auf Fenners Magen zielte.

Fenner blieb stehen.

Kells sagte: »Weiß der Bursche, der euch geschickt hat, eigentlich, daß die ganze Hintergrundgeschichte morgen früh auf allen Titelseiten der Zeitungen stehen wird, falls mir was passieren sollte?«

Der fette Mann lächelte.

»Die Hintergrundstory zu Haardt und dem Schiff und Perry und dem Sonntagsschulausflug nach Big Bear?« fuhr Kells fort.

Die Granquist schaute gespannt zu ihm hin.

»Ich habe diese Vereinbarung heute nachmittag getroffen.« Kells beugte sich leicht zur Seite und stellte sein leeres Glas auf den Beistelltisch.

Der fette Mann blickte von Fenner zu Kells, und dann schaute er zur Granquist und auf die Handtasche, die sie zwischen sich und die Armlehne geschoben hatte. Er sagte: »Das ist ein Bluff. Schauen wir doch mal da rein, Püppchen.«

Die Granquist erhob sich mit einer geschmeidigen, kontrollierten Bewegung. Sie ging so schnell aufs Fenster zu, daß dem fetten Mann nur noch Zeit blieb, aufzustehen und einen Schritt auf sie zuzumachen, bevor sie den Vorhang mit der Schulter beiseite geschoben, die Scheibe eingeschlagen und die Tasche aus dem Fenster geworfen hatte.

Splitterndes Glas regnete aufs Fensterbrett.

Im selben Augenblick war Kells aufgestanden, und seine rechte Faust kam hoch, traf mit einem weiten Schwinger seitlich ans Kinn des graugesichtigen jungen Mannes. Der junge Mann wurde halb herumgerissen, und noch einmal krachte Kells' rechte Faust auf dieselbe Stelle. Der junge Mann stürzte halb auf den Diwan, halb auf den Fußboden.

Der fette Mann ging auf Kells los, blieb dann mitten im Zimmer stehen.

Die Granquist schrie: »Verpaß ihm eins, Gerry ...«

Kells blieb mit breitgespreizten Beinen stehen. Er grinste dem fetten Mann entgegen.

Fenner stand neben der Granquist am Fenster. Seine Augen hatten sich geweitet, und er versuchte, etwas herauszubringen, doch die Worte blieben ihm in der Kehle stecken.

Der fette Mann ging rückwärts zur Tür. »Ich hab' nicht den Befehl bekommen zu schießen«, sagte er. »Aber das mache ich unweigerlich, wenn ihr mich dazu zwingt.« Er zog sich ins Halbdunkel des Flurs zurück, und dann schlug die Außentür zu.

Die Granquist rannte quer durchs Zimmer, blieb einen Augenblick in der Diele stehen, wandte sich noch einmal um zu Kells. Sie sagte: »Ich geh' die Tasche holen!« Und sie sprach so schnell und atemlos, daß die Worte zu einem einzigen verschmolzen. Sie ging hinaus in die Dunkelheit des Ganges.

Kells wandte sich zu Fenner. »Helfen Sie ihr!«

Er beugte sich zu dem jungen Mann hinunter, zog eine kleine Automatik aus einer Tasche seines Regenmantels und reichte sie Fenner. »Beeilen Sie sich – ich muß noch telefonieren –, dann komm' ich auch gleich runter.«

Fenner griff benommen nach der Automatik. Er schaute auf den Mann am Boden und dann zu Kells, und dann erwachte er plötzlich zum Leben. »Es ist unten auf dem Hof«, sagte er aufgeregt. »Ich kann vom dritten Stock aus runtersteigen.«

»Vielleicht war die Tasche nur ein Ablenkungsmanöver. Verlieren Sie sie nicht aus den Augen.« Kells setzte sich ans Telefon.

Fenner hastete aus dem Raum.

Kells wartete, bis er die Außentür zuschlagen hörte, stand dann auf und ging zu Dillon. Er kniete sich hin und zog einen langen gelben Umschlag aus der Brusttasche von Dillons Jacke. Er war mehrfach versiegelt. Er riß die Lasche auf, glättete den Umschlag, drückte seinen Inhalt von der Unterkante her hoch, schaute hinein. Dann steckte er ihn mit ausdruckslosem Lächeln in seine Tasche.

Er ging zu dem zerbrochenen Fenster, schob es hoch, beugte sich kurze Zeit hinaus in die feuchte Dunkelheit des Hofes, dann lief er in die Küche, blieb vor dem Herd stehen, schaute durch die hoch angebrachte Lüftungsklappe und den engen Belüftungsschacht auf die Lüftungsklappe des angrenzenden Apartments. Dann ging er ins Schlafzimmer, holte seinen Hut und den Mantel der Granquist, eilte aus der Wohnung und über den Gang zum Aufzug.

Auf dem Weg nach unten sprach er den Boy an, der den Fahrstuhl bediente. »Regnet es noch?«

»Ja, Sir! Sieht ganz so aus, als würde es die ganze Nacht regnen.«

Kells sagte: »Das würde mich nicht überraschen.«

Der Nachtportier kam gerade aus dem Raum der Telefonvermittlung.

Kells lehnte sich aufs Empfangspult. »Ihr Mr. Dillon ist in 1016. Er hat einen kleinen Unfall gehabt. Es ist noch ein anderer Mann da drin, gegen den Fenner Anzeige erstatten wird. Lassen Sie ihn vom Hausdetektiv festhalten, bis Fenner zurückkommt.«

Er war schon auf dem Weg hinaus, blieb noch eine Weile stehen, sagte über die Schulter gewandt: »Vielleicht finden Sie noch einen, der versucht, vom Hof zu kommen oder hineinzugelangen. Wahrscheinlich aber nicht.«

Er ging hinaus und lief die Ivar hinauf bis zur Yucca, dann auf der Yucca nach Westen an dem kurzen Wohnblock vorbei bis zur Cahuenga. Der Regen war jetzt nur noch ein feines Sprühen; es war warm, und gelegentlich grollten Donnerschläge von den Bergen im Norden herüber. Er betrat ein Apartmenthaus an der Ecke und fragte den Nachtportier, ob Mr. Beery zu Hause sei.

»Er ist vor ungefähr zehn Minuten rausgegangen.« Der Nachtportier vermutete, daß er in dem Drugstore gleich über die Straße sein könnte.

Beery hockte neben dem Sodaspender über einer Tasse Kaffee. Kells setzte sich neben ihn und bestellte ein Glas Wasser, mit dem er zwei Aspirintabletten hinunterspülte. Er sagte: »Falls du jetzt mit mir kommen willst, bekommst du vielleicht noch ein bißchen mehr Material für deine Memoiren.«

Beery warf ein paar Münzen auf den Tresen, und sie gingen hinaus, wandten sich dann zur Wilcox. Sie betraten den Eingang des Lido, der in die Wilcox mündete, stiegen zum vierten Stock hinauf und suchten auf dem langen Flur Nr. 432.

Die Granquist öffnete die Tür. Ihr Gesicht war so wachsbleich, daß ihre Lippen im Kontrast zu ihrer Haut dunkel und blutig wirkten. Ihr Mund war leicht geöffnet, und ihre Augen blickten groß und brennend. Die Arme hielt sie eng an die Seiten gepreßt.

Am Boden lag ein Mann mit dem Gesicht nach unten, eine Hälfte im Bad, die andere draußen. Sein Körper lag schwer auf den verschränkten Armen.

Beery ging an der Granquist vorbei langsam durchs Zimmer bis zu einem Tisch. Im Gehen wandte er leicht den Kopf, hielt die Augen auf den Mann am Boden gerichtet. Er nahm seinen Hut ab und legte ihn auf den Tisch.

Kells schloß die Tür leise und blieb mit dem Rücken dagegen gelehnt stehen.

Die Granquist starrte ihn an. Ihr Gesichtsausdruck veränderte sich nicht.

Beery schaute beide an.

Kells lächelte leicht. Er sagte: »Das ist nicht ganz das, was ich im Sinn hatte, Shep – vielleicht ist das hier noch besser.«

Beery machte ein paar Schritte zu dem Mann am Boden, hockte sich hin und drehte seinen Kopf auf die Seite.

Die Granquist schluckte schwer. Sie sagte: »Gerry, ich hab's nicht getan. Ich hab's nicht getan!«

Beery sagte leise, ohne aufzuschauen: »Bellmann.«

4

Kells schloß die Tür ab. Er schaute suchend zu Boden, ging zum Tisch, angelte mit dem Fuß darunter herum und stieß dann mit der Schuhspitze eine Automatik hervor.

Die Granquist wankte auf einen Stuhl zu. Sie setzte sich und starrte leer zu Beery hinüber, der noch über den Leichnam gebeugt war. Sie sagte mit hohler, monotoner Stimme: »Er war schon so, als ich reingekommen bin. Ich hab' mich noch unten aufgehalten, bin dann mit dem

Fahrstuhl hochgekommen, und als ich reingekommen bin – vor einer Minute erst –, da war er schon so.«

Kells schaute sie nicht an. Er zog ein Taschentuch heraus, nahm die Automatik und hielt sie sich an die Nase. Er war darauf bedacht, sie nur mit dem Taschentuch anzufassen, ließ das Magazin aus dem Griff schnellen und sagte: »Zwei Stück.«

Beery stand auf.

Kells lachte plötzlich. Er warf den Kopf zurück und brüllte vor Lachen. Er setzte sich, legte die Automatik auf den Tisch, wischte sich die Augen mit dem Taschentuch.

»Das ist herrlich«, sagte er hilflos.

Die Granquist starrte Kells an, lehnte sich dann zurück, und ihre Augen blickten sehr verängstigt. Sie sagte: »Ich hab's nicht getan.« Sie drückte den Rücken an die Lehne und schloß die Augen ganz fest. Sie sagte: »Ich hab's nicht getan.« Sagte es immer und immer wieder.

Kells' Lachen brach schließlich ab. Noch einmal wischte er sich die Augen mit dem Taschentuch, und dann schaute er hoch zu Beery. »Na«, sagte er. »Warum zum Teufel gehst du nicht ans Telefon? Hier hast du den Knüller des Jahres!«

Er lehnte sich zurück, lächelte hoch zur Decke, improvisierte künftige Schlagzeilen: »Blonde Biene bringt Boss Bellmann um; Säule der Kirche tritt vor ihren Schöpfer; Politiker – *mal sehen* –, Pistolenschüsse auf Porno-Politiker: Als Sittenstrolch von leichtem Mädchen niedergestreckt.« Er stand auf, ging mit schnellen Schritten zu Beery, unterstrich seine Worte mit einem langen, weißen Finger, mit dem er Beery auf die Brust trommelte. »Hier ist ein echter Heuler: Reformer bei Vergewaltigung geblockt; Mörderin erklärt: ›Ich habe geschossen, um meine Ehre zu retten, das kostbarste Erbe amerikanischen Frauentums.‹«

Beery ging zum Telefon. Er sagte: »Wir sind ein Bellmann-Blatt gewesen – ich muß mit dem alten Mann reden.«

»Du gottverdammter Idiot! Keine Zeitung kann sich erlauben, eine Sache wie diese herunterzuspielen. Siehst du das nicht auch ohne die Genehmigung deines Herausgebers?«

Beery nickte abwesend, wählte eine Nummer. Er fragte nach einem Mr. Crane; als Crane an den Apparat kam, sagte er: »Hier ist Beery. Bellmann ist gerade von einem Flittchen in ihrer Wohnung in Hollywood erschossen worden . . . mmh, ja – sehr tot.«

Er schaute grinsend zu Kells hoch, ließ ein wahres Bombardement vom anderen Ende der Leitung über sich ergehen. »Wir müssen voll in die Sache einsteigen, Mr. Crane«, fuhr er fort. »Das ist niet- und nagelfest. Wir können uns da nicht rauswinden ... Okay, verbinden Sie mich bitte mit Thompson – ich werd' ihm die Story durchgeben.«

Die Granquist stand auf, ging mit unsicheren Schritten zur Tür. Sie legte ihre Hand auf den Türknauf und schien sich erst jetzt zu erinnern, daß abgeschlossen war. Sie blickte auf den Schlüssel, doch sie rührte ihn nicht an. Sie drehte sich um, ging in die Eßecke, entnahm dem Schrank eine fast leere Flasche, kehrte zurück und setzte sich.

Beery fragte: »Wie heißen Sie, Schwester?«

Die Granquist machte gerade den Versuch, den Korken aus der Flasche zu ziehen. Sie sagte nichts, schaute auch nicht hoch.

Kells sagte: »Granquist.« Er schaute sie eine Zeitlang an, ging dann zum Fenster, wandte den Kopf zu Beery. »Miss Granquist.«

Beery sagte: »Hallo, Tom«, diktierte mit gleichmäßiger, monotoner Stimme in den Apparat.

Kells wandte sich vom Fenster ab, ging langsam zur Granquist hinüber. Er setzte sich auf die Lehne ihres Sessels, nahm ihr die Flasche aus der Hand und zog den Korken heraus. Er stand auf, ging in die Eßecke, goß den Whiskey in ein Glas und brachte es ihr, hockte sich dann wieder auf die Armlehne. »Nimm's nicht so schwer«, sagte er sehr sanft und ruhig. »Dein Fall ist geradezu perfekt. Die Geschworenen werden dir Rosen schenken und dir ein ehrendes Dankschreiben aufsetzen – und übrigens ist es die großartigste Sache, die Fenners politischem Apparat passieren konnte – es ist der Unterschied zwischen Bellmanns Administration und einer nagelneuen ...«

»Ich hab's nicht getan, Gerry!« Sie schaute zu ihm auf, und ihre Augen blickten stumpf, tiefverletzt. »Ich hab's nicht getan! Ich hab' die Fotos und das andere Zeug unten im Büro gelassen, als ich von hier weggegangen bin – die Handtasche war nur eine Attrappe ...«

Kells sagte: »Ich wußte, daß sie nicht in der Tasche sein konnten – du hast sie im Sessel liegen lassen, als du ins Bad gegangen bist.«

Sie nickte. Sie hörte ihm gar nicht zu. Es drängte sie zu reden. »Ich bin hierher zurückgerannt, nachdem ich von Fenner weggelaufen bin. Ich hab' das Zeug aus dem Büro abgeholt – mußte warten, bis der Verwalter die Kombination für den Safe aus seiner Wohnung geholt hatte. Dann bin ich hochgegangen, um hier auf dich zu warten.«

Sie trank, stellte das Glas auf dem Fußboden ab. Sie wandte sich um, nickte mit dem Kopf zu Bellmann hinüber. »Er ist so gewesen wie jetzt. Er muß wegen der Fotos gekommen sein – er hatte alle meine Sachen durchwühlt ...«

Kells sagte: »Laß gut sein, Baby – das ist eine abgekartete Sache . . .«

»Ich hab's nicht getan!« Sie schlug mit einer Faust auf die Armlehne, ihre Augen blickten plötzlich wild.

Kells erhob sich.

Beery beendete seinen Bericht, legte den Hörer auf. Er sagte: »Jetzt ruf' ich wohl besser das Revier an.«

»Warte einen Moment!« Kells blickte hinab auf die Granquist, und sein Gesicht war weiß, angespannt. »Hör mir zu.« Er unterstrich seine Worte, indem er ihr beschwörend einen Finger vors Gesicht hielt. »Sei brav. Spiel das so durch, wie ich gesagt habe, und du bist in einem Monat draußen – vielleicht bekomme ich dich noch schneller auf Kaution raus . . .«

Er wandte sich abrupt ab, ging zur Tür, drehte den Schlüssel. »Oder vielleicht–« er deutete mit einem Kopfnicken zur Tür, blickte dann auf die kleine Armbanduhr innen am Handgelenk, »– in ungefähr sechs Minuten geht von der Cahuenga ein Bus nach Frisco ab. Du kannst es schaffen – und dein ganzer Fall geht den Bach runter.«

Draußen grollte der Donner, und Regen peitschte gegen die Fenster.

Kells riß eine Geldnote aus der Hülle in seiner Brusttasche, ging zu ihr und reichte sie ihr. Es war ein Tausend-Dollar-Schein.

Sie starrte benommen darauf, erhob sich langsam, dann stopfte sie den Schein in eine Tasche ihres Kostüms, lief zu dem Stuhl, auf den Kells ihren Regenmantel geworfen hatte.

Kells sagte: »Gib mir das Bellmann-Zeug!«

Beery starrte Kells mit offenem Mund an. »Gerry, das kannst du doch nicht tun«, sagte er. »Ich hab' Tommy erzählt, daß wir das Mädchen haben –«

»Sie ist eben entwischt!«

Die Granquist zog ihren Mantel über. Sie schaute Kells an, und ihre Augen waren weich und feucht. Sie ging zu ihm, zog einen dicken Manila-Umschlag aus ihrer Tasche und reichte ihn ihm. Sie blickte zu ihm hoch, blieb einen Augenblick vor ihm stehen, wandte sich dann schnell ab und ging zur Tür. Sie legte ihre Hand auf den Knauf, drehte ihn, zog dann die Hand wieder zurück und legte sie vor ihr Gesicht. So blieb sie eine ganze Weile stehen, und schließlich sagte sie sehr leise: »Na gut.«

Sie sagte noch einmal: »Na gut«, wieder sehr leise und deutlich, wandte sich von der Tür ab, ging zurück zu dem großen Sessel und setzte sich.

Kells sagte: »Okay, Shep.«

5

Etwa zehn Minuten später erhob sich Beery, um Captain Hayes von der Hollywood Division einzulassen. Mit ihm gekommen waren zwei Männer in Zivil und ein Vertreter der Gerichtsmedizin.

Der Gerichtsmediziner untersuchte Bellmanns Leichnam, schaute nach kurzer Zeit hoch, sagte: »Tod sofort eingetreten – zwei Wunden, wahrscheinlich Kaliber .32 – eine hat das Herz gestreift.« Er richtete sich auf. »Seit etwa zwanzig Minuten tot.«

Hayes nahm die Pistole von der Stelle auf, wo Kells sie wieder unter den Tisch getan hatte, untersuchte sie, wickelte sie vorsichtig ein.

Kells lächelte ihm zu. »Alte Schule – samt Schalldämpfern und Diktaphonen. Heutzutage tragen sie Handschuhe.«

Hayes sagte: »Wie heißen Sie?«

Beery kam mit seiner Antwort zuvor: »Oh, Entschuldigung – ich dachte, Sie kennen sich bereits. Das ist Gerry Kells ... Captain Hayes.«

»Was hatten Sie hier zu suchen?« Hayes war ein schwergebauter Mann mit glänzenden braunen Augen. Er sprach sehr schnell.

»Shep und ich sind gekommen, um meiner Freundin hier einen Besuch zu machen –« Kells deutete auf die Granquist, die noch immer im Mantel dasaß, ausdruckslos einen nach dem anderen anstarrend. »Wir haben alles so vorgefunden, wie Sie es jetzt sehen.«

Hayes schaute fragend zu Beery. Der nickte. An die Granquist gewandt fragte Hayes: »Ist das so richtig, Miss?«

Sie schaute ihn eine Weile mit leerem Blick an, nickte dann langsam. »Das ist dann wohl alles, schätze ich.« Hayes blickte zu Kells. »Sie wohnen noch im *Ambassador*?«

»Sie können mich immer über Shep erreichen.«

Hayes sagte: »Kommen Sie, Miss.«

Die Granquist stand auf, ging in das Ankleidezimmer und packte ein paar Sachen in eine kleine Reisetasche.

Einer der Männer in Zivil machte die Vordertür auf, um zwei Männer von der Ambulanz hereinzulassen. Sie legten Bellmanns Leichnam auf eine Bahre und trugen ihn hinaus.

Kells stand an den Türrahmen zum Ankleidezimmer gelehnt und beobachtete die Granquist. »Ich bin morgen früh mit einem Anwalt da«, sagte er. »In der Zwischenzeit verhältst du dich ganz ruhig.«

Sie nickte unbestimmt, schloß die Tasche zu und kam aus dem kleinen Ankleideraum. Sie sagte: »Also dann – gehen wir!«

Der Verwalter des Apartmenthauses stand mit einem Filipino-Pagen, einem Reporter vom *Journal* und einem Hausgast draußen im Korridor. Der Verwalter rang die Hände. »Ich kann es nicht fassen – niemand hat die Schüsse gehört.«

Hayes sagte: »Ah, so?«

Einer der Männer in Zivil warf dem Verwalter einen überlegenen Blick zu und sagte: »Der Donner hat die Schüsse übertönt.«

Alle gingen den Flur hinunter, bis auf Beery, Kells und den Verwalter. Der Verwalter ging zur Tür, lächelte Kells zaghaft zu. »Ich werde Miss Granquists Apartment abschließen.«

Kells sagte: »Machen Sie sich keine Mühe – ich bringe den Schlüssel runter.«

Dem Verwalter schien etwas unwohl.

Kells blickte ihn sehr streng an und flüsterte: »Sonderermittlungen.« Er und Beery machten kehrt und gingen zurück in die Wohnung.

Noch einmal rief Beery seine Zeitung an, um sie mit zusätzlichen Informationen zu versorgen: »Captain Hayes hat die Festnahme vorgenommen . . . Und vergeßt nicht, Jungs: Der *Chronicle* ist stets erster mit letzten Meldungen . . .« Er legte auf und zündete sich am Stummel der letzten eine neue Zigarette an. »Von jetzt an«, sagte er, »folge ich dir überall hin und geb' die Geschichte meines Lebens von Tag zu Tag am Telefon durch.«

Kells fragte: »Bringt ihr eine Extra-Ausgabe?«

»Klar. Die Druckpressen laufen schon – nur noch ganz kurze Zeit, und wir sind damit auf der Straße.«

»Ist ja prächtig.«

Kells ging in die Küche, schaltete das Licht ein. Er warf einen Blick aus dem Küchenfenster, ging dann zu einem hohen Schrank – jener Art Schrank, wo man in modernen Wohnungen heutzutage Schrubber und Besen verstaut – und riß die Tür auf.

In das grelle Licht blinzelnd, kam Fenner heraus. Er sagte: »Ich hätte sowieso –« er schluckte schwer, »– ich hätte in der nächsten Minute rauskommen müssen. Ich bin fast erstickt!«

»Das ist ja schlimm.«

Beery stand auf der Schwelle. Er sagte: »Himmel Herrgott –«

Fenner lief an Beery vorbei ins Wohnzimmer und setzte sich. Er atmete keuchend.

Kells schlenderte hinterher, weit von ihm weg, bis zur anderen Zimmerwand, kehrte ihm das Gesicht zu.

Fenner zog ein Taschentuch heraus und betupfte sich Mund und

Stirn. Er sagte. »Ich bin ihr gefolgt, wie Sie vorgeschlagen haben – und als sie ins Foyer gegangen ist, bin ich einen Nebenaufgang hochgestiegen in der Absicht, sie hier oben zu treffen.«

Kells lächelte freundlich und nickte.

»Wissen Sie, ich wollte nicht, daß jemand bemerkt, wie ich ihr durchs Foyer folge.«

»Nein.«

Beery stand noch immer in der Küchentür und starrte fassungslos auf Fenner.

»Ich habe geklopft, aber sie war noch nicht raufgekommen«, fuhr Fenner fort. »Also habe ich die Tür aufgemacht – sie war unverschlossen – und bin hineingegangen.«

Kells sagte: »Die Tür war unverschlossen?«

Fenner nickte. »Wenige Minuten später habe ich sie den Gang heraufkommen hören, und sie redete mit einem Mann. Ich bin natürlich in die Küche gelaufen, und dann sind sie und Bellmann hereingekommen. Sie haben über irgendwas gestritten. Ich glaube, Bellmann ist ins Badezimmer gegangen, und dann habe ich zwischen zwei Donnerschlägen die beiden Schüsse gehört. Ich habe nicht gewußt, was ich tun sollte – und dann, als ich gerade herausgekommen bin und nachsehen wollte, was passiert war, haben Sie an die Tür geklopft.«

Fenner legte eine Pause ein und holte tief Atem. »Ich habe natürlich nicht gewußt, daß Sie es sind, also habe ich mich im Schrank versteckt.«

Kells sagte: »Oh.«

»Ich dachte mir, es wäre wohl besser, wenn ich mich in eine solche Sache nicht hineinziehen lasse.«

Wieder machte Kells nur: »Oh.« Mit einem Blick auf Beery sagte er: »Setz dich, Shep – ich möchte dir eine Geschichte erzählen.

Beery setzte sich dicht neben die Tür.

Kells streckte ein langes Bein über die Sessellehne und machte es sich bequem. »Heute nachmittag habe ich Mr. Fenner erzählt –« mit einer betont langsamen Drehung des Kopfes wies er auf Fenner, »– daß ich ein Mädchen kenne, das ein paar ganz heiße politische Informationen hätte, die es verkaufen möchte.«

Beery nickte unmerklich.

»Er war interessiert und hat mich gebeten, sie heute abend zu ihm zu schicken. Ich hatte ein Gespräch mit ihr, und was sie über das Material sagte, hörte sich so gut an, daß ich auch Interesse bekam – ich hab' sie selbst zu Fenner gebracht.«

Fenner war äußerst unbehaglich zumute. Er starrte Kells an und betupfte sich die Stirn; seine Lippen waren zu einem schwachen, unechten Lächeln verzogen.

»Wir haben die Informationen – Informationen von höchstem politischem Wert – Mr. Fenner zu einem sehr fairen Preis angeboten«, fuhr Kells fort. »Er hat eingewilligt, den Manager seines Hotels angerufen und ihn aufgefordert, einen Umschlag heraufzubringen, in dem sich eine große Summe Bargeld befinden sollte.«

Kells wandte die Augen langsam von Beery ab und richtete sie auf Fenner. »Als der Manager hereinkam, hatte er zwei angeheuerte Strolche im Schlepptau. Sie hatten in der Nachbarwohnung gewartet und über den Luftschacht alles mitgehört, um herauszufinden, was sie bei dem geplanten Überfall erbeuten sollten – es sollte aussehen wie ein von Rose – oder von Bellmann – inszenierter Überfall . . .« Fenner stand auf.

Kells fuhr fort: »Aber es war alles Mr. Fenners Idee gewesen. Mr. Fenner wollte seinen Kuchen essen und sogar noch die Krümel im Bett behalten.«

Fenner trat zwei Schritte vor. Seine Augen blitzten. Er sagte: »Das ist eine Lüge, Mann – nichts als ein Lügengespinst!«

Kells sprach sehr sanft, jedes einzelne Wort sorgfältig und deutlich betonend. »Setzen Sie sich, Sie Dreckschwein.«

Fenner warf sich in Positur, funkelte Kells böse an. Er wandte sich halb zur Tür.

Kells erhob sich, machte drei langsame Schritte, dann zwei schnelle und schlug die Faust krachend in Fenners Gesicht. Es gab ein häßlich knackendes Geräusch, und Fenner stürzte hart zu Boden.

Kells riß ihn hoch und schleuderte ihn zurück in den Sessel. Kells' Miene wirkte ernsthaft besorgt. Er sagte sehr leise – fast flüsternd: »Sitzen Sie still!«

Dann ging er zu seinem Sessel, setzte sich hin, fuhr fort: »Einer der Burschen hat den Manager bewußtlos geschlagen. Mich haben sie gefilzt und wollten die Handtasche der Granquist an sich reißen. Sie hat sie aus dem Fenster geschleudert; ich habe einen der beiden niedergeschlagen, und der andere ist der Tasche nach. Die Granquist hat auch so getan, als hetze sie ihrer Tasche hinterher, und ich hab' ihr Fenner nachgeschickt, weil ich mir denken konnte, daß das mit der Tasche eine Finte und das Zeug nicht drin war und daß sie hierher zurückkommen würde und wir uns dann zu dritt noch einmal zu einem kleinen Gespräch zusammensetzen könnten.«

Fenner kauerte sich tief in die Ecke seines Sessels. Er hatte die Hände vor sein blutiges Gesicht geschlagen und stöhnte leise.

»Als ich Fenner der Granquist hinterher geschickt habe«, fuhr Kells fort, »hab' ich ihm eine Pistole gegeben – von einem der Strolche. Er war so aufgeregt über die Aussicht, an die Tasche ranzukommen oder die Frau im Auge zu behalten, daß er darüber ganz vergessen hat, den Manager nach seinem großen Geldpaket zu durchsuchen . . .«

Kells zog den gelben Umschlag aus der Tasche. »Also hab' ich ihn jetzt.« Er beugte sich vor, hielt ihn mit der Öffnung nach unten, drückte von den Seiten, und ein kleines Paket mit Zigarettenbildchen fiel zu Boden.

»Das reicht fast für eine Packung Rasierklingen.«

Beery grinste.

Kells sagte: »Die Granquist machte sich gleich hierher auf den Weg, also wußte Fenner, daß die Tasche eine Finte war und folgte ihr. Als sie unten am Empfangsbüro vorbeiging, schlich er sich in den Nebenaufgang, und da er annahm, daß sie direkt hinaufgegangen war, klopfte er an ihre Tür.«

Beery fragte: »Woher hat er denn gewußt, welches ihr Apartment ist?«

»Von meinem Hotel aus hat er uns vom frühem Abend an von jemandem verfolgen lassen. Sein Mann hat sich die Nummern der Hausbriefkästen im Foyer beschafft und sie an ihn weitergegeben, bevor wir heute abend in seine Hotelsuite gekommen sind.«

Beery nickte.

Kells sagte: »Langweile ich dich?«

»Ja. Langweil mich noch ein bißchen mehr.«

»Bellmann war hierher gekommen wegen einiger Dinge, die er dringend haben wollte – ganz persönlichen Dingen, die er keinesfalls in den Händen Dritter wissen wollte. Wahrscheinlich hat er dafür bezahlt, in dieses Apartment eingelassen zu werden – das muß ich noch überprüfen –, und nicht gefunden, wonach er gesucht hat. Und als Fenner an die Tür geklopft hat, dachte er, daß es entweder die Granquist ist, mit der er ohnehin reden wollte, oder die unbekannte Person, die ihn eingelassen hatte.«

Kells holte tief Luft. »Er machte also die Tür auf und . . .« Kells unterbrach sich, stand auf und ging zu Fenner. Er schaute hinunter auf den kleinen zusammengekrümmten Mann, lächelte. »Mr. Fenner erkennt eine gute Gelegenheit, wenn er sie sieht – er dirigierte Bellmann an eine geeignete Stelle und schoß ihm ins Herz . . .«

Fenner murmelte etwas hinter vorgehaltenen Händen.

»Er wartete auf einen hübschen Theaterdonner und hat ihn ermordet.«

Beery meinte: »Das ist allerdings gelungen. Und ich habe dabei nicht mehr Arbeit gehabt als das sprichwörtliche Kaninchen.« Er erhob sich und starrte untröstlich auf Kells hinunter. »Mein Gott, Bellmann umgebracht vom Führer der Opposition – der perfekte politische Durchbruch, den sich meine Zeitung nur wünschen kann –, und ich schicke ein unschuldiges Mädchen in den Bau, geb' dem Ganzen genau die umgekehrte politische Richtung. Gottogott.«

Beery setzte sich wieder und langte nach dem Telefon.

Kells sagte: »Warte einen Moment.«

Beery hob mit vorgestrecktem Zeigefinger die rechte Hand und richtete sie dann dramatisch auf Kells. »Quatsch!«

Kells sagte: »Warte einen Moment, Shep.« Seine Stimme war sehr sanft. Seine Lippen waren zu einem Lächeln verzogen, und seine Augen blickten heiß und brennend.

Beery blieb ruhig sitzen.

Fenner stand auf. Er hielt ein immer dunkler werdendes Taschentuch an sein Gesicht. Er taumelte auf die Tür zu.

Kells ging an ihm vorbei zur Tür und schloß sie ab. Er sagte: »Ihr beiden Säcke haltet jetzt die Klappe und bleibt still sitzen, bis ich zu Ende gesprochen habe.«

Er schob Fenner zurück in den Sessel.

»Wie ich gerade sagen wollte: Sie waren ein bißchen im Verzug, Sie haben die Granquist draußen vor der Tür gehört, das Schießeisen abgewischt – und falls Sie es nicht gemacht haben, hab' ich es getan, als ich es an seine Stelle zurückgelegt habe –, haben es unter den Tisch geworfen und sich dann im Schrank versteckt.«

Beery sagte langsam: »Was meinst du damit, *du* hast sie abgewischt?«

Kells antwortete nicht. Er hockte sich vor Fenner hin und sagte: »Hören Sie zu, Sie, was glauben Sie denn, weswegen ich diese Nummer abgezogen habe – die Granquist dazu gedrängt habe, den schwarzen Peter zu nehmen? Weil *sie* damit durchkommen kann.« Er hatte die Ellbogen auf die Knie gestützt. Scharf stieß er den Zeigefinger in Fenners Richtung, kniff ein Auge zu, als ziele er mit einer Waffe. »Sie können das nicht. Sie würden nicht mal die erste Hürde nehmen . . .«

Fenners Gesicht war eine matschige, fürchterliche Maske. Leer starrte er Kells an.

»Vor ein paar Tagen noch – ja, gestern – wollte ich nichts weiter, als daß man mich in Frieden läßt«, fuhr Kells fort. »Das hat man nicht. Ich bin allein sehr gut zurechtgekommen – ganz ruhig – gesetzestreu –, und dann haben Ross und Sie und die übrige Bande von – mich gezwungen, zu handeln.«

Er stand auf. »Na schön – jetzt fängt es an, mir zu gefallen.« Er ging zum Fenster, machte kehrt, blieb über Fenner gebeugt stehen. »*Ich* übernehme Ihre Organisation! Haben Sie mich verstanden? *Ich* werde diese Stadt eine Weile am Zügel nehmen – ihr den Teufel austreiben.«

Er warf einen Seitenblick auf Beery, lächelte. Dann wandte er sich wieder an Fenner, sprach ganz ruhig. »Ich wollte morgen gen Osten abdampfen. Jetzt werden Sie das tun. Sie werden mir alles übergeben und eine hübsche lange Reise unternehmen – oder man wird Ihnen hier Ihr gottverdammtes Genick mit einem Strick brechen.«

Kells ging an den kleinen Schreibtisch und setzte sich. Er fand einen Füllhalter, kritzelte etwas auf ein Blatt hauseigenes Briefpapier. »Und um es ›schwarz auf weiß und in gesetzlicher Form‹ zu haben, wie die Männer im Big Business sagen – werden Sie das jetzt unterschreiben –, und Mr. Beery wird es bezeugen.«

Beery sagte: »Du kommst doch unmöglich durch mit einem –«

»Nein?« Kells ließ einige Zeit verstreichen, blickte über die Schulter zu Beery. »Ich komme nicht nur damit durch, ich komme sogar ganz groß raus, junger Freund. Und hör auf, dir über deinen Job Sorgen zu machen – du bekommst einen tollen Job bei mir. Wie würde es dir gefallen, Polizeichef zu werden?«

Er schrieb weiter, hielt dann plötzlich inne, wandte sich zu Fenner. »Ich habe eine bessere Idee«, sagte er. »Sie werden hierbleiben, wo ich den Daumen auf Sie halten kann. Sie bleiben hier am selben Ort, an gleicher Stelle – nur, daß Sie ohne mein Okay nicht mal auf die Toilette gehen dürfen.« Er stand auf, blieb in der Zimmermitte stehen und deutete mit einem Kopfnicken auf den Schreibtisch. »Da liegt es. Setzen Sie sich gleich dran – aber schnell!«

Fenner sagte mit schwerer Zunge: »Gewiß nicht!«

Kells schaute zu Boden und sagte gleichmütig: »Ruf Hayes an, Shep.«

Beery griff nach dem Telefon.

Fenner blickte ihn nicht an. Die Hände vors Gesicht geschlagen, murmelte er: »Mein Gott –«, stand dann auf, ging unsicher zum Schreibtisch und setzte sich. Er beugte sich über das Blatt Papier, las das Geschriebene sorgfältig durch.

Kells sagte: »Falls die Granquist ihren Fall geregelt bekommt – und das wird sie – und Sie nicht aus der Rolle fallen, zerreiß' ich es in etwa einem Monat.«

Fenner nahm den Füllfederhalter auf und unterzeichnete zittrig.

Kells schaute auffordernd zu Beery, und Beery stand auf, kam herüber und las das Papier durch. Er sagte: »Das ist ein Geständnis. Werd' ich dadurch nicht zum Helfershelfer?«

Kells sagte: »Es ist nicht datiert.«

Beery unterschrieb, faltete das Papier zusammen und reichte es Kells.

Kells schaute darauf, wandte sich dann an Fenner. »Jetzt möchte ich, daß Sie Ihren Mann vom *Coast Guardian*, Dickinson, anrufen und mit jedem anderen Ihrer Helfer reden, mit dem Sie Verbindung aufnehmen können. Und dann sagen Sie denen, daß Sie in ungefähr einer halben Stunde im *Knickerbocker* sein sollen!«

Fenner ging ins Badezimmer, wusch sich das Gesicht. Kurze Zeit später kam er zurück und setzte sich ans Telefon.

Kells reichte Beery das gefaltete Blatt Papier. »Du mußt sowieso in die City, Shep«, sagte er. »Verstau das im Safe in deinem Büro – ich schau' morgen früh vorbei und nehm' es mit zur Bank.«

Beery sagte: »Seh' ich denn so einfältig aus? Ich habe Frau und Familie.«

Kells grinste. Er sagte nichts. Er steckte das gefaltete Papier in seine Tasche.

»Also, ich fahr' jedenfalls nicht in die City. Ich komme mit.« Beery griff sich seinen Hut.

Kells nickte abwesend, warf einen Blick auf seine Armbanduhr. Es war zwanzig Minuten nach zehn.

Draußen hörten sie von weit entfernt das langgezogene Grollen des Donners. Von drinnen hörten sie das Surren der Wählscheibe. Fenner telefonierte.

DRUCK

Fünf Männer saßen in Fenners Loge im *Knickerbocker*.

Fenner hockte auf einer Ecke eines Diwans. Hanline, Fenners Sekretär, und Abe Gowdy, Fenners wichtigster Kontaktmann zu den liberalen Kräften, saßen neben ihm. Sie waren nicht in der Lage gewesen, Dickinson zu erreichen.

Gowdy kontrollierte die Stimmen von praktisch jedem einzelnen Spieler, Schmuggler, Hehler und anderen Ganoven im County. Abgesehen von den wenigen Unabhängigen, die ohne Protektion zurechtzukommen versuchten. Er war ein kahlköpfiger, schmerbäuchiger Mann mit schweren, weißlichen Tränensäcken unter den Augen und einem bläßlichen, schlaffen Mund. Er trug dunkle Farben, nichts an ihm war grell; er trank nicht.

Hanline war ein kraushaariger Jude mit schmaler Nase. Er trank eine Menge.

Er und Beery und Kells tranken eine ganze Menge.

Kells stand auf und ging zu einem der Fenster. Er sagte: »Versuchen Sie es noch mal bei ihm.«

Fenner griff müde nach dem Telefon, verlangte noch einmal eine Fitzroy-Nummer. Er horchte eine Weile in den Apparat, legte dann auf.

Kells drehte sich um, kam zurück, blieb neben Fenner stehen, schaute zuerst Gowdy, dann Hanline an.

»Gentlemen«, sagte er. »Lee«, er bedachte Fenner mit einem wohlwollenden Schulterklopfen, »Lee und ich sind eine Partnerschaft eingegangen.« Er machte eine Pause, nahm ein kleines Glas Whiskey und zerstoßenes Eis und trank es über die Hälfte leer.

»Wir alle wissen«, fuhr er fort, »daß in den letzten drei, vier Jahren die Dinge nicht so gut gestanden haben – und wir wissen auch, daß sich nichts bessern wird, sofern in der Regierung dieser Stadt nicht ein sehr radikaler Wechsel erfolgt.«

Hanline nickte leicht.

»Lee und ich haben die Sache durchgesprochen und beschlossen, unsere Kräfte zusammenzutun.« Kells stellte sein Glas ab.

Gowdy fragte: »Was meinen Sie damit, ›Kräfte zusammentun‹, Mr. Kells?«

Kells räusperte sich, schaute zu Beery hin. »Ihr Burschen habt die Organisation«, sagte er. »Sie, Gowdy – und Frank Jensen und O'Malley – und Lee hier. Mein Beitrag sind sehr wichtige politische Informationen, die ich auf meine Weise behandeln werde und zu gegebener Zeit einsetze – und ich verfüge über eine Menge Freunde im Osten, die morgen schon auf dem Weg hierher sein werden.«

Hanline sah verwirrt aus. Gowdy bedachte Fenner mit einem ausdruckslosen Blick.

»Bellmann ist tot«, fuhr Kells fort. »Und die Umstände seiner Ermordung können für uns von großem Vorteil sein, falls man damit in genau der richtigen Weise umgeht. Aber das allein wird noch keine

Wende bei den Wahlen herbeiführen. Wir müssen auch noch die persönliche Gefolgschaft, das Fußvolk der Administration, schlagen – und wir müssen den Anhang von Rose schlagen . . .«

Hanline fragte: »Rose?«

Kells goß sich den nächsten Drink ein. »Rose hat sich während der letzten Monate eine eigene Schlägerorganisation aufgebaut – und vor ungefähr einer Woche hat er sich mit Bellmann zusammengetan.«

Hanline und Gowdy guckten einander verdutzt an, dann Fenner.

Kells sagte: »Das war's.« Er setzte sich.

Fenner stand auf und ging ins Schlafzimmer. Er kam umgehend zurück, sagte: »Das ist ein guter Vorschlag, Abe. Mr. Kells will Rose schwer unter Druck setzen –«

Kells unterbrach ihn. »Ich möchte Dickinson noch heute abend erreichen und will zusehen, ob wir nicht die erste Nummer des *Guardian* schon morgen vormittag auf der Straße haben können. Es gibt da in der Bellmann-Sache gewisse Punkte, an die die anderen Zeitungen nicht rühren werden.«

Hanline sagte: »Vielleicht ist er bei Ansel – aber nach zehn geht da niemand mehr ans Telefon.«

»Wer ist Ansel?«

Hanline setzte zu einer Antwort an, doch Gowdy schnitt ihm das Wort ab. »Haben Sie gewußt, daß Rose Ansel unterstützt hat?« Gowdy schaute zu Fenner.

Fenner schüttelte den Kopf, sagte, zu Kells gewandt: »Ansel unterhält ein paar Würfelsalons am Santa Monica Boulevard – Dickinson spielt da ziemlich oft.«

Kells sagte: »Also ist Dickie ein Spieler?«

Hanline lachte. »Ich möchte wetten, daß er im letzten Jahr beim Glückspielkartell seine hunderttausend Dollar gemacht hat«, sagte er. »Und ich wette, er hat keinen einzigen Dollar davon übrig behalten.«

Kells lächelte Fenner zu. »Sie sollten besser auf die von Ihnen angeworbenen Männer achtgeben«, sagte er. Dann stand er auf, trank sein Glas leer und setzte den Hut auf. »Ich geh' rüber und seh' nach, ob ich ihn finden kann.«

Beery sagte: »Ich komme mit.«

Kells schüttelte kaum merklich den Kopf.

Hanline stand auf, reckte sich und sagte: »Es ist das zweite oder dritte Gebäude auf der Südseite der Straße westlich von der Gardner – wurde früher mal von einem Modemaler als Lagerhaus oder ähnliches benutzt –, und man muß hochgehen.«

»Danke.« Kells fragte Fenner: »Dickinson ist der Bursche, der in Ihrem Logis in der Innenstadt an der Schreibmaschine gesessen hat?«

Fenner nickte.

Hanline sagte: »Falls es Ihnen nichts ausmacht, werde ich jetzt wieder nach unten gehen und ein bißchen schlafen. Ich bin vergangene Nacht ziemlich lange aus gewesen.«

»Geht klar.« Kells schaute zu Gowdy.

Gowdy sagte: »Ich bleibe noch.«

Kells und Hanline gingen hinaus, fuhren mit dem Fahrstuhl nach unten. Hanline stieg im fünften Stock aus.

Kells blieb am Empfangspult stehen, fragte nach dem Hausdetektiv. Der Portier deutete auf einen schwergewichtigen Mann mit trüben Augen, der neben der Eingangstür saß und Zeitung las. Kells ging zu ihm und sagte: »Sie müssen den Mann nicht mehr festhalten, gegen den Fenner Anzeige erstatten wollte.«

Der Hausdetektiv ließ seine Zeitung sinken. Er sagte: »Teufel, der war schon verschwunden, als ich nach oben gekommen bin. Es war niemand da außer Mr. Dillon.«

Kells sagte: »Oh.« Er kratzte sich am Hinterkopf. »Wie geht's Dillon?«

»Der kommt in Ordnung.«

Kells ging hinaus und rief sich ein Taxi.

2

Das *Ansel's* erwies sich als ein düsterer dreigeschossiger Gewerbekomplex, der bis an den Bürgersteig vorsprang. An den Milchglasfenstern hingen große »Zu vermieten«-Schilder, und an einer Seite befand sich ein dunkler Treppenaufgang.

Kells bat den Taxifahrer zu warten und ging hinauf. Jemand öffnete ein kleines Fenster in einer schweren Holztür und musterte ihn teilnahmslos.

Kells sagte: »Ich möchte zu Ansel.«

»Der ist nicht da.«

»Ich bin ein Freund von Dickinson – den möchte ich dann jedenfalls hier treffen.«

Das Fenster wurde zugeklappt, und die Tür schwang langsam auf. Kells betrat einen kleinen Vorraum, der mit hingeworfenen Zeitungen und Zigarettenstummeln übersät war. Der Mann, der ihn durchs Fenster begutachtet hatte, klopfte wortlos und sehr methodisch seine Taschen ab.

Ein anderer Mann, ein dunkelhäutiger Italiener oder Grieche, saß auf einem zerschlissenen Stuhl aus Rohrgeflecht, den er nach hinten an die Wand gekippt hatte.

Er sagte: »Ihr Freund Dickinson – er ist sehr betrunken.«

Kells sagte: »Oh, ich auch.« Und dann war der andere Mann mit dem Taschenabtasten fertig, ging zu einer weiteren schweren Tür und öffnete sie.

Kells kam in einen sehr großen Raum. Es war dunkel bis auf zwei Klumpen grellen Lichts am anderen Ende des Raums. Er schlenderte langsam durch die Dunkelheit nach vorn, und das Stimmengesumm wurde lauter, zerlegte sich zu einzelnen Wörtern: »Acht . . . Die Acht, also noch mal . . . Drei Gewinnmöglichkeiten . . . Setzt eure Einsätze, Männer . . . Fünferwurf – Geworfen werden muß die Acht . . . Elferwurf. Einsatz bleibt stehen, Männer . . . Viererwurf – wieder bleibt der Einsatz auf dem Feld. Setzt aufs Feld, Jungs . . . Fünf . . . Sieben verliert. Nächster Mann. Wem gefällt dieser Glücksbringer? . . .«

Jeder der beiden Tische war doppelreihig umstanden. Je eine starke Lampe mit grünem Schirm hing über jedem der Tische. Die Stimme des Mannes mit den Würfeln tönte weiter. »Macht euch über ihn her, Jungs . . . Zehn – die harte Tour . . . Fünf . . . Zehn – der Gewinner . . . Na los, Jungs, da kommt er gleich. Setzt eure Batzen ein . . .«

Kells entdeckte Dickinson. Er stand am Ende einer der Tische. Er schwankte leicht vor und zurück, und seine Augen waren halb geschlossen; in der linken Hand hielt er ein dickes Bündel Geldscheine.

»Sieben beim ersten – der Gewinner . . .«

Dickinson beugte sich vor und legte einen unsicheren Zeigefinger neben ein Bündel Scheine auf der Grenzlinie. Der Croupier langte hinüber, zählte es durch und legte den gleichen Betrag daneben.

»Sie fünfzig, Dick. Hundert-Dollar-Limit.«

Dickinson sagte mit schwerer Zunge: »Setz alles.«

Der Croupier lächelte geduldig, nahm einen Fünfzig-Dollar-Schein und schob ihn über den Tisch näher zu Dickinson.

Ein kleiner, pickliger alter Mann am anderen Ende des Tisches fing die Würfel auf, als sie ihm zugeworfen wurden, tat sie in den schwarzen Lederbecher, pustete abergläubisch hinein, ließ die Würfel rollen.

Kells arbeitete sich mit dem Ellbogen näher an den Tisch heran.

»Elf im ersten – der Gewinner . . .«

Dickinson starrte angewidert auf den Croupier, als hundert Dollar in Zehnern und Zwanzigern hingezählt und neben sein Einsatzfeld gelegt wurden. Der Croupier sagte: »Zieh einen Hunderter, Dick.«

»Setz ihn«, sagte Dickinson wütend.

Kells schaute den Croupier an. Er sagte: »Können Sie das Limit erhöhen, wenn ich für Deckung hinter der Linie sorge?«

Der Mann warf einem großgewachsenen, gutgekleideten jungen Mann, von dem er sich die Einwilligung holen wollte, einen Blick zu, und dieser nickte.

Kells zog ein Bündel Scheine aus seiner Hosentasche und legte zwei Hundert-Dollar-Noten hinter die Linie. Dickinson blickte auf, und seine verschwommenen Augen unter schweren Lidern stellten sich langsam auf Kells ein.

Er sagte herzlich: »Hallo, Sie da!« Dann zeigte sein Gesicht einen Ausdruck, als versuche er sich angestrengt zu erinnern, und dann rief er: »Kells! Wie geht's Ihnen, Junge?«

Als Kells' Name fiel, wurde es einen Augenblick sehr still.

Kells sagte: »Mir geht's prächtig.«

Der kleine, picklige Mann ließ die Würfel rollen.

Der Würfler sagte: »Sechs – die ist leicht ... Kommt oder kommt nicht ... Neun – zahlt das Feld ... Sechs – richtig ...«

Der Croupier nahm Kells' zwei Hundert-Dollar-Scheine auf, schob sie zu Dickinsons Einsatz.

Dickinson ginste. Er sagte: »Die setz' ich.«

Kells zog einen Tausend-Dollar-Schein aus seiner Brusttasche, legte ihn hinter die Linie.

Dickinson sagte: »Sie hören besser auf – ich hab' gerade ...«

»Halten Sie meinen Einsatz mit.« Kells lächelte schwach, angespannt.

»Ich wär' verdammt blöd, wenn ich das nicht tun würde.« Dickinson zählte sein Geld auf dem Tisch und das in seiner Hand. »Vierhundert, sechs, acht, neun, eintausend, eintausendeinhundertunddreißig. Setzen Sie gleich.«

Der große junge Mann sagte: »Beeilen Sie sich, Gentlemen, Sie halten das Spiel auf.«

Einige Männer kamen vom Nachbartisch herüber. Der kleine Mann, der den Würfelbecher hielt, sagte: »Ich will nicht ...«

Kells blätterte die fehlenden hundertdreißig Dollar hin.

Dickinson sagte: »Laß rollen!«

»Elf – der Gewinner!«

Der Croupier nahm Kells' Scheine, zweigte einen Zwanziger für das Haus ab, warf den Rest Dickinson hin.

Der kleine Mann war außer sich vor Freude über die wenigen Dollar, die er gewonnen hatte und schlenderte davon.

Der Würfler nahm den Becher.

Kells sagte: »Haben Sie genug?«

»Teufel, nein! Ich setze alles auf meinen eigenen Wurf.«

Dickinson streckte fordernd die Hand nach dem Würfelbecher aus.

»Macht flott, Jungs!« Der junge Mann hatte die Stirn gerunzelt, nickte kurz zu Kells hin.

Dickinson zählte die Summe noch einmal durch. Er sagte: »Zweitausendzweihundertvierzig.«

Kells legte drei Tausend-Dollar-Noten hinter die Linie. Der Würfelgeber streute viele glitzernd rote Würfel auf den Tisch; Dickinson wählte sorgfältig zwei davon aus.

»Eure Einsätze, Männer ... Ein neuer Würfler ... Wir nehmen große und kleine ... Kommt, kommt nicht, ferner liefen und Feld ... Setzen Sie auf eins davon ...«

Dickinson schüttelte den Becher sacht, beinahe zärtlich an seinem Ohr. Er ließ die Würfel rollen.

»Drei – das ist ein ganz schlechter ...«

Kells nahm seine drei Scheine zurück; der Geldgeber harkte Dickinsons Geldhaufen weg, zählte die Scheine, zog einen davon ab, legte sie zu einem Bündel zusammen und reichte sie Kells.

»Der nächste Mann ... Einsatz für den nächsten glücklichen Würfler, Jungs ...«

Kells faltete die Scheine zusammen und steckte sie in seine Tasche.

Dickinson schaute den großen jungen Mann an und sagte: »Lassen Sie mich fünfhundert leihen, Les.«

Der junge Mann schaute ihn mit weichen, blicklosen Augen an, wandte sich ab und ging davon.

Kells deutete mit einer Kopfbewegung zu einem runden, grün bespannten Tisch außerhalb des Lichtkreises und ging darauf zu. Dickinson folgte ihm. Sie setzten sich.

Kells sagte: »Können Sie das Blatt heute früh noch rausbringen?«

Dickinson suchte in seinen Taschen, förderte schließlich eine dunkelbraune, flache Halbliterflasche zutage. Er zog den Korken ab, hielt die Flasche Kells hin. »Warum?«

Kells schüttelte den Kopf, doch Dickinson rammte ihm die Flasche in die Hände. Kells nahm einen Schluck und reichte sie ihm zurück.

»Bellmann ist heute abend kaltgemacht worden, und ich möchte darüber ganz breit berichten.«

»Teufel, was sagen Sie da?« Dickinson starrte Kells glasig an. »Also los, was wissen Sie drüber?« Dann schien ihm wieder Kells' Frage einzufallen. »Klar!«

Kells sagte: »Gehen wir!«

»Warten Sie einen Moment! Nehmen wir noch einen Schluck.«

Sie tranken.

Dickinson sagte: »Hören Sie mal: Was glauben Sie, was heute abend passiert ist? Jemand hat mich angerufen und mir zehn Riesen bar auf die Kralle geboten, um Lee eins reinzuwürgen.«

»Wie? Womit?«

»Weiß ich auch nicht. Die haben gesagt, alles, was ich tun müßte, wäre nur, den Betrieb irgendwie so zu blockieren, daß das Blatt nicht rauskommen kann. Sie haben gesagt, fünf bekomme ich morgen bar mit der Post und den Rest nach den Vorwahlen.«

»Was haben Sie geantwortet?«

»Ich hab' gesagt: ›Hör zu, Schwester, Lee Fenner ist für mich ein verdammt guter Freund.‹ Ich hab' gesagt –«

Kells sagte: »Schwester?«

»Ja, es war 'n Weib.«

Sie standen auf, gingen durch das Halbdunkel in den kleinen Vorraum, dann hinaus und die Vortreppe hinunter auf die Straße. Es regnete stark. Dickinson sagte, er habe ein Auto dabei; Kells bezahlte den Taxifahrer, und sie gingen auf die Freifläche neben dem Gebäude.

Dickinsons Auto war ein Ford Coupé; nach langem Suchen fand er die Schlüssel und schloß auf.

Dann wurde von einem Wagen am Rinnstein grelles Scheinwerferlicht auf sie gerichtet. Es gab ein scharfes, abgehacktes Krachen, und etwas biß Kells an der Innenseite ins Bein.

Dickinson stolperte, stürzte mit den Knien aufs Trittbrett; Oberkörper und Gesicht sanken nach vorn auf den Wagenboden. Er lag bewegungslos da.

3

Kells lag im Dreck neben dem Auto und zog die Knie an, und er schmeckte Blut in seinem Mund. Seine Zähne hatten sich tief und schmerzhaft in seine Unterlippe gegraben, und scharfe Schmerzwellen rasten durch sein Gehirn, brannten in seiner Seite.

Er wußte, daß es ein Schrotgewehr gewesen war, und er lag im Matsch, der Regen peitschte sein Gesicht, und er fragte sich, ob Dickinson tot war, wartete darauf, daß das Gewehr die nächste Ladung Blei heraushustete.

Dann ging der Scheinwerfer auf, und Kells konnte hören, wie in dem anderen Auto der Gang eingelegt wurde; er drehte seinen Kopf ein Stück und sah es im Schein der Laterne kurz vor der Ecke davonfahren – eine schwarze Limousine mit heruntergelassenen Vorhängen an den Seitenfenstern – ein Cadillac.

Er zog sich am Trittbrett des Ford hoch, schüttelte Dickinson leicht, und dann schob er langsam und unter Schmerzen Dickinson hoch in den Wagen – ganz langsam.

Er zog den Knopf und entriegelte die andere Tür, humpelte um den Wagen herum und kroch auf den Fahrersitz. Er spürte, wie ihm Blut an der Seite herunterlief; Blut drängte in seinem Kopf gegen seine Augen. Er löste den Schlüssel aus Dickinsons Hand und startete den Wagen.

Dickinson war neben ihm zu einem schlaffen Häuflein zusammengesunken. Er stöhnte, hustete auf eine seltsam trockene Weise.

Kells sagte: »Schon gut, Junge, wir kriegen das gleich wieder hin.«

Dickinson hustete wieder auf dieselbe, sich seltsam nach einem Lachen anhörende Weise. Er versuchte aufrecht sitzen zu bleiben, kippte nach vorn, sein Kopf knallte an die Windschutzscheibe. Kells zog ihn zurück in den Sitz, fuhr vom Parkplatz herunter und bog dann nach Osten, nach Santa Monica ab.

Dickinson versuchte etwas zu sagen, wühlte mit der Hand in der Seitentasche. Schließlich gab er es auf und stieß keuchend hervor: »Revolver – hier.«

Kells sagte: »Ganz ruhig!«

Sie fuhren sehr schnell den Santa Monica Boulevard hinunter, bogen dann nach Norden auf die La Brea. Auf halber Strecke des Wohnblocks hielt Kells an und tastete in Dickinsons Tasche nach der Flasche, doch sie war zerbrochen und seine Tasche voller nasser Glassplitter.

Sie fuhren die La Brea hoch bis zur Franklin, die Franklin entlang bis zur Cahuenga, die Cahuenga und die Iris hinauf bis zu Cullens Haus.

Kells' Seite und das eine Bein waren taub. So schnell er konnte, stieg er aus dem Wagen, humpelte die Vortreppe hinauf. Cullen ging beim ersten Läuten an die Tür. Er stand auf der Schwelle, sah gründlich angewidert aus, rief: »Schon wieder!«

Kells sagte: »Du mußt mit anfassen, Willie. Beeil dich!« Er hinkte die Treppe hinunter.

»Nein! Du und deine gottverdammten ewigen Schlamassel!«

Kells drehte sich um, starrte Cullen ausdruckslos an und ging dann die Stufen hinunter. Cullen folgte ihm, Verwünschungen murmelnd; sie zerrten Dickinson aus dem Wagen und schleppten ihn hinauf zum Haus.

Cullen atmete schwer. Er fragte: »Warum zum Teufel hast du ihn nicht zur Notaufnahme im Krankenhaus gebracht?«

»Innerhalb der vergangenen zweiunddreißig Stunden bin ich in fünf Schießereien verwickelt gewesen.« Kells ging zum Telefon und grinste dabei Cullen über die Schulter zu. »Es ist wie in alten Zeiten – noch eine, und die hängen mich rein, auf Verdacht.«

»Hast du denn gar keine anderen Freunde? Hier hat es schon gestern von Cops nur so gewimmelt.«

»Was'n los, Schätzchen?«

Kells und Cullen wandten sich um und schauten zur Treppe hoch. Ungefähr auf der Mitte stand Eileen, Cullens Mädchen. Sie schwankte vor und zurück, die Hand unsicher aufs Geländer gelegt. Sie war sehr betrunken. Sie war nackt.

Sie gurrte: »Hallo, Gerry.«

Cullen sagte: »Geh wieder die Treppe rauf und zieh dir was an, du Schlampe!« Er sagte es sehr laut.

Kells lachte auf, sagte: »Ruf Doc Janis an – tust du das für mich, Willie?« Er humpelte zur Tür, schaute hinunter auf seine zerrissenen, dreckverschmierten, blutfleckigen Sachen. »Borg mir einen Mantel, Willie – ich werd' sonst naß.«

4

Eine schwarze Limousine mit zugezogenen Vorhängen an den Seitenfenstern war in einer Abstellbox mit dem Schild »Reserviert« vor dem *Knickerbocker* geparkt. Kells hatte vorgehabt, das Auto auf der anderen Straßenseite zu lassen; er fuhr langsam heran, blendete auf. Der Motor lief, und hinter dem Steuer saß ein Mann. Es war ein Cadillac.

Kells trat das Gaspedal durch, jagte um die nächste Ecke, parkte vor einer Bibliothek. Er sprang heraus, riß den Revolver aus der Seitentasche, stopfte ihn in Cullens große Manteltasche. Er schlug den breiten Kragen hoch und hastete unter Schmerzen die Straße zurück durch eine Gasse, die zu einem Seitenaufgang des Hotels führte.

Der Boy im Aufzug sagte: »Also, ich schätze, ich hab' recht gehabt – ich schätze, es wird die ganze Nacht regnen.«

»Mmh, ja«, gab Kells zurück.

»Ts, ts, ts!« Der Boy schüttelte traurig den Kopf.

»Hatte Mr. Fenner Besucher, nachdem ich gegangen bin?«

»Nein, Sir – ich glaub' nicht. Heute abend sind nicht viele Leute rein- und rausgegangen. Da waren nur drei Herren, die vor einer Weile zum neunten hochgefahren sind. Die sind, glaube ich, betrunken gewesen.«

Die Tür glitt zurück. »Der zehnte, Sir.«

Kells sagte: »Vielen Dank.«

Er horchte an der Tür von 1016, hörte von drinnen keinen Laut. Er drückte die Klingel, stand mit dem Revolver in der Hand dicht an die Wand gepreßt. Die Diele innen war eng – die Tür mußte mindestens zur Hälfte geöffnet werden, bevor man ihn sehen konnte.

Sie wurde fast sofort und sehr langsam geöffnet. Ein gelblich-weißes Gesicht zeigte sich in der Dunkelheit, und Kells trat einen Schritt vor. Er hielt den Revolver in Bauchhöhe. Das gelblich-weiße Gesicht zog sich zurück, als Kells hineinging, bis es nur noch der schwarze Umriß eines Männerkopfes im orangen Licht aus dem Wohnzimmer war, bis es zur Gestalt eines kleinen Latinos wurde, der, den Rücken zur Wand, mit hochgereckten Armen neben der Tür stand.

Hinter ihm knieten Fenner und Beery am Boden, mit den Gesichtern zur Wand. Auf der anderen Seite des Zimmers stand O'Donnell mit einer großen, stahlblauen Automatik, die auf Kells' Brust gerichtet war.

O'Donnell trug keinen Hut, und sein Schädel steckte unter einem dikken, mit Pflastern verklebten Mullverband. Sein Mund stand offen, und er atmete hörbar langsam.

Außer O'Donnells deutlichen Atemgeräuschen war es im Zimmer völlig still.

Kells sagte: »Ich wette, daß ich schneller schießen kann als du, du Pilzkopf.«

O'Donnell sagte gar nichts. Seine blassen Augen glitzerten in einem kränklich irren Gesicht, und die große, schimmernde Automatik hielt er ruhig in seiner fetten, schweinchenrosa Hand.

Fenner beugte sich vor, lehnte den Kopf an die Wand. Beery wandte sich langsam um und schaute Kells an. Der Mexikaner stand mit Glitzeraugen bewegungslos.

Dann rief Beery: »Paß auf«, und etwas Großes und Schweres krachte an Kells' Hinterkopf. Alles wurde zu dumpfer, schrecklicher Schwärze. Sie war erfüllt von Donner und blauem Qualm. Etwas Heißes und Lebendiges pulste in Kells' Hand. Er stürzte.

5

Dann war Licht, das in seinen Augen schmerzte, auch dann noch, wenn er sie geschlossen hielt. Jemand spritzte ihm Wasser ins Gesicht. Er sagte: »Aufhören, verdammt – du machst mich naß!«

Beery sagte: »Schsch – ruhig!«

Kells öffnete die Augen einen Spalt. »Das ist ein anderer Ort.«

»Das ist das Apartment nebenan, das auf der anderen Seite des Luftschachts, wo Fenner seine Räuberbande versteckt hatte. Fenner hatte noch den Schlüssel.« Beery sprach ganz ruhig.

»Gott, mein Kopf! Wie bin ich hier reingekommen?«

Beery sagte: »Papa hat dich geschleppt.« Er stand auf, ging kurz zur Tür, kam zurück und setzte sich. »Du bist im Stehen weggetreten – absolut weggetreten –, hast dann dieses Schießeisen eins-, zwei-, drei-, vier-, fünf-, sechsmal abgedrückt – einfach so. Einen Schuß in die Wand, zwanzig Zentimeter über meinem Kopf, fünf in Babyface.«

»Das war O'Donnell.« Kells schloß die Augen und bewegte leicht den Kopf. »Dann bin ich hingestürzt?« Er öffnete die Augen.

Beery nickte.

»Wer hat mich niedergeschlagen?«

»Rose.«

Kells wirkte interessiert.»Womit – mit einem Klavier?«

»Einer Vase.«

»Va-a-ase.«

Beery sagte: »Ja, einer Vase – einer großen aus dem Schlafzimmer. Ich glaube nicht, daß er ein Schießeisen gehabt hat.«

»Würde es dir was ausmachen, mit dem Anfang anzufangen?« Kells schloß die Augen.

»Nachdem du gegangen warst, haben Fenner und Gowdy wie zwei

Verschwörer dagehockt, ängstlich bemüht, in meiner Gegenwart keinen Mucks von sich zu geben.«

Kells nickte nachdrücklich und hielt den Kopf in den Händen.

»Nach einer Weile schien Gowdy gelangweilt, und er ging nach Hause – er wohnt gleich um die Ecke. Ich hab' mir noch ordentlich was eingetrichtert, hab's mir urgemütlich gemacht. Dann, ungefähr fünf Minuten bevor du hierher gekommen bist, hat es geklingelt, und Fenner ging zur Tür, kam dann im Rückwärtsgang wieder rein, vor ihm Rose und O'Donnell und der Latino, die ihn in Schach hielten. O'Donnell und der Mex waren bis zu den Ohren voll Schnee. Rose hat gesagt: ›Was hat Kells von der Puppe bekommen, die Bellmann umgelegt hat? Und wo ist es?‹ Fenner ist abgekippt – er hatte ohnehin die Hosen gestrichen voll. Wir mußten uns dann auf den Boden hocken –«

Kells lachte und sagte: »Ja, ihr habt ausgesehen wie bei der Kommunion.«

»– und Rose hat uns beide gefilzt und angefangen, die Möbel auseinanderzunehmen. Irgendwie hab' ich das Gefühl bekommen, daß wir, ganz gleich, ob er finden würde, wonach er gesucht hat oder nicht, hinterher niemandem mehr davon würden erzählen können.«

Beery hielt mit Reden inne, zündete sich eine Zigarette an und sprach ruhig weiter. »Rose war höllisch wütend, und O'Donnell und dem Schmalzkopf kam das Koks schon aus den Ohren. Der Schmalzkopf hat die ganze Zeit das Springmesser an seinem Gürtel befummelt – du weißt schon, eins von diesen tückischen, geräuschlosen Aufschlitzerinstrumenten.«

»Kann sein. Die haben mich und Dickinson draußen vor *Ansel's* angeschossen. Wenn sie sich schon so weit vorwagen, haben sie wahrscheinlich auch Fenner erledigen wollen.«

»Und Beery – den unschuldigen Unbeteiligten ...«

»Ich bezweifle es, Shep. Ich glaube nicht, daß Rose dabei wäre, wenn ein eiskalter Mord geplant gewesen wäre.«

»Na, wie dem auch sei – als du geklingelt hast, ist er ins Schlafzimmer gegangen. Er hat das Licht ausgeschaltet und im Dunkeln dort gewartet. Du bist reingekommen und hast deine Wildwestnummer mit Babyface abgezogen. Und Rose hat sich von hinten an dich rangeschlichen und dir mit der Vase eins auf den Schädel gegeben. Dann sind er und die Schmalztolle verduftet – ganz schnell.«

Kells langte schnell in seine Seitentasche, zog die Hand heraus, seufzte: »Hat er mich nicht gefilzt?«

»Nein. Ich hab' mir O'Donnells Revolver geschnappt, als er zu Boden gegangen ist – ich glaube, daß Rose sowieso viel zuviel Angst hatte, um noch dran zu denken.«

Kells sagte: »Erzähl weiter!«

Beery hatte eine schrecklich überlegene Miene aufgesetzt. »Nun, das alte Schnellfeuergehirn von Beery trat jetzt in Aktion. Ich bin davon ausgegangen, daß ich dich hier schleunigst rausschaffen mußte, und da hab' ich mich erinnert, was du über diese Wohnung nebenan gesagt hattest. Fenner stand schon wieder kurz vor einem Ohnmachtsanfall – ich hab' mir den Schlüssel von ihm beschafft, eine Weile auf ihn eingeredet, um ihn zu beruhigen, und dich dann hier rübergetragen – und die Waffe.« Er nickte zu dem Revolver auf der Couch neben Kells.

»Wo ist Fenner jetzt?«

»Er erstattet drüben auf dem Revier Anzeige gegen Rose und Schmalzlocke wegen versuchten Mordes.«

Kells sagte: »Ist ja prächtig.«

»Der Hausdetektiv und ein Haufen Polypen und eine Menge Nachbarn, die die Schießerei gehört hatten, sind alle fast gleichzeitig hier hereingeschneit. Das war die schnellste Polizeiaktion, die ich je miterlebt habe; das muß einer dieser Funkwagen gewesen sein. Ich habe durch den Luftschacht gehorcht. Fenner hatte sich soweit wieder aufgerappelt, daß er eine wunderschöne Geschichte über Rose und O'Donnell und den Mex und deren Eindringen hier erzählen konnte, und wie O'Donnell dann bei einem Streit mit Rose das Blei verpaßt bekommen hat.«

Kells setzte sich benommen auf. Er sagte: »Gib mir einen Schluck Wasser.« Er bückte sich, rollte vorsichtig sein Hosenbein auf und untersuchte das verletzte Bein.

Etwas später klopfte es leise an der Tür, und als Beery öffnete, kam Fenner herein.

Fenner sah schrecklich müde aus. Er sagte: »Wie geht's, Gerry?«

»Ich bin in Ordnung, Lee – wie geht's Ihnen?« Kells grinste.

»Schrecklich – gräßlich. Ich halt' solche Sachen nicht aus.« Fenner setzte sich.

»Vielleicht machen Sie nach all dem doch besser eine größere Reise.« Kells lächelte schwach, nahm den Revolver zur Hand. »Von jetzt an, schätze ich, wird sich alles mehr im Offenen abspielen – ich werde eine Waffe tragen müssen.« Er blickte auf den Revolver. »Bei Gott, aber diesmal beschaff' ich mir einen Waffenschein«, sagte er. »Können Sie das deichseln?«

Fenner nickte müde. »Ich denke schon.«

»Und, Lee – wir haben heute abend eine Abmachung getroffen – ich meine, einige Zeit früher – Sie wissen schon, die fünfundzwanzig Riesen. Selbstverständlich mache ich von dem Material Gebrauch; aber im Interesse meiner Klientin, Miss Granquist, muß der Verkauf hier und jetzt realisiert werden.«

Fenner schaute zu Boden.

»Ein Scheck würde genügen.«

Fenner nickte. »Ich gehe rüber und stelle ihn aus«, sagte er. »Dann muß ich gute Nacht sagen – ich bin völlig geschafft.«

»Das geht in Ordnung.«

Fenner ging hinaus und schloß die Tür hinter sich.

Kells blieb einen Augenblick sitzen, starrte auf die Tür und sagte dann unvermittelt: »Shep – du bist der neue Herausgeber des *Coast Guardian*. Wie gefällt dir das?«

»Lausig. Ich bin nicht hoch genug versichert.«

»Du schaffst das schon! Einen Hunderter die Woche, und was du an Anzeigen reinbekommst, kannst du für dich abrechnen.«

»Wann fange ich an?«

»Sofort. Ich hab' Dickinson bei Bill Cullen einquartiert. Ich bring' dich da vorbei, und du kannst dir von ihm die Einzelheiten holen – falls er bei Bewußtsein ist. Ich übergebe dir das – äh – Material . . .«

Beery rieb sich die Augen, gähnte. Er lächelte zaghaft und sagte: »Ach, zum Teufel, na gut. Ich denke, mir gefällt's jetzt schon.«

Kells schaute auf sein Handgelenk. »Die Schweinehunde haben meine Uhr ruiniert – wie spät ist es?«

»Zwölf Uhr zwei.«

Kells nahm den Hörer vom Telefon und wählte eine Hempstead-Nummer. Er sagte: »Hallo, Baby . . . Ja, sicher . . . Hast du Schinken und Eier da? . . . Hast du ein bißchen Watte und Mullverbände und Jod da? . . . Das ist schön. Dann bin ich in zehn Minuten bei dir . . . Ich bin auf einer Party gewesen.«

6

Doktor Janis sah weiser aus, als ein Mensch normalerweise aussehen darf. Sein Kopf war rund und weiß und blank wie eine Billardkugel; seine Nase war ein langer, knöcherner Haken, und die blassen Augen blickten ungeheuer gerissen.

Sacht machte er sich mit der Pinzette an Kells' Bein zu schaffen, fragte: »Tut's weh?«

Kells schob die Lippen vor, schüttelte nur leicht den Kopf. »Nein, nicht sehr.«

»Sie sind ein gottverdammter Lügner.« Janis richtete sich auf, funkelte ihn an.

Helles Sonnenlicht fiel durch die breiten Fenster nach Osten; aus dem großen Instrumentenkoffer, der aufgeklappt an einer geweißten Wand lehnte, blitzte und schimmerte es. Kells lag halb auf einem kleinen Operationstisch. Er starrte auf einen hellen Sonnenfleck an der Wand, versuchte nicht an sein Bein zu denken.

»Gott bewahre mich vor einem sadistischen Arzt«, sagte er.

Janis grinste, beugte sich wieder über das Bein, fuhr mit der Pinzette tiefer in die Wunde. »Da haben wir den kleinen Übeltäter!« Er hielt ein winziges, verbogenes Stück Blei mit der Spitze der Pinzette, zeigte es stolz vor. »Jetzt wissen Sie, wie einem Kaninchen zumute ist.«

»Jetzt weiß ich, wie man sich fühlt, wenn man Mutter wird. Sie sind so stolz auf ein paar Bleikugeln, wie es ein guter Arzt wäre, der Drillinge zur Welt bringt.«

Janis lachte glucksend, stieß wieder mit der Pinzette zu.

Kurz vor acht Uhr dreißig verließ Kells Janis' Praxis im Harding Building. Es hatte die ganze Nacht geregnet; die Luft war frisch und klar. Er hinkte über den Hollywood Boulevard zu einem kleinen Juweliergeschäft, ließ seine Uhr zur Reparatur dort und bat, sie ihm so schnell wie möglich ins Hotel zu bringen. Dann ging er hinaus, kaufte eine Zeitung, rief sich ein Taxi heran, sagte: »Ambassador«, lehnte sich zurück und schlug die Zeitung auf – dann setzte er sich plötzlich bolzengerade hin.

Eine der Schlagzeilen lautete: BELLMANN-MÖRDERIN GEFLOHEN.

Als das Taxi in die Vine Street bog, schaute er durchs Fenster auf einen Verkehrstau; er lehnte sich tiefer ins Polster und las langsam die Story:

Heute in den frühen Morgenstunden wurde Miss S. Granquist, von der Polizei des Mordes angeklagt an John R. Bellmann, dem prominenten Philanthropen, die die Tat auch eingestand, aus der Obhut der Detectives Breen und Rail »gekidnappt«, nachdem der Wagen, in dem man sie von der Hollywood Police Station ins County Jail überfüh-

ren wollte, an der Ecke Temple Street und Coronado an den Straßenrand gedrängt worden und mit einem Feuerhydranten zusammengestoßen war. Officer Breen wurde leicht verletzt in die Notaufnahme des Krankenhauses gebracht. Rail beschreibt die »Entführer« als »acht oder neun schwerbewaffnete, zu allem entschlossene Männer in einem cremefarbenen Sportcoupé.« Er versäumte dabei zu erklären, wie »acht oder neun« Männer und eine Frau in einem Sportwagen hatten entkommen können. Unsere Autohersteller waren sehr daran interessiert zu erfahren, mit welchem Modell man so etwas bewerkstelligt. Es kommt sehr gelegen, daß sich ein derart eklatantes Beispiel für das Versagen der Polizeibehörden praktisch am Vorabend der Wahlen zum Stadtparlament ereignete. Die Wähler . . .

Kells faltete die Zeitung zusammen, klopfte an die Trennscheibe und bedeutete dem Fahrer, Tempo zu machen. Sie bogen von der Melrose in die Normandie, vermieden so dichteren Verkehr, jagten über die Normandie zum Wilshire Boulevard und von dort auf den großen, ringförmigen Parkplatz vor dem *Ambassador*.

Kells bat den Fahrer zu warten, eilte auf sein Zimmer und wechselte seine Sachen. Er rief den Empfang an, bekam die Mitteilung, daß ein Mr. Beery zweimal angerufen habe, versuchte dann, zum *Hayward Hotel* in der Innenstadt durchzukommen. Die Leitung war besetzt. Er machte sich einen großen Drink, ging hinunter und stieg wieder ins Taxi.

Er brauchte fünfundzwanzig Minuten, um durch den dichten Verkehr an der unteren Seventh Street zum *Hayward* zu gelangen.

Fenner öffnete ihm die Tür zur kleinen Diele der Wohnung im vierten Stock; sie gingen durch das angrenzende größere Schlafzimmer.

Kells sagte: »Sie sind früh auf der Matte, Lee.«

Fenner schielte auf die zusammengerollte Zeitung in Kells' Hand, nickte, lächelte matt.

»Wo ist Beery?« Kells nahm den Hut ab und zog seinen Mantel aus.

Fenner setzte sich aufs Bett. »Er ist vor ungefähr einer Stunde rüber zur Druckerei gegangen. Er müßte ziemlich bald zurück sein.«

Kells setzte sich vorsichtig.

Fenner fragte: »Was macht das Bein?«

»Doc Janis hat elf Kugeln herausgepickt, als würde er Blütenblätter aus einem Stiefmütterchen zupfen. Alles kam sehr glatt raus – er liebt mich eben.« Kells rollte die Zeitung auf, glättete sie, schaute zu Fenner. »Wissen Sie etwas hiervon?«

»Nein, weiß ich nicht.« Fenner sagte das sehr ruhig, sehr bestimmt.

»Was glauben Sie?«

»Rose.«

Kells starrte Fenner unbewegt an. Kells' Finger huschten über die Armlehne des Sessels, als spiele er ein Brettspiel. Er fragte: »Und weswegen?«

»Sie hat ihn die ganze Zeit reingelegt – er ist eben so ein verrückter Typ, der hartnäckig abwartet, bis sich ihm die Chance bietet, gleichzuziehen.«

Kells saß da und starrte Fenner ungefähr eine Minute lang ausdruckslos an. Dann sagte er langsam: »Ich möchte, daß Sie Gowdy anrufen – jeden, der in dieser Sache vielleicht einen Draht hat ...«

Fenner stand auf und ging zum Telefon. Er rief einige Nummern an, sprach leise und ruhig in den Apparat.

Kurze Zeit später ging die Vordertür auf, und jemand kam durch die Diele. Es war Beery. Er sagte: »Wir schaffen es nicht, sie noch vor Mittag auf die Straße zu bringen.«

»Das reicht allemal.«

Kells saß noch immer tief in den großen Sessel gedrückt. Fenner war am Telefon. Beery legte Mantel und Hut ab und ließ sich aufs Bett fallen.

»Vielleicht komm' ich auch mal dazu, ein paar Stunden zu pennen«, sagte er.

Fenner legte den Hörer auf und schaute Kells an. »Sie können vielleicht was in der Bronx, draußen an der Central Avenue, aufschnappen. Da ist ein Nigger-Kabarett, wird geleitet von einem Mann namens Sheedy. Man nimmt an, daß Rose sein Partner ist – er ist da gestern abend gesehen worden.

»Wer ist Sheedy?«

Beery sagte: »Ein großer Schwarzer – war früher mal beim Film ...«

»Du kennst ihn?«

»Ein bißchen.«

»Dann setz dich ans Telefon und sieh zu, ob du ihn aufspüren kannst. Um diese Tageszeit kann er ja nicht in seinem Laden sein.«

Beery setzte sich seufzend auf. »Die Bullen halten auch nach Rose

Ausschau, Gerry«, sagte er. »Du wirst jetzt aus diesen Burschen nichts rausbekommen. Die halten dicht.«

Kells lächelte leicht und wies mit dem Kopf zum Telefon. Dann stand er auf.

»Falls dieser Schweinehund sie geschnappt hat – was mir ja ziemlich weit hergeholt scheint –« er warf einen Seitenblick auf Fenner, »– dann wird er sie nach Strich und Faden fertigmachen. Ich hab' sie da reingezogen – und bei Gott, ich hol' sie auch wieder raus. Und wenn ich Lee die Mordanklage wieder anhängen muß und das ganze Spiel hinschmeiße.« Er drehte sich um und trat an eins der Fenster. »Und falls Rose sie tatsächlich geschnappt hat und ihr was antut, dann verteile ich seine Innereien von hier bis Caliente.«

Beery stand auf und ging ans Telefon. »Du benimmst dich ziemlich dramatisch wegen eines Mädels, das du selbst eben erst aufgerissen hast«, sagte er.

Kells wandte sich vom Fenster ab, schaute Beery an, sein Blick war kalt, der Mund stand weit offen, zu einem schiefen Lächeln verzogen.

Er sagte: »Genau.«

7

Sheedy war nirgendwo aufzutreiben.

Fenner ließ Officer Rail ans Telefon rufen, und Kells sprach mit ihm. Rail sagte, er könne keinen der Männer identifizieren, die die Granquist entführt hatten; er habe den Eindruck gehabt, der eine von ihnen sei ein Krüppel gewesen und habe eine Stahlschiene am Bein getragen. Aber er war sich nicht sicher.

Kells rief Roses Wohnung in der Fifth Street an; dort hob niemand ab. Er rief das *Biltmore* an, und man teilte ihm mit, Rose sei seit zwei Tagen nicht aufgetaucht; Mrs. Rose befände sich nicht in der Stadt.

Beery legte sich eine Stunde schlafen. Kells und Fenner saßen im vorderen Zimmer; Fenner las ein Magazin mit Detektivgeschichten, und Kells war in dem großen Sessel versunken und starrte aus dem Fenster. Hanline kam kurz herein. Er sagte, er wolle einem der Pagen unten Bescheid sagen, er solle eine Flasche heraufbringen.

Kurz nach zehn Uhr dreißig klingelte das Telefon. Fenner ging an den Apparat und rief Kells heran.

Eine schrille, hohe Männerstimme sagte: »Ich bin beauftragt worden, Ihnen für die ganze Auflage des *Guardian* zusammen mit den Negativen und dem gesamten, in der Zeitung verwendeten Material fünfzehntausend Dollar zu bieten.«

Kells sagte: »Ich weiß nicht, wovon Sie reden«, und legte auf. Er trug Fenner auf, schnell nach unten in die Vermittlung zu laufen und zu versuchen, den Anruf zurückzuverfolgen; dann wartete er, daß das Telefon wieder klingelte. Das geschah fast umgehend. Die Stimme des Mannes sagte: »Es wird sehr zu Ihrem Vorteil sein, mit uns zu verhandeln, Mr. Kells.«

»Wer ist Ihr Auftraggeber?«

»Die Nachlaßverwalter von Bellmann.«

Kells sagte: »Falls Sie wissen, wo Miss Granquist ist, und sie innerhalb der nächsten halben Stunde herschaffen, werde ich mit Ihnen reden.«

Am anderen Ende der Leitung entstand ein längeres Schweigen. Dann sagte der Mann: »Warten Sie einen Moment.« Kurze Zeit später gellte die Stimme einer Frau. »Gerry, um Himmels willen, hol mich hier raus ...« Die Stimme verlor sich, als würde sie vom Telefon weggezerrt.

Die Männerstimme sagte: »Nun, also? ...«

Fenner kam herein, nickte Kells zu.

Kells sagte: »Okay, bringen Sie sie her.« Er legte auf.

Wieder klingelte das Telefon, doch er ging nicht ran. Er setzte sich, grinste Fenner zu.

Fenner sagte aufgeregt: »West Adams – etwa eine Seitenstraße westlich von der Figueroa.«

»Das war noch nicht mal 'ne gute Imitation der Kleinen.« Kells erhob sich. »Aber vielleicht kommen Sie hierher und versuchen, unter diesem Vorwand ins Geschäft zu kommen. Das könnte großartig werden.«

»Aber sollten wir da nicht besser gleich hinfahren?«

Kells sagte: »Weswegen denn? Sie haben sie nicht, sonst würden Sie sich nicht die Mühe machen, ihre Stimme nachzuahmen. Die werden herkommen – und ich wette zehn zu eins, daß sie genausowenig wissen wie wir, wo Rose und die Kleine sind.«

Kells ging zurück zu seinem Sessel am Fenster. »Ich habe Shep gesagt, er soll ein paar Männer in die Druckerei schicken, falls es dort Ärger gibt. Hat er das gemacht?«

Fenner nickte.

Es klopfte an der Tür; Fenner rief »Herein«, und ein Boy kam mit einer Flasche Whiskey und drei hohen Gläsern voll Eis auf dem Tablett. Er setzte das Tablett auf einem Tisch ab; Fenner gab ihm ein paar Münzen, und er ging hinaus und schloß die Tür hinter sich.

Zwanzig Minuten nach elf wurde ihnen ein Mr. Woodward angekündigt. Fenner ging ins Schlafzimmer und schloß die Tür hinter sich.

Woodward erwies sich als kleiner, gelbhaariger Mann, der eine Brille mit Schildpattgestell trug; er war etwa Mitte Dreißig. Auf Kells' Einladung setzte er sich, lehnte jedoch einen Drink ab.

Er sagte: »Natürlich konnten wir Miss Granquist nicht hierher bringen. Sie wird von der Polizei gesucht, und das wäre zu gefährlich gewesen. Sie wird Ihnen übergeben, zusammen mit einem bestätigten Scheck über fünfzehntausend Dollar, sobald die Gesamtauflage des *Guardian*, die Negative und die Abzüge an uns übergeben worden sind.«

Kells sagte: »Zum Teufel, was für ein billiger Laden ist das eigentlich, den Sie da vertreten? Das Zeug ist allein schon als Beweismittel so viel wert – ganz abgesehen von dem politischen Wert, den es für Ihre Leute haben muß.«

»Ich weiß – ich weiß.« Woodwards Kopf tanzte auf und nieder. »Die Sache ist nämlich folgende, Mr. Kells – meine Leute haben Schwierigkeiten, Bargeld aufzutreiben. Aber es steht in ihrer Macht, Ihnen auf andere Weise ihre Dankbarkeit zu bezeigen.«

»Und die wäre?«

»Gewisse politische Zugeständnisse nach der Wahl – äh, Sie wissen schon.« Woodward schielte nervös auf seine Armbanduhr. »Und es ist von größter Dringlichkeit, daß Sie Ihre Entscheidung schnell treffen.«

Kells sagte: »Ich bin nicht im politischen Geschäft. Ich will das Geld. Blättern Sie fünfzigtausend hin, und zeigen Sie mir Miss Granquist« – er blickte auf seine Armbanduhr, lächelte –, »und es ist von äußerster Dringlichkeit, daß *Sie* Ihre Entscheidung ganz schnell treffen.«

Woodward erhob sich. »Gut, sehr gut, Mr. Kells!« sagte er. Seine Stimme klang jetzt so schrill wie sein Beinahe-Falsett am Telefon. »Was Sie verlangen, ist unmöglich. Ich muß mich verabschieden.«

Er ging auf die Tür zu, und Kells sagte: »Warten Sie einen Moment.« Die große Automatik, die O'Donnell gehört hatte, schimmerte stumpf in seiner Hand. »Setzen Sie sich.«

Woodwards blaue Augen wurden groß hinter den Brillengläsern. Er ging zurück zu seinem Stuhl.

Kells sagte: »Nein, da drüben hin, ans Telefon.«

Woodward lächelte matt, setzte sich neben den Telefontisch.

»Jetzt rufen Sie am besten Ihre Partner an und teilen Ihnen mit, daß alles in Ordnung ist – daß wir ins Geschäft gekommen sind.«

Woodward schaute auf den Teppich. Er spitzte die Lippen, schüttelte langsam den Kopf.

»Vom Apparat im anderen Zimmer können Sie direkt durchwählen«, fuhr Kells fort, »falls Sie es vorziehen, nicht über die Vermittlung verbunden zu werden.«

Woodward blieb ungerührt sitzen, schüttelte nur langsam den Kopf; leicht vor sich hinlächelnd, starrte er zu Boden.

»Na, machen Sie schon!« Kells erhob sich.

Dann klingelte das Schlafzimmertelefon; Kells konnte mithören, wie Beery leise sagte: »Hallo?« Einen Augenblick blieb es still, und dann ging die Schlafzimmertür auf, und Fenner schaute von der Schwelle zurück zu Beery.

Beery sagte: »Sind Sie sicher? ... Nur die Druckpresse und die Vorlagen ... Sonst alles draußen? ... Also schön, ich komme gleich rüber.« Die Gabel klickte, und Beery kam herein. Mit einem Seitenblick auf Woodward grinste er Kells lässig zu.

»Sie haben den Laden in die Luft gejagt«, sagte er. »Aber fast das ganze Zeug war schon draußen. Eine Handpresse und ein paar Setzkästen sind hochgegangen, und einer der Jungs hat ein Stück Eisen in die Schulter gekriegt, aber sie hatten es noch rechtzeitig entdeckt und all meine anderen Leute und die Fahnen weggeschafft. Die Originale sind im Safe.«

Er warf sich in Positur und verkündete: »Die erste Aufgabe von *The Coast Guardian; A Political Weekly for Thinking People* ist im Straßenverkauf.«

Kells drehte sich langsam um und setzte sich. Er schaute Woodward eine Weile unverwandt an und sagte dann: »Als Vertreter des Bellmann-Nachlasses« – er machte eine Pause, hüstelte leicht –, »was glauben Sie da wohl: Halten Sie sich für stark genug, Klagen wegen Nötigung, Zurückhaltung von Beweismitteln, wegen eines Sprengstoffanschlags, wegen Entführung – und noch einiger anderer Dinge mehr – abzuwehren, die sich ein halbwegs gerissener Anwalt ausdenken kann?«

Woodward hielt den Blick gesenkt. »Das mit dem Mädchen war eine Finte. Wir haben sie nicht, und wir wissen auch nicht, wo Rose ist ...«

»Also hat Rose sie wirklich?«

Woodward schaute hoch und sagte zögernd: »Ich weiß nicht.«

»Falls Sie irgendwelche Ideen haben, ist jetzt der richtige Zeitpunkt, damit rauszurücken!«

Woodward schielte zu Beery, zu Fenner und dann zurück zu Kells. »Meine Leute wollen mit Rose nichts zu tun haben«, sagte er. »Er wird wegen Mordes gesucht, und falls man ihn schnappt, geht's ihm an den Kragen.« Er lächelte wieder, fuhr dann langsam fort: »Er hat heute morgen angerufen und gesagt, Sie hätten O'Donnell erschossen – hat behauptet, daß er es beweisen könnte ...«

Fenner lachte in sich hinein.

Kells sagte: »Woher ist der Anruf gekommen?«

Woodward schüttelte den Kopf. »Das weiß ich nicht.«

Beery war zurück ins Schlafzimmer gegangen. Jetzt stand er in der Tür und zog sich den Mantel über. »Ich bin in ungefähr einer Stunde wieder zurück, Gerry«, sagte er. Er goß sich einen kleinen Drink ein, kippte ihn hinunter und ging Grimassen schneidend hinaus.

Kells fragte Woodward: »Wo kann ich Sie erreichen?«

Woodward zögerte nur kurz. »Ich habe ein Büro im Dell Building – die Nummer steht im Telefonbuch.«

»Sie können gehen.«

Woodward stand auf und sagte: »Guten Tag, Sir.« Er nickte Fenner zu, ging hinaus.

Kells zog Fenners Fünfundzwanzigtausend-Dollar-Scheck aus der Brusttasche seiner Jacke. Er faltete ihn auseinander, schaute minutenlang darauf und sagte dann: »Gehen wir rüber zur Bank und lassen wir ihn bestätigen.«

Gemeinsam gingen sie hinaus.

CHINA POINT

Kells schlief fast den ganzen Nachmittag. Um sieben Uhr schaute Dr. Janis vorbei. Das Bein war ziemlich steif.

Janis sagte: »Sie sollten sowieso ein paar Tage zu Hause bleiben. Sie hatten verdammtes Glück, daß Sie von der Ladung nur abbekommen haben, was nach außen gestreut ist – Dickinson hat die Mitte erwischt ...«

Kells fragte: »Wie geht's ihm?«

»Er kommt wieder in Ordnung Er ist kräftig genug.«

Janis war schon in Mantel und Hut, trank sein Glas leer und ging zur Tür. »Sie haben Glück gehabt«, sagte er. »Fordern Sie es nicht heraus.« Damit ging er.

Kells rief Fenner an. Man war verschiedenen Spuren nachgegangen, um Rose aufzustöbern – alle hatten sich als Fehlanzeige erwiesen. Sheedy war nicht aufzufinden. Bei dem Mexikaner in Roses Begleitung handelte es sich wahrscheinlich um einen gewissen Ábalos aus San Francisco. Er wohnte in einem kleinen Hotel an der Main Street. Das Hotel stand unter Beobachtung. Reilly wurde beschattet.

Beery kam gegen acht Uhr herauf. Er setzte sich und grinste breit über einem Highball. »Alles ist prächtig«, sagte er. »Sämtliche Abendzeitungen haben das Zeug aus dem *Guardian* nachgedruckt – beim *Chronicle* bin ich der Goldjunge.« Er stellte sein Glas ab. »Du willst doch, daß ich auch den Job beim *Chronicle* behalte, oder?«

Kells sagte: »Klar.«

Beery stand auf, beugte sich über den niedrigen Tisch und mixte sich den nächsten Drink. »Ich geh' zu den Boxkämpfen. Da ist heute toll was los.«

»Ich geh' auch.«

Beery blickte über die Schulter zurück, blinzelte. »Du bleibst besser in der Falle«, sagte er.

Kells richtete sich mit Schwung auf und blieb auf der Bettkante sitzen. »Hast du schon Karten?«

»Ja. Ich wollte meine Frau mitnehmen.«

»Aber sicher – sicher nehmen wir sie mit! Ruf an und frag, ob du drei Plätze nebeneinander bekommen kannst.« Kells stand auf, hinkte ins Bad und drehte die Dusche auf.

Beery saß da und ließ Eiswürfel an den Rand seines Glases klicken. Als Kells die Dusche abdrehte, rief Beery: »Die Alte will übrigens nicht mitgehen.«

Kells stand grinsend in der Badezimmertür.

Beery schaute zu ihm hoch und dann in sein Glas. »Ich schätze, sie mag dich gar nicht.« Er nahm den Hörer von der Gabel und verlangte eine Hollywood-Nummer.

Kells verschwand wieder im Badezimmer, und als er herauskam, sagte Beery glücklich lächelnd: »Okay. Sie will lieber ins Kino.«

2

Die Plätze waren in der fünften Reihe am Ring – nur zwei Sitze zwischen ihren Plätzen und dem Gang. Der zweite Vorkampf war in der letzten Runde, als Kells und Beery sich an einem sehr fetten Mann vorbeizwängten, der den Eckplatz hatte.

Der Vorkampf endete unentschieden, und die Lichter flammten auf. Kells nickte einigen Bekannten zu, und Beery hatte sich vorgebeugt, um sich mit einem Freund in der Reihe vor ihnen zu unterhalten. Er stellte Kells den Mann vor: »Brand, Sportberichterstatter für ein Syndikat im Osten.«

Kells, der in sein Programm geschaut hatte, fragte: »Wie stehen die Wetten für Gilroy?«

»Die Jungs haben vor dem Dinner drei zu zwei geboten – flaues Geschäft. Ich setze zwei zu eins auf Shane.«

Gilroy war ein New Yorker Schwarzer, ein Schwergewichtler, der vor einiger Zeit in seiner Gewichtsklasse ganz oben gewesen war. Ein ausschweifendes Leben und Rassendiskriminierung – zu wenig Kämpfe – hatten ihn weich gemacht. Eingeweihte behaupteten, er habe alles eingebüßt, was er mal gekonnt hatte, sei auf dem absteigenden Ast. Shane war ein harter Brocken aus Texas. Man erzählte sich von ihm, er habe eine sehr schwere Rechte, die seine mangelnde Erfahrung mehr als wett mache.

Kells erinnerte sich, daß er Gilroy noch aus Harlem kannte und der Boxer ihn mochte. Er sagte: »Ich setze fünfhundert auf ihn.«

Brand schaute ihn ernst an und nickte.

Beery machte ein angewidertes Gesicht. Er beugte sich zu Kells und murmelte: »Um Gottes willen, Gerry! Die bauen Shane für einen Titelkampf auf. Glaubst du, die lassen einen unbeliebten schwarzen Mann wie Gilroy irgendwie zum Zug kommen?«

Kells sagte: »Er ist früher gut gewesen – in nur einem Jahr kann er nicht so schlecht geworden sein, wie die behaupten. Ich habe Shane nur ein einziges Mal gesehen, und ich fand ihn lausig . . .«

»Aber er hat gewonnen, oder?«

»Hmm.«

Beery warf Kells von der Seite einen scharfen Blick zu.

Der Mann, der neben Brand saß, drehte sich um und sagte schnarrend: »Sie haben nicht zufällig noch ein bißchen mehr Geld, das Sie auf Gilroy setzen können, oder?«

»Aber klar doch!«

»Ich geb' Ihnen achtzehnhundert für einen Riesen.«

Kells nickte.

Beery sah aus, als würde er gleich vom Hocker kippen. Er sagte zähneknirschend: »O verdammt noch mal!«

Ein Mann, gefolgt von zwei Filipinos und deren Betreuern, kletterte in den Ring. Die Lichter in der Boxarena gingen langsam aus.

»Ladies und Gentlemen . . . Kampf über sechs Runden . . . In dieser Ecke – Johnny Sanga . . . Kampfgewicht sechzig Kilo . . .«

Kells sagte: »Ich bin in einer Minute zurück.« Er stand auf und zwängte sich an dem fetten Mann vorbei.

Am Ende des Ganges zu den Umkleideräumen hielt ihn ein uniformierter Polizist auf. »Du kommst hier nicht weiter, Kumpel.«

Kells bedachte ihn mit einem kalten Blick. »Ich bin Mr. Olympic – mir gehört dieser Laden.« Er rollte einen Geldschein um einen Finger, kam näher heran, drückte ihn dem Cop in die Hand und ging an ihm vorbei.

Gilroy saß auf der Kante einer Massagebank, während ein stämmiger junger Bursche in dickem Pullover ihm die Hände bandagierte. Ein Jude mit rosigem Gesicht saß auf einem an die Wand zurückgekippten Stuhl und rauchte eine kurze grüne Zigarre. Als Kells die Tür öffnete, stand er auf und sagte: »Sie können hier nicht einfach reinplatzen, Mister!«

Gilroy blickte hoch, und sein Gesicht verzog sich zu einem breiten Grinsen. »Na, is' das 'ne Überraschung – Mista Kells!« Er stand auf und kam mit der halb bandagierten Hand auf Kells zu.

Kells lächelte, sie schüttelten sich die Hände. »Wie geht's, Lonny?«

Gilroys Grinsen wurde noch um etliche Meter breiter. Er sagte: »Setzen Se sich – setzen Se sich.« Er ging zu dem Stuhl, auf dem der Jude mit dem blühenden Gesicht gesessen hatte, schleifte ihn in die Mitte des Raums, setzte sich dann wieder auf die Massagebank.

Kells schüttelte den Kopf, lehnte sich auf die Bank. Er schaute zu dem Juden und zu dem Jungen, der dem großen Neger die Bandage angelegt hatte. Dann blickte er Gilroy an, fragte: »Gewinnst du?«

»Kla-a-a! Aba kla-a-a!« Gilroys Grinsen war um eine Spur matter geworden. »Kla', ich gewinne.«

Kells schaute ihn weiter an. Gilroy warf dem Juden einen Blick zu, kicherte; dann wandte er sich wieder zu Kells. Er schüttelte kaum merklich den Kopf. »Wie lange sind Sie schon hier, Mista Kells?«

Kells antwortete nicht. Er starrte Gilroy ausdruckslos an.

Der Jude warf Gilroy einen Blick zu, bedachte dann Kells mit einem eisigen Seitenblick und ging hinaus. Der stämmige Junge klebte mechanisch Gilroys Bandagen mit Pflaster fest.

Jetzt sagte Gilroy: »Nein, ich gewinn' nich'.« Er sagte es sehr leise.

»Wieviel bekommst du dafür?«

Gilroys Gesicht war sehr ernst geworden. »Nichts«, sagte er. »Kein' Penny.«

Mit dem rechten Handballen rieb Kells über den Handrücken seiner Linken.

Gilroy sprach weiter. »Kein' Penny – aba die machen mich fertig, wenn ich mich auf die Schiebung nich' einlasse . . .«

»Wovon redest du?«

Der Junge war mit der Hand fertig. Gilroy bewegte sie, streckte sie, schaute zu Boden.

»Die jagen mir Höllenangst ein, Mista Kells. Wenn ich gewinn', komm' ich heut' abend nich' mehr nach Hause – vielleicht.«

Kells blickte ihm ins Gesicht und sagte: »Das heißt also, du legst dich für nichts und wieder nichts auf die Bretter?«

»Wenns Sie's so ausdrücken wollen – ja, Siah.«

Der Junge nahm sich die andere Hand vor. Gilroy fuhr fort: »Ich hab' seit 'ner Woche Briefe und Anrufe und Warnungen gekriegt . . .«

»Von wem?«

»Weiß nich'.« Gilroy schüttelte schwerfällig den Kopf.

Kells schaute auf seine Armbanduhr. Er sagte: »Hast du den Eindruck, daß du mir noch was schuldig bist, Lonny?«

Gilroy schaute ihn an, und seine Augen waren groß und feucht. »Kla-a«, sagte er. »Kla-a – muß imma wieda dran denken.«

»Das ist jetzt *meine* Stadt. Ich möchte, daß du da reingehst und gewinnst, falls du das kannst. Bis du in den Ring gestiegen bist, hab' ich einen Haufen Leute zu deinem Schutz zusammengetrommelt – hinterher kannst du in meiner Nähe bleiben.« Kells schaute ihn eindringlich an. »Das hier ist wichtig.«

Gilroy blieb eine Weile still. Er starrte auf seine Hände. Dann nickte er langsam, ohne aufzuschauen.

Kells sagte: »Ich komme hinterher wieder.«

Er ging aus dem Raum und schloß die Tür hinter sich. Er suchte ein Telefon und rief Fenner an. Fenner war nicht da, also ließ er den Anruf auf Hanlines Zimmer legen; als Hanline sich meldete, forderte Kells ihn auf, die beiden stärksten Muskelmänner, die er auftreiben könne, sofort zum Eingang von Block R der Olympic Arena zu schicken. Hanline sagte: »Ja klar – worum geht's hier eigentlich?« Kells sagte: »Ach, nichts. Nur – wozu hat man eine Organisation, wenn man sie nicht benutzt?«

Auf dem Weg zurück zu seinem Platz entdeckte Kells Fay. Sie gingen gemeinsam zu einem Bogengang, von wo aus sie gute Sicht auf den Ring hatten. Die Filipinos umklammerten einander in einem langsamen, gemessenen Tanz; die elektrische Anzeige über dem Ring leuchtete: fünfte Runde.

Kells fragte: »Wer hat ein Interesse an Shane?«

Fay zuckte die Achseln. »Seine Mutter wahrscheinlich ...«

»Baut dieses sogenannte Syndikat ihn auf?«

»Aber sicher.«

Kells drückte einen gestreckten Zeigefinger auf Fays Brust. »Und wer zum Teufel ist das Syndikat?«

Fay sagte: »Rose – und die, die ihn aus dem Hintergrund unterstützen.«

Kells warf einen Blick zum Ring. »Ich hätte auch so geraten. Setzen Sie auf Gilroy.« Mit einem ausgesprochen geheimnisvollen und bedeutsamen Blick über die Schulter ging er davon.

Wieder auf seinem Platz, tippte Kells Brand auf die Schulter. »Falls die Herren einen Rückzieher machen wollen«, sagte er, »Sie können ihre Wetten noch zurücknehmen.«

Brand wandte sich zu Kells' breit lächelndem Gesicht. Sein Freund mit der schnarrenden Stimme war hingerissen vom letzten Walzer der Filipinos.

»Ich habe eine Information ...« Kells' Lächeln wurde immer breiter.

Brand schüttelte den Kopf, gab sein Lächeln zurück, sagte: »Nein – ich halte Shane für gut genug.«

»Das hab' ich mir gedacht. Das ist auch der Grund, weswegen ich Ihnen das Angebot gemacht habe.«

Beery feuerte einen der Filipinos an. Er warf Kells ausdruckslos einen zweiten Blick zu, rief dann hoch zum Ring: »Frag ihn mal, was er nach der Vorstellung macht.«

Beim letzten Vorkampf entschied das Kampfgericht auf unentschieden. Jetzt kam das zweite Hauptereignis: Ein Kampf über sechs Runden – zwei dunkelhäutige, ausgebuffte Fliegengewichtler, einer der Boxer auf dem Weg zu einer Meisterschaft. Es war ein ziemlich guter Kampf, doch der Favorit hatte immer die Nase vorn.

Fast sofort folgte die Hauptattraktion. Der Ansager stieg in den Ring – der Referee, Shane, Gilroy, die Betreuer aus den Ecken. Shane bekam großen Beifall. Auch Gilroy wurde ziemlich gut aufgenommen – die Schwarzen waren hier recht stark vertreten, und sie mochten Gilroy. Die Münze wurde geworfen, die Ecken gewählt, die Bandagen überprüft, und der Ringrichter gab letzte Anweisungen.

»Ladies und Gentlemen . . . Kampf über zehn Runden . . . In dieser Ecke – Arthur Shane – der Wirbelwind aus Texas . . . Kampfgewicht vierundneunzig Kilo . . . In der anderen Ecke – Lon Gilroy . . . Gewicht: achtundachtzig Kilo . . .«

Der Ansager und die Betreuer kletterten aus dem Ring. Gilroy und Shane vollführten mit den Handschuhen den Boxergruß und verzogen sich dann in ihre Ecken. Als der Gong ertönte, kam Shane herangewirbelt, rannte fast quer durch den Ring. Gilroy wirkte leicht überrascht, wartete, tauchte ruhig unter Shanes wildem rechtem Haken ab. Sie tauschten ein paar kurze Schläge zum Körper, und Shane erwischte Gilroy mit einer langen Geraden am Kiefer.

Shanes blondes Haar wirkte beinahe weiß. Es stieg fast steil in einer hohen, starren Tolle von seinem runden Gesicht auf und wippte bei jeder Kopfbewegung vor und zurück. Er war massig, wirkte viel schwerer als vierundneunzig Kilo. Gilroy hatte seit dem Jahr, als Kells ihn zum letztenmal im Kampf gesehen hatte, einiges Gewicht zugelegt, doch er wirkte straff. Seine satt schokoladenbraune Gestalt lief in schmale Hüften aus, die Beine waren kräftig, mit guter Muskulatur. Er wirkte ziemlich fit.

Shane kam wieder sehr schnell herangewalzt; Gilroy tänzelte ans Seil zurück, ließ sich vorschnellen und unterlief Shanes Rechte – sie gingen in den Clinch. Der Ringrichter trennte sie, und Gilroy streifte Shane am Kinn, als er einen Sidestep machte. Sie tauschten ein paar kurze Gerade zu Kopf und Körper, fielen wieder in den Clinch. Gilroy landete eine schwere Doublette am Körper des Gegners. Shane tänzelte davon, stieß schnell wieder vor, und nach einer Rechten schnellte Gilroys Kopf zurück. Sie wollten jetzt beide Zeit schinden, warteten, daß der andere bis zum Gong die Führung übernahm. Die Runde endete unentschieden.

Die zweite und dritte Runde waren langsam – die zweite gewann Shane knapp nach Punkten, die dritte wurde unentschieden gegeben.

Shane kam in der vierten schnell aus seiner Ecke, schrammte Gilroys Kinnlade mit einer langen Rechten, schlug die Linke hart in Gilroys Magen. Gilroy richtete sich auf, sein Mund stand weit offen; Shane tänzelte leicht zur Seite, steckte Gilroys schwachen Konter an die Schulter weg und traf ihn mit einem rechten Haken voll am Kiefer.

Man hörte ein schnappendes Geräusch, und Gilroy sank in die Knie. Die Menge tobte. Viele Leute waren aufgesprungen.

Gilroy ließ sich bis acht anzählen, kam dann breit grinsend wieder hoch. Er blockte einen wilden Uppercut von Shane ab, ging in den Mann hinein, hämmerte auf Shane ein, doch seinen Fäusten fehlte der Dampf. Die Muskeln in seinem Gesicht waren angespannt, die Augen groß – es hatte weh getan, er war angeschlagen. Beide Boxer gingen in den Clinch. Die Runde gehörte Shane.

In der ersten Hälfte der fünften schaltete Gilroy auf Rückwärtsgang, doch dann kam er noch einmal und trieb Shane vor sich her, bis der Gong ertönte. Shane wurde etwas müde. Die Runde hätte an Gilroy gegeben werden müssen, doch das Punktgericht entschied auf unentschieden.

Die sechste und siebte gewann Gilroy knapp nach Punkten. Er schien zu seiner gewohnten Schnelligkeit zurückgefunden zu haben; Shane machte scheinbar den Kampf, preschte effektvoll nach vorne, doch es saß nicht viel dahinter. Gilroy steckte alles weg, was Shane auszuteilen hatte – er verlor nie die Übersicht, kämpfte hart, gut.

Jeder hatte zwei Runden gewonnen, drei waren unentschieden. Kells beobachtete Shane zwischen der siebten und achten Runde genau, entschied, daß er in die Schiebung nicht eingeweiht worden war. Er schien besorgt, doch es war nicht die Besorgnis, die jemand zeigt, der sich hereingelegt fühlt. Seine Hintermänner hatten ihn offenbar in dem Glauben gelassen, daß er fair gewinnen oder verlieren würde. Eigentlich war es auch keine Bestechung oder Schiebung gewesen, wenn man es genau betrachtete – sie hatten Gilroy nur eingeschüchtert, und fast hätte es funktioniert.

Brand drehte sich um, lächelte unbehaglich.

Kells flüsterte Beery zu: »In der achten passiert es.« Er schaute zu Gilroy. Der hatte sich zurückgelehnt und atmete tief durch. Er hob den Kopf und starrte angespannt in die Gesichter am Ring. Kells versuchte, seinen Blick auf sich zu lenken, doch die Betreuer kletterten schon durch die Seile, und dann ertönte der Gong.

Shane stampfte wieder nach vorn, und Gilroy stand ruhig da, blockte Shanes Schwinger ab und ließ eine Linke in weitem Bogen an Shanes Kopf krachen. Shane fiel hin wie von einer Axt gefällt. Sekundenlang schaute Gilroy verwundert zu ihm hinunter, tänzelte dann hinüber in die neutrale Ecke. Alles war aufgesprungen. Der Ringrichter zählte, doch bei dem Geschrei konnte er sich kein Gehör verschaffen; sein Arm fuhr auf und nieder, und seine Lippen bewegten sich.

Shane setzte sich auf, kam unsicher auf die Füße. Gilroy tänzelte heran, streckte beide Handschuhe vor und schob seinen Gegner. Gilroy lächelte selbstbewußt. Shane war wieder klar; er schüttelte den Kopf, marschierte voran, und Gilroy versetzte ihm zwei seitliche Kopftreffer, stieß dann eine kurze, gerade Linke in sein Gesicht. Shane ging in den Gegner hinein, schwang die Rechte in einem weiten Bogen von oben nach unten und traf Gilroy gut zwanzig Zentimeter unterhalb der Gürtellinie.

Gilroy klappte langsam zusammen. Er hielt die Hände über die Körpermitte, und seine Knie knickten ein. Sein Gesicht war schmerzverzerrt. Er taumelte nach vorn, richtete sich noch einmal auf, stürzte dann seitlich zu Boden und zog die Knie an.

Shane lehnte an den Seilen, und in der augenblicklich eingetretenen Stille war sein stoßweiser Atem zu hören.

Dann füllte sich der Ring mit Menschen; Gilroy wurde in seine Ecke getragen. Der Ansager brüllte vergebens, um sich Gehör zu verschaffen. Einer von Shanes Helfern drückte die Ringseile für ihn hoch; er starrte benommen in die Menge, bückte sich, schlüpfte durch die Seile und verschwand im Gang zu den Umkleideräumen.

»Sieger durch Disqualifikation – Gilroy.« Der Ansager war nur schwach zu hören.

Brands Freund drehte sich um und grinste Kells freudlos zu. Er schüttelte traurig den Kopf. »Der Hundesohn«, sagte er. »Der verdammte dreckige Hundesohn.«

3

Am Eingang zu Block R rannte Kells fast in den fetten Mann hinein, der ihn bei Fenner mit der Waffe bedroht hatte. Seine Krawatte stand noch immer in demselben scharfen Winkel von seinem hohen gestärkten Kragen ab, den kleinen Kopf zierte eine große Mütze mit schreiendem Karomuster.

Er starrte auf Kells' Schuhe und sagte: »Hanline schickt uns.« Er deutete mit einem Kopfnicken auf einen ziemlich großen Mann um die Vierzig, der wie ein erfolgreicher Versicherungsvertreter aussah. »Das ist Denny Faber.«

Kells lachte.

Der Dicke grinste gutmütig zurück. »Ich hab' das gestern abend gründlich vermasselt«, sagte er. »Das Mädchen hat mich durcheinandergebracht.« Er warf einen Blick auf Beery, schaute wieder auf Kells' Schuhe und sagte ergänzend: »Ich heiße Borg.«

Kells stellte ihn Beery vor. Dann gingen sie zu viert zu der Menge vor den Umkleideräumen.

Im Gang vor Gilroys Umkleideraum drängte sich eine ziemliche Menschenmenge – die meisten Neger. Mit der Schulter voran schuf sich Kells eine Gasse, machte die Tür auf. Der Jude mit dem rosig blühenden Gesicht stand mitten im Raum und lächelte selig. Er zeigte mit ausgestrecktem Finger auf Kells.

»Ich hab' Ihnen ja gesagt, daß wir gewinnen würden – ich hab's Ihnen ja gesagt.« Er drehte sich stirnrunzelnd zu Beery und Borg um – Faber wartete draußen.

Kells sagte: »Diese Herren hier sind Freunde von mir.«

Sie kamen hinter ihm herein.

Gilroy lag nackt auf der Massagebank. Sein Gesicht war mit kleinen Schweißtropfen bedeckt. Er wandte den Kopf zu ihm, sagte: »Hallo, Mista Kells.«

Kells trat zu ihm. »Wie fühlst du dich?«

»Ich bin in Ordnung. Der Doc hier sagt, es is' bloß 'n Kratzer –« er grinste über das ganze Gesicht, »– bloß 'n Kratzer.« Der Arzt nickte.

Zu Borg gewandt, sagte Kells: »Besorgen Sie ein Taxi und warten Sie draußen vor dem kleinen Eingang ...« Er machte eine verabschiedende Handbewegung.

»Wir haben ein Auto dabei.« Borg ging zur Tür.

»Das ist gut – wir kommen in ein paar Minuten hinterher.«

Gilroy setzte sich langsam auf, griff nach einem Handtuch und wischte sich das Gesicht. Er sagte:

»Wie is' es mit 'na Dusche, Doc?«

Der Arzt sagte, das sei in Ordnung. Er zog seinen Mantel über.

Kells holte ein zusammengerolltes Bündel Scheine aus seiner Tasche, löste einen und drückte ihn dem Arzt in die Hand.

Beery stand neben der Tür. Er winkte ihn mit einem Kopfnicken zu sich, und Kells ging hin. Beery fragte leise: »Hat Brand dir einen Scheck gegeben?«

Kells nickte.

»Der andere Typ hat dich bar ausgezahlt?«

»Ja.«

»Her damit! Du läufst ein saftiges Risiko, wenn du heute abend noch Trubel haben willst. Ich geh' nach Hause – ich paß besser auf das dicke Geldbündel auf.«

»Ich hab' auch Fenners Scheck und irgendwo noch zehn Riesen lose.« Kells lächelte, schüttelte den Kopf. »Jedesmal, wenn ich was auf die Bank trage, passiert irgendwas, und ich komm' dann nicht mehr ran. Dir passiert auch unweigerlich was . . .«

»Oder dir.«

»Hmm – also behalte ich den Zaster.« Kells machte kehrt und setzte sich wieder auf die Massagebank.

Gilroys Manager, der Jude, hob zu einem langen und lebhaften Vortrag darüber an, warum Gilroy der »kommende Champion« sei.

»Ich sag's Ihnen, Mr. Kells – Ihr Name ist doch Kells, oder? –, Lonny ist besser als Johnson in seiner Blütezeit – in seiner *Blütezeit* . . .«

Beery sagte: »Ich rufe dich morgen früh an.« Er und der Arzt gingen gemeinsam.

Gilroy kam angezogen aus der Dusche. Auf dem Weg zum Auto fragte Kells: »Kennst du Sheedy?«

»Vince Sheedy? Kla-a.« Gilroy hielt sich dicht neben Kelly, beobachtete aufmerksam die Leute, an denen sie vorbeigingen. »Sein Laden is' gleich um die Ecke von meim Hotel.«

»Da gehen wir hin und feiern. Ich möchte ihn treffen.«

Borg und Faber saßen in einem großen geschlossenen Wagen draußen vor dem kleinen Eingang. Beery hockte auf dem Rücksitz.

Kells sagte: »Ich dachte, du wolltest nach Hause?«

»Ach, zum Teufel – genausogut kann ich mitkommen und mir das Feuerwerk ansehen – falls eins steigt.« Beery seufzte.

Kells und Gilroy stiegen neben ihm ein. Kells beugte sich vor und sagte erklärend zu Borg: »Gilroy hier hat ein paar Drohbriefe bekommen. Wir werden uns ein paar Tage um ihn kümmern.«

»Klar, wird gemacht.«

Gilroy wies sie an, wie sie zu Sheedys Lokal kommen konnten. Kells schaute durch das Rückfenster, doch er konnte niemanden ausmachen, der ihnen folgte. Der Verkehr war sehr dicht. Sie fuhren die Sixteenth hinunter zur Central Avenue, bogen dann nach Süden.

Der Hintereingang zu Sheedy's Bronx Club war schwer zu erreichen. Sie ließen das Auto auf einem Parkplatz stehen, gingen dann durch eine schmale Gasse zwischen zwei Gebäuden. Auf einer Seite der Gasse klopfte Gilroy an eine Tür; sie wurde geöffnet, und dann ging es abwärts durch eine große Küche in einen kurzen Flur.

Gilroy sagte: »Es gibt auch 'nen Vordereingang, aber dieser hier ist am besten, weil wir ein Privatzimmer wolln.« Er schaute Bestätigung heischend zu Kells. »Oder nich?«

Kells nickte.

Gilroy drückte die Klinke einer der Türen, die vom Flur abgingen. Sie war abgesperrt. Er versuchte die nächste, machte sie auf und schaltete drinnen das Licht an.

Das Zimmer war klein. Es war ausgestattet mit einem runden Tisch in der Zimmermitte, bedeckt mit einem rot-weiß-karierten Tischtuch, und drumherum standen sechs oder sieben Stühle und eine Couch. Gilroy drückte einen Knopf neben der Tür.

Borg und Faber suchten sich einen Platz, und Kells streckte sich auf der Couch aus. Beery musterte die Fotos an den Wänden – die meisten ausgeschnitten aus Magazinen, die auf »Künstlermodelle« spezialisiert waren.

Ein Kellner kam, und Gilroy forderte ihn auf, Sheedy zu holen.

Sheedy erwies sich als ein sehr groß gewachsenes, sehr gelbes Skelett. Eine Smokingjacke drapierte seine hohen spitzen Schultern, als würde der nächste Windstoß sie fortreißen wie ein schlaffes schwarzes Segel. Er nickte Beery zu. Er sagte: »Ich freue mich sehr, Ihre Bekanntschaft zu machen, Mr. Kells.« Sein Akzent war sehr gewählt. Kells nahm an, daß er, falls der Name überhaupt etwas besagte, ein bemerkenswert guter Schauspieler war.

Gilroy fragte: »Hast du den Kampf gesehn, Vince?«

»Ja . . . Ich hab' verloren.« Sheedy lächelte leichthin.

Gilroy kicherte. »Da hast du falsch getippt. Geschieht dir aba ganz recht – beim nächstenmal weißt es bessa.«

Sheedys Brauen zuckten hoch, und er nickte bekümmert.

»Schlepp uns kübelweise Champagnah her –« Gilroy machte eine großartige Geste. »Und schick ein paar Mädels nach hinten, die uns was singen.«

Sheedy sagte: »Kommt sofort, Lonny –« Mit einer leichten Verbeugung zog er sich zurück. Etwa eine Minute später war er zurück und bat Kells, hinaus auf den Flur zu kommen. »Gerade sind ein paar Burschen reingekommen« – er deutete mit einer Kopfbewegung zum vorderen Teil des Lokals –, »und haben gefragt, ob Lonny hier ist. Ich habe nein gesagt.«

»Wer sind die?«

»Ein Mann namens Arnie Taylor – ein Schwarzer – und drei weiße Knaben. Ich kenne sie nicht.«

Kells fragte: »Wer ist Taylor?«

Sheedy schüttelte den Kopf. »Ich glaube nicht, daß er ein besonders guter Freund von Lonny ist.«

»Wo ist Rose?« Kells sprach sehr leise, sehr schnell.

Sheedy wirkte überrascht. Dann lächelte er zögernd. »Ich fürchte, Sie machen sich da ganz falsche Vorstellungen«, sagte er.

Kells wartete; Sheedy fuhr fort: »Ich habe nicht die leiseste Ahnung.«

Kells schaute ihn schläfrig an, schwieg.

Sheedy sagte: »Er war gestern abend hier – seither habe ich ihn nicht mehr gesehen.«

»Danke.« Kells drehte sich um, wollte zurück ins Zimmer.

Sheedy berührte ihn an der Schulter. »Rose und ich haben ein paar kleine Geschäfte laufen«, sagte er. »Das ist alles.« Er lächelte leicht und schaute Kells dabei an.

Kells fragte: »Schnapsgeschäft?«

Sheedy schüttelte den Kopf.

»Weißer Stoff?«

Sheedy gab ihm darauf keine Antwort.

Kells schaute zur Tür des Kabaretts und sagte: »Sie können Taylor erzählen, daß Lonny hinten ist.«

Sheedy sagte: »Ich führe diesen Laden auf Widerruf, Mr. Kells. Sollte es irgendwelchen Ärger geben und laut werden, verliere ich meine Konzession.«

»Es wird nicht laut werden.«

Die Tür zum Kabarett schwang auf, und ein sehr hellhäutiger Schwarzer mit glattem, blauschwarzem Haar kam heraus auf den Gang. Hinter ihm ging ein Weißer, und der Weiße zog im Gehen einen kurzläufigen Revolver aus der Jackentasche.

Der Schwarze sagte: »'tschuldigung, Vince.«

Sheedy nahm die Hände hoch.

Kells legte mit dem Ellbogen den Kippschalter an der Wand um, doch die Lichter im Gang blieben an.

Ungefähr drei Meter von ihnen entfernt blieb der Weiße am Ende des Ganges stehen. Er war klein, hatte ein breites, leeres Kindergesicht. Er hielt den Revolver in Magenhöhe und richtete ihn auf einen Punkt in der Mitte zwischen Kells und Sheedy.

Taylor trat zu ihnen und suchte Kells nach einer Waffe ab.

Sheedy wollte sprechen, doch plötzlich ging die Zimmertür auf, und Gilroys wuchtige Gestalt hob sich in der Dunkelheit in seinem Rücken ab.

Er fragte: »Was is'n mit dem Licht los?«

Taylors Kopf fuhr herum, er riß eine Automatik aus dem Hosengürtel, schwenkte sie in Gilroys Richtung. Kells' offene linke Hand krachte auf Taylors Arm, und blitzschnell legte er den anderen Arm um Taylors Hals und zerrte ihn rückwärts an die Wand, so daß Taylor jetzt zwischen ihm und dem kleinen Weißen stand.

Der Weiße machte wieselflink kehrt und verschwand, verfolgt von Sheedy, durch die Tür ins Kabarett. Dann schob sich Borg an Gilroy vorbei, zückte seine Waffe und versetzte Taylor einen Schlag hinters Ohr. Taylor wurde schlaff, und Kells ließ ihn unsanft zu Boden gleiten.

Gilroy sagte: »Ahmächtiger!«

4

Sie bogen vom Whittier Boulevard ab und fuhren ein längeres Stück auf einer gutgeplasterten Straße. Die Straße schlängelte sich durch Felder; sie kamen an dunklen Häusern vorbei, und gelegentlich tauchte an einer Einmündung ein Licht auf.

Kells saß links auf dem Rücksitz, Borg saß rechts, und Taylor hatten sie in die Mitte genommen. Gilroy und Faber hatten sich nach vorn gesetzt. Gilroy hatte darauf bestanden, mitzukommen. Beery war nach Hause gefahren.

Kells fragte: »Wo ist Rose?«

Taylor machte eine resignierte Handbewegung. »Ich schwöre Ihnen, Mr. Kells – ich weiß es nicht«, sagte er. »Wenn ich es wüßte –«

Borg schlug seine Faust hart in Taylors Gesicht. Borg grunzte dabei vor Anstrengung, und es gab ein schwaches, sausendes Geräusch, als er vom schnellen Schwung seines Arms mitgerissen wurde. Und dann das weiche Klatschen, als seine große Hand Taylors Gesicht wie einen Ball zusammendrückte.

Taylor wimmerte und legte die Arme vor sein Gesicht. Er versuchte sich tiefer in den Sitz gleiten zu lassen, doch Borg schlang ihm einen Arm um die Schultern und hielt ihn aufrecht.

»Wo ist Rose?«

»Ich weiß es nicht, Mr. Kells ... Ich schwöre bei Gott, daß ich es nicht weiß ...« Taylor sprach in den Stoff seiner Anzugjacke; die Worte klangen erstickt, als kämen sie von weit her.

Borg zog Taylor sanft den Arm vom Gesicht weg, hielt dessen beide Hände mit einer Hand in seinem Schoß umspannt und schwang wieder die Faust.

Taylor wehrte sich, konnte eine seiner Hände freibekommen und legte sie schützend vor sein blutiges Gesicht. »Ich sag' doch, ich hab' Anweisungen bekommen, die angeblich von Rose stammten«, keuchte er, »– aber das war übers Telefon ... Woher die wirklich gekommen sind, weiß ich nicht ...«

Sie fuhren einige Zeit schweigend weiter; nur das Geräusch von Taylors stoßweisem Atem war zu hören. Dann bogen sie auf einen dunklen, kurvenreichen Feldweg.

Kells fragte noch einmal: »Wo ist Rose?«

Taylor schluchzte auf und murmelte unverständlich vor sich hin.

Gilroy drehte sich vom Vordersitz um und schaute Taylor aus großen, sanften Tieraugen an. Dann schweifte sein Blick zu Kells, und Kells nickte. Von einer der Anzeigen auf dem Armaturenbrett kam schwaches Licht. Gilroy schaute noch immer Kells an, bis dieser noch einmal nickte, und dann tippte Gilroy Faber auf den Arm; der Wagen hielt an, die Scheinwerfer wurden ausgeschaltet.

Kells zog die schwere Automatik aus seinem Schulterhalfter. Er stieß die Tür auf, setzte einen Fuß aufs Trittbrett und sagte dann über die Schulter gewandt zu Borg: »Schaff ihn raus! Wir wollen nicht den ganzen Wagen einsauen.«

Taylor kreischte, und Borg schlug ihm klatschend mit der Hand auf den Mund – dann war Taylor plötzlich still, wurde schlaff. Seine Augen standen weit offen; es war nur noch das Weiße zu sehen, und seine Lippen bewegten sich.

Borg sagte: »Na komm – los, komm!« Und dann erkannte er, daß Taylor sich nicht mehr bewegen konnte, und er schlang die Arme um ihn, und halb hob, halb zerrte er ihn aus der Autotür. Taylor konnte die Beine nicht durchdrücken, nicht aufrecht stehen. Er stellte einen Fuß aufs Trittbrett, dann gaben seine Knie nach, und er stürzte auf den Feldweg.

Gilroy stieg auf der anderen Seite aus dem Wagen und sagte: »Ich geh' jetzt ma ein Stück den Weg rauf.« Seine Stimme zitterte. Er verschwand in der Dunkelheit.

Taylor stöhnte, und seine Gliedmaßen zuckten im Sand.

Kells hockte sich neben ihn. Dann richtete er sich auf und wies Faber an. »Fahr zehn Meter weiter.«

Faber schaute überrascht drein. Er ließ die Kupplung kommen und fuhr den Wagen ein kleines Stück nach vorn.

Kells hockte sich in der Dunkelheit wieder neben Taylor und wartete. Die Automatik hielt er mit beiden Händen zwischen seinen Beinen. Sie waren eingehüllt vom schwachen roten Glühen der Rücklichter.

Taylor rollte auf den Rücken und versuchte sich aufzusetzen. Kells half ihm, hielt ihn mit einer Hand an der Schulter fest. Taylor traten fast die Augen aus dem Kopf; blind starrte er in die roten Rücklichter, blind schaute er zu Kells auf – dann sagte er leise und tonlos: »Er ist in Pedro – *Keystone Hotel*...« Alles, was an Todesangst in ihm gesteckt hatte, war verbraucht, hatte ihm den letzten Rest Kraft genommen und ihn seltsam ruhig gemacht. Er zitterte nicht mehr, seine Stimme war tief und gleichmäßig. Nur die Augen standen weit offen und blickten starr.

Kells rief Borg heran, und sie hievten Taylor zurück in den Wagen.

Ein Stück voraus holten sie Gilroy ein. Fragend starrte er zuerst zu Taylor, dann zu Kells.

Kells sagte: »Er ist noch unversehrt.«

Sie machten sich auf den Rückweg in die Stadt.

5

Der Nachtportier des *Keystone* in San Pedro konnte sich noch gut an die Herren erinnern: den dunkelhaarigen, gutaussehenden Mister Gorman und den kleinen Latino, Mr. Ribera. Sie hatten sich gestern morgen ohne Gepäck eingetragen. Tagsüber hatten sie etliche Ferngespräche mit Anschlüssen in Los Angeles geführt, einige Telegramme verschickt. Gegen neunzehn Uhr dreißig waren sie ausgezogen; sie hatten nichts hinterlassen.

Es war jetzt ein Uhr fünfzehn. Kells verglich seine Armbanduhr mit der Normaluhr im Foyer, dankte dem Portier und ging hinaus zum Wagen. Er stieg neben Borg ein und grunzte: »Kein Glück.«

Sie hatten Gilroy nach Hause gebracht – Faber war bei ihm geblieben.

Borg fragte: »Wohin?«

Kells blieb eine Weile schweigend sitzen und starrte ins Leere. Schließlich sagte er: »Fahren Sie nach Long Beach.«

Borg ließ den Wagen an, und langsam fuhren sie die dunkle Straße hinunter. Der Nebel war sehr dick; die Laternen schwammen wie verwaschene gelbe Pfützen in der Dunkelheit.

Plötzlich tippte Kells Borg aufs Knie. »Sind Sie jemals auf Fays Schiff gewesen?«

Das war Borg nicht. »Ich bin kein großer Spieler«, sagte er. »Ich bin mal draußen auf der *Joanna D.* gewesen, bevor sie abgebrannt ist – mit 'nem Weib.«

»Erinnern Sie sich noch, wie man zur P. & O.-Anlegestelle kommt?«

Borg meinte, das könne er. Sie bogen auf die Schnellstraße und wandten sich nach Süden.

Nach ungefähr einer halben Stunde bogen sie ab und fanden sich in einer Sackgasse wieder. Sie versuchten es mit der nächsten Ausfahrt und dachten schon, sie hätten sich wieder verfahren, als Borg den großen weißen Schriftzug *P. & O.* an einem Lagerhaus entdeckte, das sich bis zur Anlegestelle erstreckte. Sie stellten den Wagen ab und gingen zum Wartehäuschen.

Kells fragte den Mann im Büro, ob der große, rotgesichtige Mann, der mit einer der Barkassen zur *Eaglet* hinüberfuhr, irgendwo in der Nähe sei.

Der Mann schaute auf seine Armbanduhr. »Ich schätze, Sie meinen Bernie«, sagte er. »Der müßte gleich mit 'ner Fuhre zurückkommen.«

Sie setzten sich und warteten.

6

Bernie lachte. Er sagte: »Heute sind Sie nicht so naß wie beim letzten Mal, als ich Sie gesehen habe.«

Kells schüttelte den Kopf. Sie gingen gemeinsam bis ans Ende des Landungsstegs.

Kells fragte: »Kennen Sie Jack Rose vom Aussehen?«

»Klar.«

»Wann haben Sie ihn das letzte Mal gesehen?«

Bernie schob seine Mütze zurück, kratzte sich die Nase. »Vorgestern abend«, sagte er, »als Sie mit ihm raus zur *Joanna* gefahren sind.«

»Falls Sie in L. A. gesucht würden und eine Weile außer Landes gehen wollten, wie würden Sie das anstellen?«

»Ich weiß nicht.« Bernie spuckte in das schwarze Wasser neben der Landungsbrücke. »Ich schätze, ich würde mich nach Mexiko davonmachen.«

»Wenn Sie das Auto nehmen würden, kämen Sie dann durch San Pedro?«

»Nein.«

»Aber falls Sie mit dem Schiff rübersetzen . . .«

Bernie sagte: »Teufel, wenn ich mit dem Schiff weg wollte, würde ich nicht bis Mexiko fahren. Ich würde raus aufs Meer und mich dann erst mal auf China Point verschanzen.«

Kells setzte sich auf einen Poller. »Ich hab' schon davon gehört«, sagte er. »Was ist damit?»

»Das ist Gottesland.« Bernie grinste, starrte durch die Nebelschwaden auf die Lichter in der Bucht. »Das ist das Paradies der Rumschmuggler. Alle Jungs entlang der Küste, die im Geschäft sind, hängen da draußen rum. Sie kommen von den Mutterschiffen – und von den Versorgungsleichtern ... Ich würde schätzen, daß Zeugs im Wert von einer Million Dollar auf der Insel gelagert ist. Die stehlen sich das gegenseitig weg, um sich ein bißchen Abwechslung zu verschaffen ...«

»Wann waren Sie das letzte Mal da?«

»Vor ein paar Jahren – aber hin und wieder hör' ich was. Die haben da jetzt ein wildes Café, die reinste Räuberhöhle – das *Red Barn.*«

Kells sagte: »Aber sie liegt doch nicht außerhalb des amerikanischen Hoheitsgebiets?«

»Nein. Jeden Monat oder so fährt ein Küstenwachschiff raus und dreht seine Kringel um die Insel. Aber die werden reichlich geschmiert – keiner hat je Schwierigkeiten gemacht.«

»Das ist interessant.« Kells erhob sich. »Wie würde Rose dahin kommen?«

Bernie schüttelte den Kopf. »Da gibt's 'ne Menge Möglichkeiten. Wahrscheinlich würde er sich einen der Jungs anheuern, die früher die Spieler raus zur *Joanna* gefahren haben. Mit einem schnellen Boot ist das eine Fahrt von zwei Stunden.«

Sie gingen zurück zum Wartehäuschen.

Kells sagte: »Die Chancen, daß ich damit Glück habe, sind reichlich schlecht. Wie ist es, was glauben Sie? Hat irgendeiner Ihrer Freunde einen Draht dorthin?«

»Ich glaube nicht. Ich kenne eine Menge Burschen, die für Rose und Haardt gearbeitet haben, aber jetzt, wo Rose gesucht wird, würde keiner von denen den Mund aufmachen.«

Bernie zog ein Messer und einen Tabakpfriem heraus und schnitt sich ein Stück Kautabak ab.

Kells sagte: »Versuchen Sie's doch.«

»Okay.«

Sie gingen in den Warteraum, und Bernie verschwand in der Telefonzelle.

Borg hatte ein Witzblatt gefunden. Er schaute zu Kells hoch und meinte: »Ich wette, die Burschen, die diese Sachen machen, scheffeln damit haufenweise Geld – wie?«

Ja, wahrscheinlich sei dem so, bestätigte Kells.

Borg seufzte. »Ich habe immer Cartoonzeichner werden wollen«, sagte er.

Kurze Zeit später kam Bernie aus der Telefonzelle. »Da ist ein Mann namens Carver, der unten in Long Beach Motorjachten für Vergnügungsfahrten vermietet«, sagte er. »Der hat mir erzählt, daß ein paar Männer und eine Frau gegen halb zwei bei ihm ein Boot gemietet haben und noch nicht zurück sind. Bei dem einen könnte die Beschreibung auf Rose passen. Der andere war ein kleiner Kerl; und über die Frau konnte er nichts sagen – die war zusammengeschnürt.«

Kells lächelte, als fände er das spaßig, und sagte: »Kommen Sie!«

»In meinem Boot sind wir erst da, wenn es Tag wird. Vielleicht kann ich mir die *Comet* leihen – ich geh' mal nachschauen.«

Bernie ging hinaus, kam wenige Minuten später zurück und schüttelte den Kopf. »Er verlangt fünfzig Dollar bis zehn Uhr morgens«, sagte er. »Das ist verdammt zuviel!«

Kells zog ein Bündel Geldscheine aus seiner Tasche, blätterte Bernie zwei Scheine hin.

»Geben Sie ihm, was er haben will«, sagte er. »Verlangt er auch eine Kaution?«

»Nein.« Bernie wandte sich wieder zur Tür. »Er behält mein Boot als Sicherheit.«

Kells und Borg folgten ihm nach draußen, gingen über den Landungssteg, dann über einen wackligen Steg und Stufen hinunter zu einem breiten Ponton.

Bernie gab dem Mann, der dort auf sie wartete, einen der Scheine, sagte: »Das Wechselgeld hol' ich mir ab, wenn ich zurückkomme.«

Der Mann fragte: »Wollen Sie, daß ich mitkomme?«

Bernie warf einen Seitenblick auf Kells.

Kells sagte: »Danke – nein, wir kommen schon zurecht!«

Die *Comet* war eine schmucke, zehn Meter lange Motorjacht; überall Mahagoni und Stahl und schimmernde Messingteile. Sie sah sehr schnell aus.

Bernie schaltete die Positionslichter ein und ließ den Motor an. Der Mann warf die Leinen los; Bernie drehte das Ruder, und in weitem Bogen legten sie von dem Schwimmfloß ab, hielten auf die Durchfahrt der Mole zu, die in die äußere Bucht mündete.

Der Nebel hatte sich zu dahintreibenden Schwaden aufgelöst. Die Dünung war lang, rollte gemächlich heran.

Bernie knipste das Licht im Kompaßhäuschen an. »Ich hoffe nur, daß ich nicht den genauen Kurs vergessen habe«, sagte er. »Ich denke, es wird aufklaren, wenn wir erst mal ein Stück draußen sind – aber bei Nebel irre ich mich meistens.«

Borg sagte: »Das ist ja heiter«, und seine Stimme triefte vor Sarkasmus.

Kells ging hinunter in die kleine Kabine und legte sich auf eine der Kojen. Durch die Bullaugen beobachtete er, wie die roten und grünen und gelben Lichter der Bojen rasch vorbeiglitten. Kurze Zeit später umfuhren sie den Wellenbrecher, und dann gab es keine Lichter mehr zu beobachten.

7

Kells wurde geweckt, als Bernie flüsterte: »Wir haben es in einer Stunde und fünfzig Minuten geschafft.« Dann ging Bernie wieder nach draußen. Es war sehr dunkel. Borg lag schwach stöhnend in der anderen Koje.

Kells fragte: »Was zum Teufel ist los?«

Borg antwortete nicht.

»Sie sind doch nicht etwa krank?« stieß Kells heftig, ungläubig, fast entrüstet hervor.

Eine Minute blieb es still, dann sagte Borg langsam: »Wer kann das am besten beurteilen – Sie oder ich?«

Kells stand auf und ging nach draußen. Bernie hatte die Positionslichter gelöscht; aus dem Kompaßhäuschen kam nur noch ein schwaches Glimmen – sonst war alles dunkel. Der Nebel fühlte sich auf der Haut an wie ein nasses Laken.

Bernie sagte: »Auf der anderen Seite der Anlegestelle hat ein großer Kreuzer festgemacht. Ich habe uns ganz dicht danebengeschoben – ich glaube nicht, daß jemand an Bord ist.«

»Noch andere Boote?«

»Ich hab' keins entdecken können.« Bernie machte auch das Licht im Ruderhaus aus. »Es gibt noch eine andere kleine Bucht auf der gegenüberliegenden Seite der Insel, aber niemand benutzt sie.«

Kells sagte: »Wir liegen doch nicht etwa vor Anker, oder?«

»Aber klar doch.«

Kells schaute Bernie bewundernd an. »Sie sind ein Wunder. Ich bin nicht mal davon aufgewacht.«

Bernie lachte glucksend. »Sie haben verdammt recht, ich bin ein Wunder.«

Sie kletterten auf den Anlegesteg und gingen mit leisen Schritten weiter. Der Kreuzer war groß, luxuriös, offensichtlich unbemannt – Bernie hatte den Namen nicht feststellen können. Außer ein paar Ruderbooten und der *Comet* war er das einzige Boot am Dock.

Kells sagte: »Na ja – schätze, ich hab' mich wieder mal vertan.«

Sie gingen das Dock hinauf, und Bernie fand einen Pfad, und sie liefen einen Drainagegraben entlang, der kein Wasser führte, dann links über eine kleine Erhebung.

Der Nebel war so dicht, daß sie das Licht erst sahen, als sie noch etwa sieben Meter davon entfernt waren. Dann schritten sie leise voran, und vor ihnen in der grauen Dunkelheit nahm ein großer, windschiefer Schuppen Gestalt an. Das Licht fiel aus einem quadratischen Fenster im zweiten Geschoß.

Bernie sagte: »Das ist früher mal ein Viehunterstand gewesen – sie haben oben noch was draufgesetzt. Ich glaube, das ist der Laden, den man hier *The Red Barn* nennt.«

Sie kamen an eine Tür, und Kells klopfte zweimal. Niemand antwortete, also drehte er den Türknauf und stieß die Tür auf.

Auf der kurzen Bar stand eine Kerosinlampe. Der Raum war lang und fensterlos; an einem Ende stieg die Decke zu einem hohen Giebel auf. Auf dieser Seite befand sich eine Treppe, die zu einem Balkon aus rohem Balkenwerk hinaufführte, und vom Balkon führte eine offene Tür in einen hellerleuchteten Raum.

Zuerst nahm Kells an, daß sich im unteren Raum niemand befand; dann entdeckte er im unruhig flackernden Schein der Lampe einen Mann, der auf einem der vielen Tische eingeschlafen war. Auf einer Pritsche an der Wand lag ein anderer Mann. Er rollte sich herum und fragte schläfrig: »Was wollen Sie?« Kells antwortete nicht – der Mann stierte ihn eine Weile aus trüben Augen an, grunzte dann und rollte wieder mit dem Gesicht zur Wand.

Ein Mann trat auf den Balkon, blieb, die Hände aufs Geländer gestützt, stehen, starrte schweigend auf sie herunter. Er war von mittlerer Größe. Er schien in dem unzulänglichen Licht dunkel, fast schwärzlich.

Kells sagte: »Wie stehen die Chancen, daß man hier einen Drink kaufen kann?«

Der Mann trat jetzt leicht zur Seite neben den Eingang, so daß mehr Licht auf Kells' nach oben gewandtes Gesicht fiel. Dann warf er den Kopf zurück und lachte lautlos. Seine Schultern zuckten, und er verzog das Gesicht, als müsse er gleich an seinem Heiterkeitsanfall ersticken, doch es war kein Laut zu hören.

Bernie schaute Kells an. Kells wandte sich ab, warf einen Blick zu dem Mann auf der Pritsche, schaute wieder hoch zu dem dunklen Mann. Der Mann hörte auf zu lachen, blickte herunter und sagte mit rauhem Flüstern. »Klar, kommen Sie hoch!«

Er drehte sich um, verschwand im Zimmer.

Zu Bernie sagte Kells: »Warten Sie.« Zwei Stufen auf einmal nehmend, ging er die Treppe hinauf und betrat das Zimmer.

Es war ein ziemlich großer Raum und fast quadratisch. Auf dem Boden lagen ein paar gute Teppiche, an der entgegengesetzten Wand standen ein Schreibtisch ohne Aufsatz und einige Stühle. Da waren zwei große Lampen – Lampen, die vollgepumpt werden müssen und zischen, wenn man sie anzündet.

Der Mann machte die Tür hinter sich zu, ging an den Schreibtisch und setzte sich. Er winkte mit der Hand zu einem Stuhl, doch Kells schüttelte leicht den Kopf, blieb stehen.

Das Gesicht des Mannes war ihm irgendwie vertraut. Linien hatten sich tief darin eingegraben, die Augen standen weit auseinander, waren sehr dunkel. Sein Mund war voll und rot, das Haar kurz geschnitten, schwarz. Kells fragte: »Woher erinnere ich mich bloß an Sie?«

Der Mann schüttelte den Kopf. »Tun Sie nicht.« Er schien auf merkwürdige Weise sprachbehindert. Dann lächelte er. »Ich bin Crotti.«

Kells zog sich einen Stuhl an den Schreibtisch. Er sagte: »Ich möchte noch immer einen Drink kaufen.«

Crotti öffnete eine Schublade, entnahm ihr eine gedrungene, eckige Flasche und ein Glas. Er schob sie über den Schreibtisch und sagte: »Bedienen Sie sich.«

Kells goß sich ein und setzte sich.

Crottis Ruf war ihm sehr wohl bekannt. Einmal, in New York, war er ihm von jemanden im Theater gezeigt worden. Jetzt einer der großen Bonzen, hatte er als kleiner Gangster in Detroit angefangen, war innerhalb von drei oder vier Jahren zu einer nationalen Berühmtheit aufgestiegen. Ein Gespür für Wirkung, ein gewisses Organisationsgenie, gute politische Beziehungen hatten ihn am Leben erhalten, ihm das Gefängnis erspart und ihn an die Spitze gehievt. Die Presse hatte ihn zum Symbol stilisiert: Der Magnat des Verbrechens – in New York hielt man ihn für die treibende Kraft hinter dem Rauschgiftring, der organisierten Prostitution und dem Glücksspiel, dem Biergeschäft – für buchstäblich alles, solange es der Auflage diente.

Crotti sagte: »Das ist ein Wunder.« Seine Stimme war sehr dünn und kehlig.

Kells erinnerte sich wieder, daß er etwas von einer Operation gehört hatte, die die Stimmbänder in Mitleidenschaft gezogen hatte, und daß Crotti stets auf diese merkwürdig vertrauliche Art mit anderen sprach.

Er fragte: »Was ist ein Wunder?«

Crotti lehnte sich in seinem Stuhl zurück. »Für morgen vormittag«, sagte er, »habe ich mir vorgenommen, Ihr Hotel anzurufen, Sie zu mir einzuladen – hier draußen.«

Er öffnete eine Zigarrenkiste auf dem Schreibtisch, bot Kells daraus an, wählte selbst mit Bedacht.

»Und hier sind Sie nun!«

Kells wußte darauf keine Antwort.

Crotti schnitt die Zigarre an, setzte sie in Brand, lehnte sich wieder zurück. »Was halten Sie davon?«

Kells sagte: »Was wollen Sie?«

»Da Sie meiner Einladung zuvorgekommen sind, darf ich Sie vielleicht fragen, was *Sie* wollen.«

Kells nippte an seinem Drink, zuckte die Achseln. »Ich bin auf einen Schluck guten Whiskey rausgekommen«, sagte er.

Er blickte sich im Raum um. Zu seiner Rechten befanden sich zwei verschlossene Türen, zu seiner Linken ein Fenster. Genau vor ihm, hinter Crotti, war ein weiteres, sehr großes quadratisches Fenster – dasselbe, das er von draußen gesehen hatte. Er trank sein Glas leer, setzte es auf der Schreibtischplatte ab.

»Ich suche einen Bruschen namens Jack Rose«, sagte er. »Schon mal von ihm gehört?«

Crotti nickte.

»Wissen Sie, wo er sich aufhält?«

»Nein.« Crotti lächelte, schüttelte den Kopf.

Die nächste Minute schwiegen beide. Crotti paffte behaglich an seiner Zigarre, und Kells wartete.

Crotti räusperte sich schließlich und sagte: »Sie haben sich groß hervorgetan.«

Kells blieb abwartend.

»Sie haben geholfen, eine Menge kleiner Ganoven abzuservieren: Haardt, Perry, O'Donnell – Sie haben Rose aus der Stadt verjagt, und Sie haben Fenners und Bellmanns Cliquen ziemlich fest in der Hand. Sie können sich selbst auf die Kandidatenliste setzen ...«

»So wie Sie es sagen, hört es sich prächtig an.« Kells goß sich noch einen Drink ein. »Und was ist damit?«

»Ich habe vor, Sie zu beteiligen.«

Kells riß wirkungsvoll die Augen auf. »Was meinen Sie damit – mich beteiligen?«

»Ich habe vor, mit all diesen losen Enden aufzuräumen und Ihnen das ganze Geschäft zu übergeben ...«

Kells sagte: »Aber, aber – wenn das nicht reizend ist.« Er setzte das volle Glas auf dem Schreibtisch ab. »Wovon zum Teufel reden Sie?«

Crotti schnippte die Asche von seiner Zigarette, beugte sich vor.

»Hören Sie zu«, sagte er. »Daheim im Osten ist alles ziemlich heiß geworden. Ich habe ein paar Schiffe hier anrollen lassen, mit Ladung aus Mexiko für ein Jahr. Jetzt werde ich meine sämtlichen Interessen hierher verlagern, das ganze Netz. Ich will die gesamte Küste übernehmen.«

»Und?«

»Und Sie sind dabei!«

Kells sagte: »Ich bin draußen!«

Crotti lehnte sich wieder zurück, betrachtete prüfend den grauen Aschekegel seiner Zigarre. Er lächelte kaum merklich. »Ich glaube, Sie sind drin«, sagte er.

8

Kells zog eine kleine Blechbüchse mit Aspirin aus seiner Tasche, legte sich zwei Tabletten auf die Zunge und spülte sie mit Whiskey hinunter.

»Anscheinend haben Sie von hier draußen ziemlich gut Fühlung gehalten zu dem, was vor sich geht.«

Crotti sagte: »Ja. Ich habe vor ein paar Wochen eine Beauftragte losgeschickt, die sich Einblick verschaffen sollte – ein sehr schlaues Mädchen ...« Er nahm die Zigarre aus dem Mund. »Ihr Name ist Granquist.«

Kells blieb ruhig sitzen. Er schaute Crotti an, und dann trat langsam ein breites Grinsen auf sein Gesicht.

Crotti grinste zurück. »Gehe ich recht in der Annahme, daß Sie nach Rose Ausschau halten, weil sie geglaubt haben, er hätte etwas mit Miss Granquists – äh – Flucht zu tun?«

Kells gab ihm darauf keine Antwort.

Crotti stand auf. »Ich kümmere mich immer um meine Leute«, sagte er so großspurig, wie seine quäkende Stimme es zuließ. Er ging zu einer der Türen und riß sie auf. Das Zimmer dahinter war dunkel.

Crotti rief: »He – Schwedin!«

Aus dem Dunkel kam keine Antwort. Crotti ging in das Zimmer; Kells konnte hören, wie er flüsternd sprach, offenbar in dem Versuch, jemanden aufzuwecken.

Er knöpfte seine Jacke auf und verschob sein Schulterhalfter.

Crotti tauchte wieder in der Tür auf, hinter ihm die Granquist. Crotti ging zurück zu seinem Stuhl und setzte sich.

Die Granquist stand schwankend auf der Türschwelle. Ihre Lider waren schwer vom Schlaf, und sie starrte betrunken ins Zimmer, richtete den Blick schließlich auf Kells. Sie schnitt eine höhnische Grimasse, als falle es ihr schwer, die Gesichtsmuskeln zu kontrollieren, stützte sich mit einer Hand am Türrahmen ab, um sich aufrecht zu halten. Mit schwerer Zunge sagte sie: »Hallo – Schweinehund.«

Kells wandte den Blick von ihr ab, sprach nur zu Crotti. »Nettes, ruhiges Mädel! Eine von der Sorte, die man mit nach Hause nehmen und der ganzen Familie vorstellen möchte.«

Crotti lachte unhörbar.

Die Granquist kam torkelnd näher, stand schwankend über Kells. »Schweinehund, hat mich reingelegt«, murmelte sie, »– versucht, mir Mord anzuhängen . . .«

Sie streckte zögernd eine Hand vor, als wolle sie eine Fliege fangen, und schlug Kells dann hart ins Gesicht.

Crotti stand unvermittelt auf.

Kells streckte die Hand aus, stieß die Granquist sacht an und sagte: »Sei nicht so verflixt weiberhaft.«

Crotti kam um den Schreibtisch herum, nahm die Granquist bei den Schultern und drückte sie in einen Stuhl. Sie stieß abgehackt und unzusammenhängend Flüche aus. Dann legte sie die Hände vors Gesicht und schluchzte.

Crotti sagte: »Sei still!« Mit entschuldigendem Lächeln wandte er sich an Kells. »Tut mir leid!«

Kells sagte nichts.

Eine Weile war es still, bis auf ein gelegentliches ersticktes Aufschluchzen der Granquist. Crotti setzte sich auf die Schreibtischkante.

Kells starrte nachdenklich auf die Granquist. Schließlich wandte er sich zu Crotti, sagte: »Ich habe die Bellmann-Sache der da untergeschoben« – mit einem Rucken seines Kopfes deutete er zur Granquist –, »und zwar aus gutem Grund und weil ich wußte, daß ich sie von jedem Verdacht reinwaschen konnte, falls es zu heiß würde. Als sie dann auf und davon ist, habe ich angenommen, daß Rose sie sich geschnappt hat, und bin in Panik geraten. Ich bin durch ganz Südkalifornien gerast, hab' die große Heldennummer hingelegt, während sie hier mit einem Arm voll Flaschen auf ihrem Hintern sitzt . . .«

Er seufzte, schüttelte den Kopf. »Wo ich mal recht habe, da habe ich unrecht.«

Dann fuhr er fort, als würde er laut weiterdenken: »Rose und Abalos und eine Frau – wahrscheinlich Roses Frau – haben heute abend in Long Beach ein Boot gemietet und sind nicht zurückgekommen.«

Crotti warf einen Seitenblick auf die Granquist. »Rose war an einem der großen Alkoholschiffe interessiert«, sagte er, »– an der *Santa Maria.* Sie hat noch vor ein paar Tagen zirka neunzig Kilometer vor der Küste gelegen. Wahrscheinlich hat er sich dahin aufgemacht.«

Er paffte heftig an seiner Zigarre, legte sie in einen Aschenbecher, beugte sich vor.

»Jetzt zurück zu meinem Vorschlag . . .«, sagte er. »Sie haben eine gute Sache angefangen, aber Sie können sie nicht allein zu Ende bringen. Ich habe die beste Organisation im Land, und ich habe vor, sie Ihnen zur Verfügung zu stellen, damit Sie diese Sache so anpacken können, wie sie gehandhabt werden muß – bis an die Grenzen des Äußersten. Der Bezirk L. A. ist groß genug für jeden –«

Kells unterbrach ihn. »Ich glaube, das habe ich irgendwo schon mal gehört.«

Crotti beachtete seinen Einwurf nicht und fuhr fort: »– für jeden – aber die Dinge müssen von einem einzigen Kopf gelenkt werden. Diese Halsabschneidertour, jeder gegen jeden, das ist schlechter Stil – Kleinstadtgerangel.«

Kells nickte ganz ernsthaft.

»Wir können es schaffen, daß die Dinge in ein paar Wochen wie durch Zauberei laufen, falls wir es richtig angehen«, fuhr Crotti aufgeregt fort. »Organisation ist dabei die Hauptsache. Wir organisieren das Glücksspiel, den Schnapsschmuggel, die Stadt und den Bundesstaat und die Bundespolizeibehörde – einfach alles.«

Als er aufstand, glitzerten seine Augen vor Begeisterung. »Wir können jedes Jahr fünf Millionen Dollar aus diesem Gebiet schlagen – fünf Millionen Dollar!«

Kells pfiff vor sich hin.

Die Granquist hatte die Hände sinken lassen. Sie saß tief in den Stuhl gedrückt, schaute Kells aus brennenden Augen an.

Crotti nahm seine Zigarre auf, stolzierte auf und ab, paffte dabei große graue Rauchwolken in die Luft.

»Genau in diesem Moment«, sagte er, »habe ich französische Kokainbase im Wert von hundertfünfzehntausend Dollar auf einem meiner Schiffe – Wert: einhundertundfünfzehntausend Dollar Großhandelspreis. Ich brauche nichts weiter, als daß das Zeug sicher an Land geschafft wird und zur Verteilung kommt.«

Kells nickte, goß sich den nächsten Drink ein.

Crotti setzte sich wieder auf den Schreibtisch, zog ein Taschentuch hervor und wischte sich das Gesicht.

»Und Sie sind genau der Mann dafür«, sagte er. »Ich setze mein Geld auf Sie ...«

Kells sagte mit dankbarem Lächeln. »Das ist schön.«

»Ihr Anteil sind fünfundzwanzig Prozent von allem.« Crotti drückte seine Zigarre aus, lehnte sich zurück und betrachtete Kells mit Wohlwollen. »Von allem – den gesamten Einnahmen!«

Kells beobachtete Crotti. Seine Blicke gingen hin und her, ohne daß er den Kopf bewegte, streiften kurz die Granquist. »Das sollte für eine Menge Telefongespräche reichen«, sagte er.

»Dann sind wir im Geschäft?«

»Nein.«

Crotti machte ein Gesicht, als hätte er eine Küchenschabe in seiner Suppe gefunden. Ungläubig sagte er: »Sie meinen, das ist nicht genug?«

»Zu viel!«

»Warum dann also nicht ...«

»Weil es mir nicht gefällt. Weil ich in meinem ganzen Leben nie für jemand anderen gearbeitet habe und zu alt bin, jetzt damit anzufangen. Und weil ich außerdem die großen Banden nicht mag – die haben mich reingeritten. Da wimmelt es von Dummköpfen, Achtgroschenpolitikern und Betrügern – das ganze gottverdammte Geschäft verschafft mir Bauchschmerzen.«

Er verstummte und warf der Granquist einen Seitenblick zu.

»Rose und Fenner haben versucht, mir was anzuhängen«, fuhr er fort. »Das hat mich wild gemacht, und ich habe zurückgeschlagen. Ich hatte Glück – ich konnte Vorteil aus ein paar dicken Fehlern ziehen und mich in eine Lage bringen, in der ich zur Abwechslung auch mal ein bißchen Spaß habe.«

Er stand auf. »Und jetzt wollen Sie mir den Spaß verderben.«

Crotti erhob sich ebenfalls. Er schüttelte den Kopf. »Nein«, sagte er. »Ich will Ihnen nur zeigen, wie es sich für Sie auszahlen kann.«

Kells sagte: »Tut mir leid. Es ist ein prachtvoller Vorschlag, aber ich bin nicht der Mann dafür – schätze, ich habe zu wenig Geschäftssinn. Das ist nicht mein Spiel . . .«

Crotti zuckte sehr betont die Achseln. »Na schön.«

Kells sagte: »Wenn Sie jetzt noch dem Mann, der hinter mir steht, sagen können, daß er sein Schießeisen weglegen soll, kann ich ja gehen.«

Crottis Lippen waren fest zusammengepreßt, in den Winkeln böse verzogen. Er drehte sich um und schaute in das große Fenster hinter sich – der Mann, der genau am Türrahmen stand, spiegelte sich in der Scheibe des dunklen Außenfensters.

Crotti nickte dem Spiegelbild des Mannes zu, und im selben Augenblick sprang die Granquist auf und schrie. Kells, darauf bedacht, in der Fluchtlinie zwischen Crotti und der Tür zu stehen, wirbelte blitzschnell herum – die große Automatik lag in seiner Hand und spie Flammen.

Der Mann hatte offenbar Angst gehabt, Crotti zu treffen, und er kam um zwei Schüsse zu spät. Er wirkte höchst überrascht, als er im Türrahmen zusammenbrach.

Crotti stand mit dem Rücken zum Fenster, das Gesicht zu einer wütenden Fratze verzerrt.

Schritte polterten die Treppe herauf. Kells setzte über den Mann auf der Schwelle hinweg, rannte voll in den anderen hinein – den Mann, der auf der Pritsche geschlafen hatte –, prallte mit ihm auf dem Treppenabsatz zusammen. Der Mann packte ihn um die Taille, bevor er von seiner Waffe Gebrauch machen konnte, er hob sie, schlug zu, spürte, wie die Kimme das Gesicht des Mannes aufriß. Jetzt waren noch mehr Männer unten im Raum, auf der Treppe zwei, die heraufkamen.

Er stemmte einen Fuß in den Winkel zwischen Fußboden und Wand, stieß hart zurück; ineinander verkeilt, hielten sie kurz das Gleichgewicht, stürzten dann die Treppe hinunter, prallten auf halber Strecke auf die beiden anderen Männer, bildeten mit ihnen ein unentwirrbares Knäuel aus wild schlagenden Armen und Beinen. Das Treppengeländer knackte, gab nach. Kells spürte, wie er am Jackenkragen gepackt, zurückgerissen und nach unten gedrückt wurde. Er schlug mit der Waffe um sich, drückte ab. Die Kanone brüllte auf, und er hörte jemanden aufschreien, und dann traf ihn etwas schwer an der Stirn, und alles versank in Dunkelheit.

Der Nebel lag naß auf Kells' Gesicht. Er öffnete die Augen, starrte in dichtes Grau, rollte sich langsam auf die Seite, blickte noch immer in dichtes, undurchdringliches Grau. Er hielt die Hand eine Armlänge von seinem Gesicht weg, und sie war nur eine formlose Masse in einem noch dunkleren Grau. Er setzte sich auf, und Bleigewichte fielen in seinem Schädel herab, ähnlich dem Mechanismus, der die Augen einer Puppe öffnet und schließt. Er legte sich wieder hin, drehte vorsichtig den Kopf, führte die Armbanduhr dicht vor die Augen. Es war kurz nach sechs, heller Tag, doch der Nebel verwandelte ihn zur Nacht.

Dann hörte er jemanden kommen, hörte das Knirschen von Schuhsohlen auf Kies. Er griff nach der Waffe, ertastete das leere Holster, stellte plötzlich mit einem scharfen Stich in der Magengegend fest, daß seine Jacke verschwunden war.

Jemand hockte sich neben ihn und sagte: »Wie fühlen Sie sich?« Es war Borg. Kells sah den massigen Umriß von Kopf und Schultern.

Kells sagte: »Entsetzlich. Wo zum Teufel ist mein Jacke?«

»Gott, ich rette dem sein Leben, und er will seine Jacke.« Borg kicherte leise in sich hinein.

»Was ist passiert?«

»Einfach alles.« Borg seufzte, setzte sich, den Mund dicht an Kells' Ohr, neben ihn in den Kies. »Nachdem Sie und der Seemann an Land gegangen sind, bin ich auf die Anlegestelle geklettert und hab' mich 'ne Weile hingelegt. Dann kam nach ein paar Minuten jemand hier raus, und ich hab' geglaubt, Sie wären das, bis ich erkannt habe, daß die zu viert waren. Ich hab' mich hinter ein paar Taurollen und Zeugs geduckt, das da rumlag, und dann kamen sie ran, entdeckten unser Boot und palaverten 'ne Weile in irgendeinem Kauderwelsch. Dann haben Sie kehrtgemacht, und ich bin hoch und ihnen gefolgt, und dann bin ich auf den Seemann gestoßen.«

Ein Stück weiter links von Kells krachte plötzlich ein Schuß.

Borg sagte: »Das ist er wieder – was für ein Kerl!«

Kells setzte sich auf.

Borg fuhr fort: »Er sagte ständig, er könnte riechen, daß es in irgendeinem Schuppen Ärger gibt, und er wollte eine Knarre. Ich wollte ihm meine nicht geben, also hat er gemeint, er würde zurück aufs Boot gehen, ein Schrankfach oder sonstwas aufbrechen, wo er vielleicht eine findet. Er –«

Der nächste Schuß fiel.

Kells sagte: »Was zum Teufel ist da los?« Er ruckte heftig mit dem Kopf, um die Richtung festzustellen, aus der der Knall gekommen war, und wünschte sofort, er hätte es nicht getan.

»Das ist er – der ist putzmunter! Warten Sie, ich erzähl' gleich weiter ...« Borg änderte seine Stellung ein wenig und fuhr fort: »Ich bin den Pfad hochgelaufen, und, verdammt, dann hat mich unser Seemann eingeholt, und er hatte die häßlichste Schrotflinte dabei, die ich je gesehen habe. Als wir zum Haus kommen, sagt er: ›Sie gehen vorn rein, und ich geh' hinten rein.‹ Also hab' ich gewartet, bis er ums Haus nach hinten gelaufen war – und ungefähr in dem Moment kamen von drinnen zwei Schüsse.«

Kells legte sich wieder auf den Bauch. Borg ließ sich zur Seite kippen und legte sich neben ihn.

»Ich bin rein, und unten an der Treppe haben Sie gerade mit drei oder vier Kerlen am Hals ein Knäuel gebildet. Da war noch ein anderer Kerl, und der ist auf mich losgegangen, und ich hab' ihm genau zwischen die Augen geschossen ...«

Borg schob sich dicht neben Kells, tippte mit einem knubbeligen Zeigefinger an die Stelle mitten zwischen den Augen.

Kells sagte: »Los, schneller.«

»Ich mach' ja schon schnell! Die haben Sie wie die Teufel auseinandergenommen, und ich war gerade dabei, einen von denen wegzureißen und mir vorzuknöpfen, als der Seemann von hinten reinkam und angefangen hat, mit der Schrotflinte rumzufuchteln. Der hat so gebrüllt, daß sie ihn sehen mußten. Dann kam ein anderer Kerl raus auf den Balkon, und ich hab' auf ihn abgedrückt, aber ich schätze, ich hab' nicht getroffen – er ist in das Zimmer oben hinten abgehauen.«

Borg seufzte, schüttelte den Kopf. Unter ihnen krachte noch ein Schuß, dann zwei weitere, dicht hintereinander.

»Na ja – ich hab' mich auf die Seite verdrückt, um dem Seemann eine Chance zu geben«, fuhr Borg fort. »Aber er hatte eine bessere Idee – er stellte sich neben mich, und wir haben um uns geschlagen, bis ich an Sie rangekommen war, und dann sind wir rückwärts zur Vordertür – während ich Sie weggezerrt habe, hat der Seemann den Jungs erzählt, wie er Gehacktes aus ihnen machen würde, wenn er seinen Fleischwolf auf die abdrückt. Als wir dann draußen gewesen sind, hab' ich Sie ein Stück vom Weg weggeschleppt –«

Kells unterbrach. »Hatte ich meine Jacke nicht an?«

»Teufel, nein! Sie können von Glück sagen, daß Sie noch ihre Hosen anhaben, so wie diese Kerle über Sie hergefallen sind. Wir hatten beide versucht, Sie zu tragen, aber auf die Weise sind wir nicht gut vorangekommen – es war so dunkel und neblig, daß wir andauernd gestolpert und hingefallen sind. Also hat der Seemann sich zum Boot durchgeschlagen, und ich hab' Sie durchs Gebüsch geschleift, und nach einiger Zeit sind wir dann hier gelandet. Ein Haufen anderer Kerle ist auf dem Weg zum Haus vorbeigekommen – die Insel wimmelt nur so von denen. Wenn der Nebel nicht gewesen wäre . . .«

Kells fragte: »Ist Bernie jetzt auf dem Boot?«

»Klar – und da hat er ein großartiges Schußfeld. Der Nebel ist da unten nicht ganz so dicht, und er kann sie sich rauspicken, sobald sie sich auf der Anlegestelle blicken lassen. Ich hab' mir nur gedacht, daß er abhaut, bevor . . .«

»Er wartet auf uns, Dussel!« Kells stemmte sich auf die Knie.

»Ja, wirklich? Vielleicht denken Sie sich auch 'ne Möglichkeit aus, wie wir dahin kommen können?«

Kells fragte: »In welcher Richtung soll diese kleine Bucht liegen?«

»Keine Ahnung.«

Kells stand wacklig auf den Beinen, rieb sich heftig den Kopf, stieg eine flache Böschung zu seiner Linken hinunter. Er sagte: »Los, kommen Sie – wir müssen das Risiko eingehen.«

Borg rappelte sich auf, und sie gingen die Böschung hinunter zu einem ausgetrockneten Bachbett. Von der abgelegenen Seite einer niedrigen Anhöhe zur Rechten war hin und wieder ein Schuß zu hören. In der Mitte dieses Grabens war der Nebel nicht ganz so dicht; sie liefen weiter, kamen nach einer Weile zu einem schmalen Streifen Strand. Von einer Seite des Grabens lief ein gezackter Felsvorsprung ins Meer aus. Der Nebel lichtete sich.

Sie warteten auf den nächsten Schuß; dann sagte Kells, die Richtung abschätzend, aus der der Schuß gekommen sein mußte: »Kommen Sie hier lang –« Sie rannten über die Felsen bis an den Rand des Wassers.

Kells entledigte sich seiner Schuhe und watete hinein; Borg folgte ihm. Der Nebel über dem Wasser war wieder dichter – sie schwammen blind in die Richtung, in der Kells die *Comet* vermutete.

Nach einiger Zeit tauchte ein Stück rechts die Spitze des Anlegestegs auf. Sie schwammen darauf zu, dann ragte der Bug des großen Kabinenkreuzers vor ihnen auf. Sie schwammen um das Schiff herum, unter dem Anlegesteg hindurch und klammerten sich dann dankbar an das Heck der *Comet*.

Kells erwischte den Rand der Bordwand, zog sich ein Stück hinauf und rief Bernie. Bernie kauerte vorn im Cockpit hinter dem höhergelegenen Vorderdeck. Er wirbelte herum und schwenkte das Gewehr in Kells' Richtung, dann grinste er breit, legte die Flinte hin, kam herübergekrochen und half Kells, an Bord zu klettern. Er murmelte: »Waidmannsheil!«, kroch zurück und griff sich wieder die Flinte; Kells half Borg aus dem Wasser.

Borg war völlig erledigt – er lag der Länge nach hingestreckt auf dem Deck, keuchte schwer. Kells wollte auf Bernie zugehen, doch dann knickte sein verletztes Bein ein. Er fiel hin und kroch das restliche Stück über die Planken.

Er sagte: »Lassen Sie den Motor an – ich nehm' das da solange.«

Bernie reichte ihm das Gewehr und eine Handvoll Munition, ging hinunter in den Maschinenraum.

Kells rief Borg zu, er solle nach achtern zur Ankerleine kriechen und sie durchschneiden.

Vom Ende der Anlegestelle tönte krachend ein Schuß. Ein Stück hölzerne Abdeckung des Motors wurde weggerissen und zerbarst.

Borg rollte sich langsam auf den Bauch, zog die Knie an, kroch über das Deck. Er keuchte noch immer. Er richtete einen vorwurfsvollen Blick auf Kells, wühlte in seiner Hosentasche, zog ein kleines Taschenmesser heraus und fing an, damit an der Ankerleine herumzusäbeln.

Donnernd sprang der Motor an.

Vom Ufer her kamen als Antwort donnernde Schüsse.

Bernie kam heraufgehastet und stürzte ans Ruder. Kells schaute nach achtern und sah, wie Borg die Ankerleine bearbeitete; er zielte auf die Buglinie und zog den Abzug durch. Die Leine ging in Fetzen; Kells zielte noch einmal und schoß den zweiten Lauf ab.

Bernie sagte: »Das reicht – das restliche Stück kann ich wegreißen . . .« Er betätigte die Kupplung, wirbelte das Ruder herum.

Kells lud hastig nach. Er schaute nach achtern zu Borg, sah, daß die Ankerleine durchschnitten war, sah, wie Borg erschöpft zur Seite kippte, sicher vor den Schüssen von Land flach auf den Planken lag.

Die Bugleine riß. Schnell tuckerten sie in engem Bogen bis zur Spitze der Anlegestelle. Vom Ufer her knatterndes Gewehrfeuer. Sie gerieten unter Beschuß. Kells schob den Lauf der Schrotflinte über die Bordwand, zielte. Von einem umgekippten Dingi am Strand stiegen zwei kleine Rauchsäulen auf; er schwenkte den Lauf in die Richtung, aus der geschossen wurde, und drückte ab.

Dann machten sie schnellere Fahrt, steuerten durch die Einmündung der Bucht hinaus auf die offene See. Bernie drehte den Motor voll auf. Ein paar vereinzelte Schüsse schlugen hinter ihnen ins Wasser.

Kells legte die Schrotflinte hin, setzte sich aufs Deck und rollte ein nasses Hosenbein auf. Sein Bein war kein schöner Anblick – Doc Janis' Verband hing in Fetzen an einem dünnen Streifen Heftpflaster. Kells rief Borg zu sich.

Borg stand langsam auf. Er kam zu ihm, hockte sich neben ihn.

Bernie rief: »Backbord in der Kabine sind in einem Einbauschrank Superoxyd und Verbandszeug – ich hab' ihn aufgebrochen.«

Borg stieg in die Kabine hinunter.

Kells fischte in seinen Hosentaschen, zog ein Bündel nasser Banknoten und ein paar Münzen heraus, breitete alles auf den Deckplanken neben sich aus. Da waren die Eintausend-Dollar-Note und die acht Hunderter, die Brands Freund ihm nach den Boxkämpfen ausgezahlt hatte. Dann war da noch ein zweites Bündel mit Fünfzigern und Hundert-Dollar-Noten und kleineren Scheinen. Fenners Scheck über fünfundzwanzigtausend Dollar, Brands Scheck über einen Tausender und ungefähr achttausend Dollar in bar waren in der Jacke gewesen. Und Fenners Geständnis.

Kells schaute hoch; Bernie beobachtete ihn grinsend. »Mal wieder naß, wie üblich«, sagte er. »Am besten, Sie ziehen jetzt Ihre Klamotten aus und legen sich in die Koje.«

Kells sagte: »Behalten Sie die! Ich muß unbedingt einen Freund anrufen.«

Er nahm einige der nassen Geldscheine, faltete sie, steckte eine Halbdollar-Münze in den Knick, um sie zu beschweren, und schob dann das Bündel über das Deck zu Bernie hin.

»Das müßte auch für die Schäden am Boot reichen«, sagte er.

Borg kam mit Mullbinden, Superoxyd und Pflaster aus der Kabine.

Kells pflückte noch ein paar Scheine von den Päckchen, rollte sie zu einem Ball zusammen, drückte ihn Borg in die freie Hand und sagte: »Versuchen Sie sich 'ne Jacht dafür zu kaufen ...«

Dann zählte er, was übriggeblieben war.

Borg goß ihm Superoxyd aufs Bein.

Kells sagte: »Ich bin mit zwei Riesen nach Kalifornien gekommen.« Er raffte die Scheine zu einem Haufen zusammen. Zurück blieben noch ein paar Münzen. Er zählte sie durch.

»Jetzt habe ich noch zwei – und noch genau siebzig Cent.« Er nahm die Münzen, wog sie in der Innenhand, schaute Borg lächelnd an.

»Erstklassig!«

Bernie rief ihnen zu: »Ich hoffe nur, daß ich den Weg zurück finde!«

Kells sagte: »Machen Sie sich deswegen keine Sorgen.«

Er starrte voraus in den Nebel.

2

Ein winziges Zebra galoppierte auf den Dielenbrettern hin und her. Es war rot, weiß und blau gestreift wie der Wimpel eines Barbiers; seine Ohren waren mit Quasten geschmückt, wippten lächerlich auf und ab. Dann verschwand es in einem leuchtenden Nebel; das Zimmer stürzte in Dunkelheit. Kells schrie auf . . .

Dann regnete es draußen. Grau . . .

Nach einer Weile öffnete Kells die Augen, schaute hoch zu Borg und sagte weich: »Hallo, Baby!«

Borg kicherte. Er sagte: »Werden Sie nicht sentimental.«

Doc Janis kam heran und starrte düster über Borgs Schuler. Er sagte: »Bei Gott, so ein Höllenhund wie der ist mir noch nie untergekommen!«

Kells blinzelte ihm zu, kniff die Augen zusammen. Wie aus weiter Ferne hörte er, wie Janis zu Borg sagte: »Geben Sie ihm soviel Whiskey, wie er will. Aber nichts mehr hiervon, verstanden?«

Kells überlegte träge, was dieses »Hiervon« sein mochte. Er murmelte: »Gib mir 'nen Schluck Wasser«, und schlief sofort wieder ein.

Als er aufwachte, lag er mit geschlossenen Augen da und horchte, wie der Regen an die Fenster schlug.

Er sagte: »Wie spät ist es?« und schlug die Augen auf.

Mitten im Zimmer spielten Borg und Shep Beery Karten. Beery sagte: »Das ist jetzt schon das zweitemal, daß ich mein Spiel vergeigt habe, weil ich unbedingt auf einen dreihunderter Pinochle aus war.« Er stand auf, ging zum Bett, grinste zu Kells hinunter.

Kells' Blick schweifte vorbei an Beery und Borg, wanderte durchs Zimmer. Er sagte: »Zum Teufel, wo bin ich hier?«

»Das ist unwichtig – du gehst sowieso nirgendwohin.«

Borg mischte Karten. Das Licht der Stehlampe neben dem Tisch fiel auf sein dickliches, blasses Gesicht. Ohne aufzuschauen, schüttelte er bekümmert den Kopf.

»Weiße Mäuse.«

Beery setzte sich auf die Bettkante und flüsterte verschwörerisch: »Das ist der Palast, Gerry – und du bist der Prince of Wales . . .«

»Ich bin Mary, Königin der Schottentotten.« Borg schaute hoch und lächelte selbstzufrieden.

Kells schloß die Augen und sagte: »Gib mir was zu trinken!«

Beery langte hinüber, griff nach einem großen Glas, einer großen Flasche auf einem Beistelltisch und goß ein.

Kells setzte sich langsam und vorsichtig auf.

Beery reichte ihm das Glas. »Du bist ein paar Tage völlig weggetreten gewesen. Wir haben uns gedacht, daß das Hotel im Moment kein allzuguter Ort für dich ist. Also haben wir dich hierher geschafft. Es ist das *Miramar* in der Franklin.«

Kells hielt das Glas mit zwei zittrigen Händen, vergoß ein wenig Flüssigkeit und trank dann in tiefen Zügen.

Borg stand auf, trat ans Bett, stützte sich auf das Fußende. »Woran können Sie sich noch erinnern?« fragte er.

Kells gab Beery das leere Glas zurück, lehnte sich in die Kissen. »Als wir von der Insel zurückgekommen sind, habe ich Fenner angerufen – und hab' Bernie nach einer Flasche geschickt.«

»Vier Flaschen . . . und Sie haben drei davon leergesoffen! Ich mußte Ihnen praktisch die Schnauze zuhalten, um selbst einen Schluck abzubekommen. Sie haben gesagt, Ihnen tut was weh, und Sie wollten sich besaufen . . .«

Kells sagte: »Ach ja, stimmt. Ich erinnere mich . . .«

»Das haben Sie dann auch gemacht.«

Beery kicherte in sich hinein. »O ja«, sagte er. »Wirklich, das hast du.«

»Als Sie dann ins Hotel gekommen sind«, fuhr Borg fort, »und ins Bett, haben Sie weiße Mäuse gesehen, und der Doc hat Ihnen eine Spritze in den Arm verpaßt – danach ging's Ihnen noch dreckiger . . .«

Kells lächelte matt. Er hielt die Augen geschlossen.

»Der Doc ist im Quadrat gesprungen und händeringend rumgehüpft, weil er geglaubt hat, daß Ihr Bein brandig wird oder so. Sie haben angefangen, nach mehr Morphium zu brüllen, und als ich Sie mal 'ne Minute allein gelassen habe, haben Sie sich von irgendwoher 'ne Ampulle Scopolamin beschafft und 'ne Nadel . . .« Borg machte eine Pause, richtete sich auf und fuhr angewidert fort: »Und, verdammt noch eins, Sie haben sich dann auch die verdammte ganze Ampulle gespritzt . . .«

Beery sagte: »Und dann bist du richtig ausgerastet – wolltest 'ne

Schwalbe aus dem Fenster machen, an der Decke langlaufen und lauter Zeug. Wir haben dich dann aus dem Hotel geschafft und hierhergebracht.«

Kells sagte: »Mach mir 'nen Drink, Shep!«

Er setzte sich wieder vorsichtig auf, nahm das Glas. »Wie viele Tage bin ich weggewesen?«

Beery sagte: »Vier.«

Kells trank. Er lachte. »Vier Flaschen – vier Tage ... Vier ist meine Glückszahl ...« Er zwinkerte Borg zu. »Irgendwann mal wette ich vier Längen Vorsprung beim Stand von vier zu eins in einem vierten Rennen am vierten Juli ...«

Er reichte Beery das Glas und ließ sich zurück in die Kissen sinken. »Mein Pferd ist auf Platz vier eingelaufen.« Borg schnaubte, wandte sich ab und ging ins Badezimmer.

Kells schaute sich noch einmal im Zimmer um. »Netter Laden«, sagte er. »Wieviel muß ich dafür abdrücken?«

»Ich weiß nicht.« Beery zündete eine Zigarette an. »Fenner hat 'ne Art Pfandrecht an dem Gebäude, oder 'ne Hypothek oder so was Ähnliches – er hat gesagt, er würde sich um alles kümmern.«

»War das sein Vorschlag – mich hierherzuschaffen?«

Beery nickte.

»Wo ist er jetzt?«

»Längst verschwunden. Als du ihm gesagt hast, Crotti hätte sein Geständnis, ist er von hier abgehauen. Ich hab' ihn noch am Telefon erwischt, kurz bevor er aus dem *Knickerbocker* ausgezogen ist, und er hat gesagt, er würde anrufen und das mit dem Apartment regeln – hat gesagt, er würde sich später mit dir in Verbindung setzen.«

Kells lächelte. »All die großen Tiere ... Es ist also ganz einfach ein Prozeß der Eliminierung. Fenner und Rose weg vom Fenster – Bellmann tot. Wenn wir jetzt bloß noch Crotti mit Engelszungen dazu überreden könnten, Selbstmord zu begehen ...« Er hielt inne, warf einen Blick auf Borg, der gerade aus dem Bad kam. »Hat der Dicke hier dir erzählt, was auf der Insel abgelaufen ist?«

Borg sagte: »Klar hab' ich's ihm gesagt – alles, was ich weiß.«

»Crotti hat mir vorgeschlagen, mich mit ihm in einer großen Sache zusammenzutun, die gesamte Küste zu organisieren«, fuhr Kells fort. »Würdest du mir bitte mal sagen, warum diese Schweine mich dauernd bei ihren Geschäften dabeihaben wollen? Und dann, wenn ihnen aufgeht, daß ich nicht mitspielen will, gleich annehmen, ich wäre gegen sie? Da war zuerst mal Rose – aber das war von hinten bis vorn eine abgekartete Sache; und dann hat Fenner geglaubt, er und ich würden ein großartiges Team abgeben. Und jetzt Crotti – das Komische dabei ist nur, daß ich annehme, daß er allein es wirklich ehrlich meint.«

Beery sagte: »Es muß einfach daran liegen, wie du deine Anzüge trägst.«

»Klar. Das liegt nur an Ihrem natürlichen Charme.« Borg verzog säuerlich das Gesicht, ging zurück an den Tisch und fing an, eine Patience zu legen.

»Natürlich hat Crotti genau die richtige Vorstellung von Organisation.« Kells rieb sich mit den Fingerknöcheln die Augen. »Aber der Hauptspaß bei einer Organisation ist doch, daß man dabei der führende Kopf ist.«

Beery sagte: »Vor ein paar Abenden bei Fenner, als du diese Show für Gowdy abgezogen hast, hast du behauptet, ein paar deiner Freunde aus dem Osten wären auf dem Weg hierher. War das nur ein Gag?«

»Na klar. Ich wollte Gowdy und seine Mannschaft damit beeindrucken, wie wichtig ich bin. Meine *Freunde im Osten*, die müßte man im Telefonbuch nachblättern.«

»Na ja – wenn Crotti den Krieg erklärt« – Beery trat vor eines der regenverhangenen Fenster –, »dann sitzen wir ziemlich ...«

»Hmm, ja.« Borg schaute Kells an. »Auf dem Präsentierteller. Wir drei und alles, was Gowdy noch an Muskelmännern aufbringen kann – und das sind nicht eben viel ...«

»Und die sind außerdem noch gegen uns ...« Beery wandte sich vom Fenster ab und schob die Hände tief in die Taschen. »Da ist der ganze Crotti-Mob – und den hält man für den besten im Land. Da ist Rose mit dem Syndikat hinter sich und all die Strolche, die er aus dem Osten importiert hat. Dann die Bellmann-Truppe. Die waren vor ein paar Tagen, als sie die Druckerei in die Luft gejagt haben, zwar nicht sehr erfolgreich, aber daraus muß man nicht gleich schließen, daß –«

»Und dann, bei Gott – die meisten von denen stecken in Uniformen«, unterbrach Borg.

Beery deutete ein Lächeln an, nickte. »Hmm, hmm, wir sind die Zielscheibe.«

Kells starrte zur Decke. Er sagte: »Jetzt wär eine gute Zeit, auszusteigen.«

Beery schaute Borg an; Borg zog einen Zahnstocher aus seiner Brusttasche, stocherte damit in seinem Mund und machte sich wieder über die Patience her.

»Das habe ich damit nicht gemeint«, sagte Beery. »Nur, was wir jetzt tun sollen.«

»Aussteigen.« Kells' Augen blieben unverwandt auf die Decke gerichtet. »Ich habe bisher ziemliches Glück gehabt. Zum Teil deswegen, weil jeder, der gegen mich ist, annimmt, daß die Hintermänner dieser Chose von der Presse ins Licht der Öffentlichkeit gezerrt werden, falls mir ernsthaft was zustößt.«

Er warf Beery einen Blick zu. »Durch dich – ich meine, du bist derjenige, der für die große Presse sorgt. Das macht es für dich nicht mehr sicher.«

Beery starrte zu Boden.

»Das Glück verläßt uns langsam«, fuhr Kells fort. »Ich hab' den ganzen Kies, den ich gemacht habe, seit ich hier bin, auf der Insel lassen müssen, weil ich blöd genug war, wegen dieser Ziege, der Granquist, den Helden zu spielen – und die ist die ganze Zeit Crottis Spionin gewesen . . .«

Beery warf ein: »Davon hast du mir noch gar nichts erzählt.«

»Dann sag' ich's dir jetzt. Sie ist von Crotti hierher geschickt worden, um das Terrain zu sondieren – die Organisation ins Rollen zu bringen.«

»Schön, schön. Verdammt schlau, diese Schweden!« Beery setzte sich an den Tisch.

Minutenlang sprach niemand. Beery schaute Borg beim Patiencelegen zu. Kells' Blicke schweiften wieder zur Decke.

»Du hast absolut recht«, sagte er schließlich. »Wir machen uns besser davon, solange wir noch heil und in einem Stück sind.«

Beery stand auf. Er ging zum Beistelltisch neben dem Bett und goß sich einen Drink ein. Er winkte mit dem Glas zu Kells. Er sagte: »Wir sind schon zu weit gegangen – und wir haben Riesenspaß dabei. Wir können noch immer der Bellmann-Verwaltung eins aufs Dach geben – und überhaupt wissen diese Schweinehunde gar nicht, ob wir stark sind oder nicht. In ein paar Tagen bist du wieder auf den Beinen – wir können auch auf Hilfe von Fay rechnen, falls wir die brauchen . . .«

Borg starrte auf die Karten hinunter. Er sagte »klar«, ohne hochzuschauen.

»Nein.« Kells schüttelte langsam den Kopf. »Es ist zu heiß. Ihr Jungs seid eine große Hilfe gewesen, aber –«

»Halt die Klappe! Du kannst dich ja wegschleichen, wenn du möchtest, aber ich bleibe dran – für mich ist das eine herrliche Zeit!« Beery grinste zu Kells hinunter und kippte seinen Drink.

Borg schaute auf und sagte ganz ruhig: »Klar.« Dann stand er auf.

Kells lachte. Mit einem Seitenblick auf die Flasche sagte er: »Gieß uns drei ein, Shep.«

3

Das Abendessen ließen sie sich von *Musso-Frank's* am Boulevard liefern.

Gegen neun Uhr schaute Dr. Janis vorbei.

»Zwei Tage«, sagte er. »Mindestens noch zwei Tage! Dann können Sie ein bißchen ausfliegen, falls Sie hübsch vorsichtig sind – und an Krücken gehen.«

Kells schwitzte; seine Augen brannten, und er mußte ständig gähnen. Er sagte: »Vielleicht geht's mir besser, wenn Sie mir noch einen Schuß in den Arm verpassen, Doc – gewissermaßen zur Verjüngung.«

»Sie werden sich mit Whiskey und Milch verjüngen, junger Freund – und es wird Ihnen gefallen.« Der Arzt legte zwei kleine Pillen auf das Tischchen. »Falls Sie zu hibbelig werden, können Sie die vor dem Schlafengehen einnehmen.«

Janis und Beery gingen zusammen hinaus; Beery machte sich auf den Heimweg. Borg legte noch eine Weile Patiencen, und Kells saß aufrecht im Bett, versuchte Zeitung zu lesen.

Borg sagte: »Denny Faber hält noch immer Händchen mit Gilroy.«

»Sie können ihn abziehen – mit Gilroy sollte jetzt alles okay sein.«

Gegen elf stand Borg auf, reckte sich, sagte: »Ich geh' jetzt in die Heia.« Er ging ins Schlafzimmer – Kells hatte das Klappbett im Wohnzimmer.

Borg kam noch einmal in Unterwäsche zurück, brachte Kells ein Glas Wasser und machte sich betulich daran, ihn ordentlich zuzudekken.

»Falls Sie irgendwas wollen, schreien Sie einfach, feuern Sie ein paar Schüsse ab, und schmeißen Sie Ihre Schuhe durchs Fenster. Ich habe einen sehr leichten Schlaf.«

Kells versprach ihm, genau das zu tun.

Borg ging zurück ins Schlafzimmer, und Kells machte das Licht aus, versuchte einzuschlafen. Er hörte die Uhr der großen Kirche am Sunset Boulevard zwölf schlagen. Regen trommelte an die Fenster, der Wind war stärker geworden.

Irgendwann gegen ein Uhr stand er auf, hüpfte ins Bad. Er putzte sich die Zähne, schaffte es zurück zum Bett, wobei er sich auf einen Stuhl stützte und mühselig auf einem Bein hoppelte. Er nahm die Pillen, die Janis ihm dagelassen hatte, spülte sie mit Whiskey und Wasser hinunter. Nach einer Weile war er eingeschlafen – schwer und traumlos.

Als er aufwachte, lag er einige Minuten angespannt da und horchte in den Regen hinaus, der gegen die Fenster schlug. Dann flüsterte eine Stimme ganz dicht an seinem Ohr: »Wach auf – Liebling!«

Kells blieb still liegen, bewegte nur die Augen in der Dunkelheit.

Noch einmal sagte die Granquist: »Wach auf – Liebling!«

Kells drehte den Kopf, bis er die Sihouette ihres zusammengekauerten Körpers im fahlen Licht vor der Wand sah.

Sie sprach schnell und atemlos auf ihn ein. »Geht es dir auch gut, Liebling? – Kannst du laufen? Wir müssen sofort von hier verschwinden ...«

Er lächelte leicht, hob den Kopf und sagte: »Würdest du bitte weggehen ...«

Sie sank neben dem Bett auf die Knie und versuchte seinen Kopf in ihre Arme zu nehmen.

»Bitte«, sagte sie. »Wir müssen hier schnell fort! Bitte ...«

Kells schob ihre Arme weg, setzte sich auf und stopfte sich das Kissen in den Rücken. »Wie zum Teufel bist du hier reingekommen?«

»Ich hab' dem Nachtportier eine Szene hingelegt – hab' ihm erklärt, daß ich dich überraschen wollte. Er ist mit mir nach oben gegangen und hat mich mit dem Universalschlüssel reingelassen ...«

»Red weiter – überrasch mich!«

»Gerry!« Die Augen der Granquist waren in dem schwachen Licht sehr groß; Regentropfen glitzerten auf ihrem kleinen schwarzen Hut, auf ihrer dunklen, knapp sitzenden Jacke. »– Ich bin in einer scheußlichen Lage gewesen, nachdem du Crottis Schlupfwinkel zusammengeschossen hast. Ich konnte heute nachmittag entkommen, als Fenner rausgekommen war, um wegen seines Geständnisses zu verhandeln – Crotti wußte überhaupt nichts davon, aber er ließ Fenner in dem Glauben, daß er Bescheid wüßte ...«

»Was meinst du damit, daß Crotti überhaupt nichts gewußt hat?« Kells legte seine Hand über ihr Handgelenk.

»Ich hab' mir als erstes deine Jacke geschnappt – ich hab' Fenners Geständnis und seinen beglaubigten Scheck über die Fünfundzwanzigtausend – und dein Geld ...«

Sie ließ eine kleine Handtasche aufschnappen, nahm eine Handvoll zerknautschtes Papier und Kleingeld heraus und ließ alles aufs Bett fallen.

Eine Weile schaute er darauf, dann ließ er den Kopf zurück ins Kissen sinken, drehte ihn etwas zur Seite.

»Du bist ein komisches Mädel.« Wieder hielt er sie am Handgelenk, diesmal ganz fest.

Sie versuchte zu sprechen. Sie stand auf, wanderte zum Fenster, kam wieder zurück, setzte sich dann auf die Bettkante.

Kells fragte: »Warum müssen wir von hier verschwinden?«

»Weil du jetzt nicht mehr Fenners Schutz hast – er glaubt, daß Crotti das da hat –« Sie nickte zu den Sachen hin, die auf dem Bett lagen. »Die ganze Bande ist jetzt gegen dich – Crotti, Rose, Fenner und der Bellmann-Klüngel ...«

Kells knipste die Lampe neben dem Bett an. Er entfaltete und glättete den Lido-Briefbogen mit dem Geständnis und Fenners zittriger Unterschrift.

»Wir haben das hier«, sagte er. »Fenner hat sich nicht an die Regeln gehalten – ich kann ihm das hier in den Hals rammen und ihn damit erledigen. Und wir haben jetzt die fünfunddreißig Riesen. Wir sind in der glücklichen Lage, von beiden Enden gegen die Mitte zu spielen.«

»Nein, Gerry!« Die Stimme der Granquist klang rauh und gepreßt. »Bitte nein, Gerry – laß uns weggehen, schnell! Ich habe Angst ...«

Kells blieb eine Weile still, ganz in ihren Anblick versunken.

Dann sagte er: »Von der Mitte aus gegen beide Seiten, bei Gott!«

Er streckte einen Arm aus, schloß eine Hand um ihren Hals und zog sie zu sich herunter.

4

Am Morgen kam die Sonne warm und strahlend heraus.

Gegen halb zehn kam Borg in Hosen und einem grünen Seidenunterhemd aus dem Schlafzimmer. Die Granquist hatte sich aus dem Lebensmittelladen Sachen heraufschicken lassen und bereitete in der Küche das Frühstück. Borg stand im Türrahmen gelehnt, schaute sie an, lächelte Kells unbestimmt zu und sagte: »Schön, schön!«

»Von jetzt an« – Kells beugte den Kopf ein bißchen zur Seite, – »ist Fenner im gegnerischen Team.«

Borg ging zum Tisch und setzte sich. »Ich mag Ihre Mannschaft noch immer«, sagte er. »Und ich will Schlagmann sein.«

»Sehr schlau ist das nicht! Versuchen Sie mal, ob Sie Faber ans Telefon kriegen – sagen Sie ihm, daß er hier raufkommen soll.«

Borg langte nach dem Telefon, wählte eine Nummer.

Die Granquist brachte das Frühstück auf einem großen Tablett herein. Darauf standen Orangensaft, Rührei, Toast und Kaffee. Alles schmeckte köstlich.

Schließlich erreichte Borg Faber, redete eine Weile mit ihm, schlug dann Woodwards Nummer im Dell Building in der Innenstadt nach, wählte und trug das Telefon zu Kells herüber.

Kells sagte *»Hallo«,* verlangte Woodward und sagte dann: »Hier ist Kells. Wenn Sie zu den *Miramar Apartments* an der Franklin und Cherokee in Hollywood herauskommen wollen, denke ich, daß wir ein kleines Geschäft abschließen können.« Er legte auf, lächelte der Granquist zu.

»Du wirst dich verstecken müssen, wenn er kommt, Baby«, sagte er. »Er ist inkognito der juristische Vertreter der Bellmann-Administration, und du bist noch immer die Hauptverdächtige Nummer eins für die Schüsse auf Bellmann – du mußt dich bedeckt halten, bis wir die Sache Fenner anhängen und ihn ans Messer liefern.«

Sie nickte.

Einige Zeit später klopfte es an der Tür; Borg stand auf und ließ Beery herein. Beery warf seinen Hut auf einen Sessel, starrte mit hellen, überraschten Augen die Granquist an und sagte: »Also – wie klein die Welt doch ist!«

Sie lächelte zurück. »Kaffee?«

Beery nickte, und die Granquist ging zurück in die Küche.

Kells sagte: »Fenner ist gestern rausgefahren, um Crotti zu besuchen.«

Beery setzte sich und lächelte vor sich hin.

»Jetzt müssen wir uns keine Sorgen mehr darüber machen, ob wir unseren eigenen Leuten in den Hintern treten«, fuhr Kells fort. »Weil wir nämlich keine mehr haben.«

Beerys Augenbrauen schnellten hoch, und er sagte: »Leute?«

»Hmm, hmm – Leute!«

Beery ließ den Blick durchs Zimmer schweifen, schaute dann Kells an. »Da Fenner diese Bude hier vorgeschlagen hat«, sagte er, »wäre es da jetzt nicht höchste Zeit, hier auszuziehen?«

Kells schüttelte langsam den Kopf. »Weswegen? Jeder kann mich finden, wenn er will – und nicht lange, dann werden Sie das alle wollen. Dieser Ort hier ist so gut wie jeder andere . . .«

Die Granquist brachte Kaffee und Toast auf einem kleinen Tablett. Beery stand auf, verbeugte sich, nahm das Tablett und setzte sich wieder.

Kells sagte: »Von jetzt an werde ich ordentlich Dampf machen, Shep – nur daß ich diesmal dafür sorgen werde, daß es sich für uns auszahlt. Bisher ist es nur Spaß gewesen – jetzt geht's um das große Geld.«

Borg legte am Tisch eine Patience. Er schaute auf und sagte trocken: »Hurra.«

»Die Dame hier« – Kells deutete mit dem Kopf zur Granquist, – »hat das ganze Zeug eingesammelt, das ich bei Crotti verloren habe. Fenner glaubt, daß Crotti sein Geständnis hat, aber ich hab' es – und das wird Fenner bald rausfinden. Ebenso Woodward, der sich liebend gern ein Bein dafür ausreißen wird – und das Bein des Bürgermeisters. Er ist jetzt unterwegs hierher.«

Beery zündete eine Zigarette an.

»Sie können *beide* kaufen«, fuhr Kells fort. »Und zwar für einen Haufen Zaster.«

Er wandte sich zu Borg. »Versuchen Sie mal, ob Sie Hanline im *Knickerbocker* erreichen.«

Borg zog das Telefon heran, wählte eine Nummer. Nach einer Weile stand er auf und reichte Kells den Hörer.

Kells sagte: »Hallo – Hanline? . . . Sagen Sie Ihrem Boss, daß ich das Zeug habe, über das er mit Crotti verhandelt. Sagen Sie ihm, daß ich es innerhalb der nächsten zwei Stunden an den Meistbietenden verkaufen werde . . . Er wird schon wissen, was ich meine . . . Sagen Sie ihm, daß das Anfangsgebot fünfzig Riesen sind und daß er sich verdammt beeilen muß . . .«

Kells legte auf und grinste Beery an. »Jetzt warten wir mal ab, was passiert«, sagte er.

Beery bedachte die Granquist mit einem langen Blick. »Wie soll Miss G. aus der Sache rauskommen, wenn du Fenner das Geständnis zurückkaufen läßt? Es ist doch das einzige, womit du sie freibekommst.«

Kells schaute grinsend zur Granquist. »Da haben wir uns schon was ausgedacht«, sagte er.

Das Haustelefon schnarrte; Borg ging an den Apparat, sagte: »Schicken Sie ihn rauf«, und legte auf. »Faber«, murmelte er über die Schulter und ging zur Tür.

Die Granquist schaute fragend zu Kells.

Kells schüttelte den Kopf. »Borgs Laufbursche – du darfst zwölfmal raten, wohin ich ihn schicken werde.«

Faber kam herein, sagte *Hallo* zu Kells und Beery, nickte der Granquist leicht zu und setzte sich.

Kells fragte: »Einen Drink?«

»Klar.«

Kells schaute die Granquist an, und sie stand auf und ging in die Küche, kam mit einer Flasche und einem Glas zurück und reichte beides Faber. Er goß ein.

Kells sagte: »Fenner ist nicht mehr Ihr Boss – wie gefällt Ihnen das?«

Faber warf einen Seitenblick auf Borg. Er setzte das Glas an die Lippen, stellte es ab, nachdem er es geleert hatte, sagte: »Das gefällt mir.«

»Ich möchte, daß Sie raus zur Villa Dora an der Harper fahren« – Kells warf Borg einen fragenden Blick zu –, »Ihr Wagen ist doch noch unten, oder?«

Borg sagte: »Ja.«

»Dann nehmen Sie den Wagen«, fuhr Kells fort, »und lauern Sie vorn vor dem Haus, bis Sie drei große Schweinslederkoffer reingehen sehen, und versuchen Sie dann, herauszufinden, welches Apartment sie gemietet haben. Ich weiß nicht, zu wem die gehören, aber es werden drei sein – und höchstwahrscheinlich kommen sie in einem geschlossenen Chrysler.«

Faber sagte: »Hmm, hmm.« Er nahm sich die Flasche und goß sich noch einen Drink ein. Schnell schaute er zu Beery und dann zu den anderen, fragte: »Sonst noch jemand?«

Beery nickte; die Granquist ging hinaus und besorgte ein weiteres Glas.

Kells sagte: »Rufen Sie hier sofort an – ich meine wirklich *pronto.* Suchen Sie sich ein Telefon, und rufen Sie in derselben Minute an, in der Sie Kontakt aufnehmen. Wir kommen dann umgehend rüber und holen Sie ab.«

Faber nickte, trank. Er setzte sein Glas ab und stand auf. »Villa Dora – das ist noch hinter dem Sunset Boulevard, nicht wahr?«

Beery sagte: »Ja – zwischen Sunset und Fountain.«

Kells blickte aus dem Fenster. »Sie kommen wahrscheinlich zwischen zwei Uhr nachmittags und heute abend um neun. Essen Sie lieber noch was, bevor Sie losgehen.«

Faber sagte: »Okay.« Er setzte den Hut auf, verabschiedete sich mit einem »Bis dann« und ging.

Beery schaute Kells lächelnd an. »Spielst du mir gegenüber jetzt den Geheimnisvollen?«

»Diese drei Koffer sind voller Kokain« – Kells schaute die Granquist an –, »falls mein Tip richtig ist. Wert: einhundertundfünfzehntausend Dollar –, und irgendwo in der Villa Dora warten einhundertfünfzehntausend Dollar auf die Überbringer. Der Stoff gehört Crotti, und ich habe die vage Vermutung, daß Max Hesse der Käufer ist. Ich will das Zeug nicht haben – ich will die Kohle.«

Beery stand auf. Er sagte: »Gerry – du hast völlig den Verstand verloren! Wenn du Crotti reinlegst, legst du dich mit einer ganzen Organisation an! Bei diesem Geschäft sind wahrscheinlich schon ein paar Dutzend Revolver gezückt – alles ist im voraus bedacht –«

Die Granquist unterbrach ihn. »Er hat recht, Gerry – du darfst nicht . . .«

»Wie denken Sie darüber?« Mißmutig starrte Kells Borg an.

Borg legte eine schwarze Zehn an einen roten Buben. »Das wär ein saftiger Happen«, sagte er.

Kells setzte vorsichtig ein Bein auf und erhob sich. Er streckte Beery einen Arm hin. »Hilf mir auf die Toilette, Shep« sagte er.

Beery stützte ihn, führte ihn durchs Zimmer.

Als Kells zurückkam, sagte Borg: »Der Doc hat angerufen. Er sagt, er schickt Ihnen ein Paar Krücken rüber – und Sie sollen dieses Bein in Ruhe lassen.«

Beery half Kells zurück in den großen Sessel. Er setzte sich, legte sein Bein auf den anderen Sessel, murmelte: »Ich will keine – Krücken.«

Dann wandte er den Kopf und lächelte der Granquist zu. »Wär jetzt nicht die richtige Zeit, uns allen einen Drink zu machen, Baby?«

Die Granquist stand auf und ging in die Küche.

Kells fragte: »Wie spät ist es?«

Beery stand neben Kells' Sessel. Er schielte auf seine Armbanduhr, hielt sie dann Kells vors Gesicht, damit er sich selbst vergewissern konnte. »Elf Uhr fünf.«

5

Um elf Uhr zwanzig wurde Woodward angemeldet. Die Granquist ging ins Schlafzimmer und schloß die Tür, und Borg ließ Woodward herein.

Woodwards Augen hinter dem breiten Schildpattrahmen seiner

Brille wirkten ganz aufgeregt. Er verbeugte sich nervös vor Beery und Borg, setzte sich dann auf Kells' Einladung in einen Sessel, der nahe zu ihm herangerückt war.

»Wie würde es Ihnen gefallen, die Originale von all diesem Schmutz über Bellmann zu kaufen?« sagte Kells zur Einleitung.

Woodward lächelte dünn. »Wir haben das schon früher erörtert, Mr. Kells«, sagte er. »Ich fürchte, es ist zu spät, deswegen noch etwas unternehmen zu wollen – Ihr *Coast Guardian* hat einige der Bilder und die Story veröffentlicht ...«

Kells sagte: »Sie können die Negative retuschieren und behaupten, daß es sich dabei um Fälschungen handelt – und ich kann Ihnen zusätzliches Beweismaterial dafür liefern, daß die ganze Angelegenheit inszeniert worden ist, um Bellmann zu erpressen.«

Woodward spitzte die Lippen. Er warf einen Blick auf Beery und sagte: »Glauben Sie nicht, daß wir das besser allein diskutieren sollten, Mr. Kells?«

Kells schüttelte nur knapp den Kopf.

»Und zusätzlich zu all dem«, fuhr er fort, »– den Bildern und den Informationen – kann ich Ihnen noch« – er legte eine Pause ein, beugte sich leicht vor –, »den absoluten Beweis dafür liefern, daß Lee Fenner Bellmann erschossen hat.«

Woodwards Augen wurden groß. Er lehnte sich in seinem Sessel zurück, fuhr sich mit der Zunge über die Lippen, starrte Kells an, als wäre er sich nicht ganz sicher, richtig gehört zu haben.

»Lee Fenner hat Bellmann umgebracht«, wiederholte Kells langsam. Er zog ein zerknittertes Stück Papier aus der Brusttasche seines Morgenmantels, strich es glatt und warf es Woodward in den Schoß.

Woodward hob es auf, hielt es dicht vor sein Gesicht, rückte mit der anderen Hand seine Brille gerade. Nach einiger Zeit legte er das Dokument zurück auf die Armlehne von Kells' Sessel, räusperte sich, fragte dann: »Wer ist dieser Beery, der gemeinsam mit Ihnen Fenners Unterschrift beglaubigt hat?«

Kells deutete mit dem Kopf zu Beery, der am Tisch saß und Borg bei seiner Patience zusah.

Woodward fragte: »Wieviel wollen Sie dafür?«

»Eine Masse.« Kells nahm das Stück Papier an einer Ecke hoch. Er grinste Beery zu. »Das ist lausiges Theater«, sagte er. »Das ›inkriminierende Geständnis‹ –« er sagte es sehr melodramatisch. »Alles, was wir brauchen, ist der ›Old Homestead‹, ein paar Papiermachéschnitzel und ein paar Bluthunde.«

»Und du brauchst jetzt nur noch einen schwarzen Schnauzbart.« Beery schaute lächelnd hoch.

Woodward sagte: »Wie schon gesagt – meine, äh – Leute sind knapp bei Kasse.«

»Ich gebe einen Scheiß drauf, wie knapp Sie sind. Sie können jetzt mit mir ins Geschäft kommen – ins große Geschäft – und Ihre lausige Verwaltung aus dem Dreck ziehen. Oder Sie können gleich anfangen, einzupacken und die City Hall zu räumen. Das ist mein letztes Angebot . . .«

Als Woodward zu sprechen ansetzen wollte, läutete das Telefon. Borg nahm ab, legte die Hand über die Muschel und nickte Kells zu. Dann stand er auf und brachte das Telefon zu ihm.

Kells sagte: »Hallo . . . Warten Sie eine Minute – ich möchte Sie mit einem Freund bekannt machen.«

Zu Woodward gewandt, sagte er: »Falls Sie das für ein abgekartetes Spiel halten sollten, möchte ich, daß Sie mit diesem Burschen reden. Sie erkennen doch Fenners Stimme wieder, nicht wahr?«

Woodward nickte. Er nahm den Hörer von Kells entgegen und sagte zögernd: »Hallo.«

Sekunden später holte sich Kells das Telefon zurück. Er lächelte Woodward zu, sagte: »Hallo, Lee . . . Das war Mr. Woodward, ein potenter Käufer aus der Innenstadt . . . Ja, ja, aha . . . Also, jetzt regen Sie sich nicht auf, Lee – wir haben noch kein Geschäft abgeschlossen . . . Warum kommen Sie nicht rüber? . . . Ja – und bringen Sie reichlich Bargeld mit – wir fangen mit fünfzig Riesen an . . . Okay, aber machen Sie fix.«

Er legte auf, starrte abwesend auf Woodwards Krawatte.

»Ich werde mich jetzt mit Ihnen nicht mehr herumstreiten«, sagte er. »Sie haben gehört, was ich zu Fenner gesagt habe. Sie machen sich jetzt besser auf den Weg – wer zuerst kommt, mahlt zuerst.«

Woodward stand auf. »Ich werde sehen, was ich tun kann«, sagte er. Er setzte seinen Hut auf, nickte Beery und Borg zu und hatte schon die Türklinke in der Hand, als Kells sagte: »Und kommen Sie nicht auf dumme Ideen. Falls Sie mit der Polizei wiederkommen und versuchen sollten, mir eine Klage wegen ›Absprache zur Unterdrückung von Beweismitteln‹ anzuhängen, werde ich beschwören, daß die ganze verdammte Geschichte eine Lüge ist – und meine lieben Freunde werden das auch tun.« Mit einer Kopfbewegung deutete er auf Beery und Borg.

Woodward hatte sich umgedreht, um ihm zuzuhören. Jetzt nickte er, wandte sich wieder zur Tür, ging hinaus und machte sie hinter sich zu.

Kells sagte: »Das wird ein Riesenspaß. Auch dann, wenn es nicht funktioniert.«

»Du hast vorhin irgendwas gesagt wie, daß du die Späße jetzt leid bist . . .« Beery erhob sich und goß sich einen Drink ein. »Du hast gesagt, daß du jetzt nur noch auf die große Kohle aus bist.«

»Paß auf, wie es funktionieren wird.« Kells lehnte sich in den Sessel zurück und schloß die Augen.

6

Fenner legte dreißig Tausend-Dollar-Noten auf die Armlehne von Kells' Sessel. Kells zog das zerknitterte Papier aus seiner Brusttasche und reichte es Fenner, und Fenner entfaltete es, blickte darauf, zog dann ein Feuerzeug aus seiner Tasche und hielt die Flamme an eine Ecke des Papiers.

Kells sagte: »Und jetzt verschwinden Sie hier, solange Sie noch heil und gesund sind.« Er sagte es ganz ruhig.

Sie waren allein im Zimmer. Fenner sagte: »Was hätte ich denn tun sollen, Gerry? Ich mußte doch zu Crotti gehen, als Sie mir gesagt haben, daß er es jetzt hat.« Er tat das letzte Stück verkohlten Papiers in einen Aschenbecher. »Es hat mich ein paar Tage gekostet, zu ihm zu kommen – ich wäre in der Zwischenzeit fast verrückt geworden . . .«

»So ist's recht.« Kells bewegte seinen Kopf langsam auf und nieder, und sein Gesichtsausdruck war alles andere als freundlich. »Sie sind auch reichlich verrückt gewesen, als Sie Crotti meinen Skalp angeboten haben.«

Fenner stand auf. Er sagte nichts, stand nur da und schaute eine Minute aus dem Fenster – dann wandte er sich ab und ging zur Tür.

»Ich gebe Ihnen einen guten Tip, Lee.« Kells' Stimme war leise; er starrte Fenner mit harten, kalten Augen an. »Verduften Sie – und zwar schnell!«

Fenner öffnete den Mund zu einer Entgegnung, schloß ihn dann wieder, schluckte schwer.

Er sagte: »Warum? Was meinen Sie damit?«

Kells antwortete nicht; kalt starrte er Fenner an.

Fenner blieb noch eine Weile stehen, drehte sich dann um und ging hinaus.

Borg und die Granquist kamen aus der Küche.

Kells sagte: »Dreißig. Ich fragte mich, ob wir bei Woodward genausoviel Erfolg haben. Diese Kerle scheinen mich nicht ernst zu nehmen, wenn ich von fünfzigtausend spreche. Vielleicht liegt's auch an der Wirtschaftsdepression.«

Wenige Minuten nach dreizehn Uhr rief Woodward an.

Die Krücken, die Janis bestellt hatte, waren geliefert worden, und jetzt übte sich Kells darin, mit ihnen zu laufen. Er legte sie beiseite, setzte sich an den Tisch und ließ sich von Borg den Hörer reichen.

Er sagte hallo und hörte dann, hin und wieder Bestätigung grunzend, eine Weile zu. Nach ungefähr einer Minute sagte er: »Also gut – beeilen Sie sich«, und legte auf.

Er grinste der Granquist zu. »Noch mal zwanzig. Bis jetzt war das ein prachtvolles Tagewerk. Falls wir es bekommen . . .«

Borg sagte: »Wollen Sie mich nicht einweihen, wie Sie es schaffen wollen, dieses Ding auch an Woodward zu verhökern, nachdem Sie es Fenner bereits verkauft haben?«

Kells zog zwei weitere Blätter zerknitterten Papiers aus seiner Tasche, warf sie auf den Tisch vor Borg.

Borg sah sich beide an, lächelte dann vergnügt. »Wie wär's, wenn wir die in Großserie herstellen würden?« sagte er.

Kells deutete mit dem Kopf zur Granquist hinüber. »Das ist die Arbeit von unserem Baby hier. Sie ist früher in dieser Branche gewesen – sie ist heute morgen ganz früh zum *Lido* rübergegangen und hat sich dort Papier mit deren Briefkopf geklaut.«

Die Granquist saß in einem der großen Sessel am Fenster. Kells nahm die beiden Blätter, steckte sie wieder in seine Tasche, stand auf, humpelte zu ihr hin und setzte sich auf die Sessellehne.

»Du bist so schrecklich still, Baby«, sagte er. »Was ist los?«

Sie schaute zu ihm auf, und ihr Blick war ängstlich.

»Ich möchte gehen – ich möchte, daß wir beide gehen«, sagte sie mit belegter Stimme. »Etwas Schreckliches wird passieren . . .«

Kells legte die Arme um sie, zog ihren Kopf eng an seine Brust.

»Wenn wir die zwanzig von Woodward bekommen«, sagte er ganz ruhig, »– und den großen Zaster von Crotti, dann macht das fast zweihundert Riesen . . .«

»Wir haben doch genug!« unterbrach sie ihn. »Laß uns gehen, Gerry – bitte!«

Ohne sich zu bewegen oder zu sprechen, blieb er eine Weile sitzen, starrte durchs Fenster in den strahlenden Sonnenschein. Dann erhob er sich, ging zurück zum Tisch, zog sich das Telefon heran und bat die Vermittlung, ihn mit dem Santa-Fé-Fahrkartenschalter zu verbinden.

Als die Verbindung hergestellt war, sagte er: »Ich möchte zwei Platzkarten für den *Chief*, morgen abend – ein Salonwagen, zwei . . .«

Die Granquist hatte sich umgedreht. Sie sagte: »Heute abend, Gerry!«

Kells lächelte ihr unmerklich zu. Er schüttelte den Kopf und sagte: »Ja . . . Kells. *Miramar Apartments* in Hollywood – schicken Sie sie bitte hierher.«

Dann legte er auf, langte über den Tisch, zog die Flasche und die Gläser heran und goß Drinks ein. Er hob sein Glas.

»Auf das Verbrechen – und auf den *Chief* morgen abend.«

Die Granquist stand auf, trat an den Tisch und nahm sich eins der Gläser.

Sie sagte: »Hey, hey«, und lächelte über den Tisch hinweg Kells zu.

An der Vordertür klopfte es, und die Granquist schlüpfte ins Schlafzimmer. Borg stand auf und ließ Woodward herein.

Woodward war sehr nervös. Er legte je zwei hübsche Bündel mit Tausend- und Fünfhundert-Dollar-Noten auf den Tisch und sagte. »So, das hätten wir dann, Sir!«

Kells schob eins der gefälschten Geständnisse über den Tisch, zog einen der Tausend-Dollar-Scheine aus dem Bündel und untersuchte ihn sorgfältig.

Woodward sagte: »Und die anderen Sachen – die Bilder und das übrige . . .«

»Die sind in der City. Ich werde Beery anrufen, damit er sie Ihnen übergibt – im *Hayward*.«

Woodward nickte. Er ging ans Fenster, richtete seine Brille und betrachtete sehr gründlich das Papier. Er drehte sich um, um etwas zu sagen, und dann gab es ein scharfes, splitterndes Geräusch, und Glasscherben regneten auf den Fußboden. Woodward blieb eine Weile mit offenem Mund stehen, dann gaben seine Beine langsam unter ihm nach, und im Fallen streckte er einen Arm aus und hielt sich am Saum des Vorhangs fest. Sein Kopf rollte einmal hin und her, und seine Brille löste sich und stand fast im rechten Winkel seitlich von seinem Kopf ab. Seine Augen waren offen und starr.

Kells sagte: »Na ja . . .«

Borg war halb aufgestanden. Er bewegte seinen Arm und legte langsam die Spielkarten auf den Tisch zurück. Dann richtete er sich auf und ging zu Woodwards Leichnam.

Kells sagte: »Trottel! Gehen Sie nicht in die Nähe des Fensters!«

Die Granquist kam an die Schlafzimmertür, stand, eine Hand über den Mund gelegt, da und starrte auf Woodward.

Borg sagte: »Das muß von der Stelle da drüben gekommen sein.« Er zeigte durchs Fenster auf den Apartmentblock ein paar Häuser weiter.

Kells stand auf. Er sagte: »Bring mir meine Sachen!«

Die Granquist rührte sich nicht. Sie stand nur da und starrte mit leerem Blick auf Woodward.

Kells sagte ganz sanft: »Bring mir meine Sachen.«

Borg ging mit schnellen Schritten zur Schlafzimmertür und dann an der Granquist vorbei ins Zimmer. Er brauchte nur kurze Zeit und kam mit einem Bündel Kleidungsstücke unter dem Arm wieder herein. In einer Hand hielt er einen kurzen Revolver, den Lauf nach unten.

Die Granquist ging zu einem Stuhl an der Wand, nahm ihre Jacke und zog sie über. Sie ging zum Tisch, stützte sich mit beiden Händen darauf, beugte sich leicht nach vorn.

Kells setzte sich, nahm seine Sachen von Borg entgegen, zog ein Stück nach dem anderen an.

Das Telefon klingelte.

Kells nahm ab und sagte: »Hallo . . . Shep – wir müssen von hier verschwinden. Woodward ist gerade erschossen worden – durchs Fenster, vom Dach des Nachbarhauses aus . . . Ja, ja. Vielleicht hat einer von Crottis Jungs sich an Fenner geheftet – ich kann auch nur raten, genau wie du . . . Ruf mich in einer halben Stunde im *Ambassador* an. Falls ich dann nicht da bin, bin ich im Gefängnis – oder im Leichenschauhaus . . . Teufel, nein. Sollen sie ihn doch finden . . . Tschüs.«

Er legte auf, zog sich schnell fertig an, stand auf, humpelte zu einer Seite des großen Fensters, zog die Schnur und schloß die Vorhänge. Woodwards eine Hand war in den Saum eines der Vorhänge gekrallt, und sie bewegte sich leicht, als der Vorhang sich schloß. Das Papier war zu Boden gefallen, lag ein kleines Stück von seiner anderen Hand entfernt.

Kells blieb stehen, schaute minutenlang auf Woodward hinunter, ging dann zum Tisch, nahm die beiden dünnen Geldbündel und steckte sie in seine Tasche.

Borg war noch einmal ins Schlafzimmer gegangen. Er stand auf der Türschwelle, und er hatte Hemd und Jacke übergezogen, ging dann zu einem Spiegel neben der Eingangstür und setzte seinen Hut auf.

Die Granquist nahm die beiden Krücken.

Kells schüttelte den Kopf, sagte: »Mein Bein fühlt sich prächtig an.«

Sie gingen hinaus auf den Korridor.

Neben den Aufzügen stand ein Mann, doch er schenkte ihnen keinerlei Beachtung, stieg in eine der Kabinen, während sie erst die Hälfte des Flurs entlanggegangen waren.

Sie warteten etwa eine Minute, stiegen in dieselbe Kabine, als sie wieder hochkam. Sie ließ sich automatisch bedienen – Kells drückte den Knopf für das Kellergeschoß.

Er sagte: »Vielleicht . . .«

Durch das kleine Drahtglasfenster der Aufzugstür beobachtete Borg, wie sie am sechsten Stock vorbeiglitten. »Wir können's ruhig auch mit dem Keller versuchen«, sagte er. »Da ist eine Garage mit einer Ausfahrt, die auf die Cherokee führt. Vielleicht können wir uns einen Wagen beschaffen – oder falls wir es schaffen, zur Highland zu kommen, zu dem Taxistand da . . .«

»Warum hast du kein Taxi gerufen?« Die Granquist lehnte in einer Ecke der Fahrstuhlkabine.

Kells betrachtete sie mit leerem Blick, als hätte er sie nicht gehört.

»Vielleicht ist die ganze Aufregung wegen nichts«, sagte er. »Vielleicht sind wir aus allem raus. Aber wenn das vorhin Crotti gewesen ist« – mit einer Kopfbewegung deutete er nach oben zur Wohnung, – »dann ist die Luft für uns draußen voll Blei.«

Der Aufzug hielt und setzte sie in einem dunklen Gang ab, an dessen Ende die Tür zur Garage war.

In einem großen Wagen nahe der Toreinfahrt, die hinaus auf die Cherokee führte, schlief ein großer Mann mit einem sehr dünnen Schnauzbart.

Er wachte auf, als Borg wippend aufs Trittbrett stieg.

Borg fragte: »Wie stehen die Chancen, einen Wagen zu mieten?«

Der Mann rieb sich die Augen, stieg aus und stand jetzt zwischen Kells und Borg. Er sagte: »Aber klar. Ich hab' einen Buick, und ich hab' einen Chrysler da.«

»Beides geschlossene Wagen?« Kells lehnte sich auf die Schulter der Granquist und zwinkerte Borg zu.

Der Mann sagte. »Ja, der Buick jedenfalls.«

Er ging fünf Wagen weiter in der Reihe von jenem Auto, in dem er geschlafen hatte.

Kells sagte: »Der wird reichen. Wieviel wollen Sie als Sicherheit?«

»Wünschen Sie einen Fahrer?«

»Nein.«

Borg öffnete eine der hinteren Türen des Wagens und half der Granquist hinein.

Der Mann sagte. »Wenn Sie hier wohnen, ist keine Kaution nötig. Es kostet zweieinviertel Dollar die Stunde.«

»Vielleicht sind wir die ganze Nacht weg – nehmen Sie besser erst mal das hier.« Kells reichte dem Mann zwei Scheine und stieg vorsichtig ein. Er streckte sein Bein unter dem Armaturenbrett aus.

Borg ging auf die andere Seite und klemmte sich hinter das Steuer. Er betätigte den Anlasser, und der Mann langte durchs Fenster hinein, zog den Choke, und der Motor brüllte auf. Borg warf dem Mann einen finsteren Blick zu und schob den Choke wieder hinein. In weitem Bogen fuhren sie durch die Toreinfahrt hinaus in die Sonne.

Kells drehte sich um und sagte scharf zur Granquist: »Leg dich hinten auf den Sitz.«

Sie murmelte etwas Unverständliches und legte sich dann seitlich auf den Rücksitz.

Sie bogen in schneller Fahrt auf die Cherokee, und aus einer geparkten Limousine mit verhängten Seitenfenstern schossen zur Begrüßung Feuerstöße; Blei klatschte in die Karosserie, bohrte sich in die Seite des Wagens. Borg trat das Gaspedal durch, der Wagen zog an, war vorbei.

Kells schaute nach hinten zur Granquist. Sie lag dort mit fest geschlossenen Augen, und ihr Gesicht war weiß. Er streckte den Arm nach ihr aus, und plötzlich erhob sie sich auf die Knie, legte ihre Hände auf seine Schulter.

Er lächelte. »Es ist nichts passiert, Baby«, sagte er weich. »Diese Autos werden in Detroit gebaut – das ist Maschinenpistolenland.«

Borg saß über das Lenkrad gekauert. Aus dem Mundwinkel sagte er: »Kommen sie hinterher?«

Kells warf einen Blick zurück, schüttelte den Kopf. »Sie haben gewendet – sie haben in die falsche Richtung geparkt.«

Die Granquist ließ sich wieder auf den Sitz hinuntergleiten.

Auf der Yucca wandten sie sich nach Westen zur Highland, jagten die Highland hoch zur Franklin, bogen auf der Franklin nach Westen. Sie hielten ganz kurz zwischen der Sycamore und der La Brea an und beobachteten die Straße hinter ihnen im Rückspiegel des Wagens; die große Limousine hatte sie offenbar verloren.

Borg stieg aus und schaute sich die Seite des Wagens an.

»Die müssen Ladehemmung gehabt haben«, sagte er. »Vier kleine Löcher und eine Beule in einem Scheinwerfer. Eine davon hat den Vergaser nur um Zentimeter verfehlt – da haben wir Schwein gehabt.«

Kells sagte: »Fahren wir mal rüber und sehen nach, was Faber macht.«

Borg stieg wieder in den Wagen, und sie fuhren die Franklin hinauf zur La Brea und die La Brea hinunter zur Fountain. An der Ecke Fountain und Harper parkten sie unter einem großen Fächerbaum.

Kells drehte sich um und sagte zur Granquist: »Du nimmst den Wagen – du kannst ihn doch fahren, oder? Und dann fährst du zum *Ambassador* und wartest da auf uns.« Er langte in seine Tasche und fischte einen Schlüssel heraus. »Geh hoch in mein Zimmer und pack das ganze Zeug ein, das noch rumliegt. Ruf den Santa-Fé-Bahnhof an und sag ihnen, sie sollen die Platzkarten dorthin schicken.

Wenn wir heute abend alles über die Bühne gebracht haben, fahren wir runter nach San Bernardino, gehen morgen auf Tauchstation, und morgen abend machen wir uns auf den Weg und nehmen den *Chief.*«

Kells und Borg stiegen aus dem Wagen, und die Granquist setzte sich ans Steuer. Ohne Kells anzuschauen, sagte sie: »Sei vorsichtig.« Sie legte den Gang ein, ließ langsam die Kupplung kommen, und der Wagen fuhr an.

Kells sagte: »Beery wird gleich anrufen. Sag ihm, daß er zum Hotel kommen soll, sobald er kann.«

Die Granquist nickte, ohne sich nach ihm umzudrehen, und der Wagen fuhr zügig davon.

Kells und Borg wechselten auf die Westseite der Harper und schlenderten langsam hoch zum Sunset Boulevard. Kells hinkte auffällig.

Borg fragte: »Wie geht's damit?« Er zeigte auf Kells Bein.

»Es geht.«

Langsam und ohne miteinander zu sprechen, gingen sie die Harper hinauf, und ein Stück hinter der Villa Dora streckte Faber den Kopf aus Borgs Auto. Sie gingen hin, und Kells setzte sich auf den Rücksitz; Borg blieb draußen, an die Vordertür gelehnt.

Faber sagte: »Bisher noch nichts.«

Kells blieb minutenlang sitzen und starrte abwesend auf einen langen Kratzer auf der Rückseite des Vordersitzes. Dann sagte er: »Gehen wir rein und sehen nach, was wir da finden.« Er beugte sich vor.

Faber hob die Klappe seiner rechten Seitentasche an, ließ eine schwarze Luger auf den Sitz neben ihn gleiten. Er drehte sich um, schaute Kells an und nickte zur Waffe hin. Kells langte hin, griff sich die Pistole und steckte sie in seinen Hosenbund, verdeckte sie dann mit den Schößen seiner Weste.

»Wir gehen jetzt da rein und versuchen, einhundertfünfzehntausend Riesen in bar aufzustöbern«, sagte er. »Ich weiß nicht, wer sie hat – wir müssen es mit den Briefkästen versuchen und sehen, ob uns einer der Namen Aufschluß gibt.«

Borg sagte: »Wahrscheinlich ist das nicht.«

Kells stieß die Tür auf und wollte aussteigen.

»Warum warten Sie nicht hier, und ich seh' mal nach, ob ich was finden kann.« Borg zog eine helle Zigarre aus der Brusttasche seiner Jacke und biß die Spitze ab.

Kells schaute ihm eine Weile schläfrig zu, sagte dann: »Okay«, und ließ sich wieder in den Sitz sinken.

Borg ging über die Straße und verschwand in der Villa Dora. Wenige Minuten später war er mit einem verschmierten Briefumschlag zurück, auf den er die Namen der Mieter gekritzelt hatte.

Kells nahm ihn an sich, blickte darauf, fragte: »Sind Sie sicher, daß das alle sind?«

»Ja.« Borg nickte. »Es ist ein großer Laden, aber ich vermute, daß auch die Wohnungen ziemlich groß sind – da sind nur zwölf Briefkästen.«

Kells überprüfte die Namen. Dann sagte er: »MacAlmon – das ist Bellmanns Kindermädchen mit den Seidensocken. Ich hab' geglaubt, er wohnt in Beverly Hills.« Er starrte auf den Umschlag. »Das ist eine ganz vertrackte Angelegenheit – falls MacAlmon Mittelsmann für den weißen Stoff ist. Seine Verbindung zu Max Hesse kann ich mir erklären – falls Hesse wirklich der Käufer ist –, aber wie zum Teufel ist Crotti auf ihn gekommen?«

Bei der Erwähnung von Crottis Namen schaute Faber interessiert auf. Er sagte: »Vielleicht wäre der Spaß für mich größer, wenn ich wüßte, worum es hier geht.«

Borg sagte: »Crotti liefert eine Ladung Koks aus, und die Hundertundfünfzehn, die wir aufspüren wollen, sind das, was jemand da drüben« – er deutete mit dem Kopf zum Apartmenthaus – »für das Zeug hinblättern muß.«

»Oh.« Faber wandte sich zu Kells. »Auf mich können Sie nicht zählen – ich will mit Crotti nichts zu tun haben.«

Kells' Mund verzog sich zu einem leichten Lächeln. Er sagte: »Okay.«

Faber wollte aus dem Wagen steigen, schaute dann auf Kells' Hände; Kells hatte die Luger aus dem Hosenbund gezogen und hielt sie jetzt locker in seinem Schoß.

Borg sagte: »Ach, um Himmels willen, hört damit auf.« Er schaute abwechselnd von Kells zu Faber.

Noch immer schaute Kells Faber lächelnd an. Er sagte ernst: »Ihr Anteil bei diesem Ding sind zehn Riesen. Einen kriegen Sie jetzt gleich – und Sie können ihn nehmen, aber Sie müssen so lange in der Nähe bleiben, bis alles vorüber ist.« Er schob eine Hand in seine Tasche, zog ein Bündel Scheine heraus, blätterte einen davon ab und reichte ihn Faber.

Faber schaute eine Weile darauf, grinste dann säuerlich und sagte: »Na ja – wenn ich schon dableiben muß, kann ich auch dafür arbeiten.« Er nahm den Schein, faltete ihn sorgfältig zusammen und steckte ihn in seine Uhrentasche. »Nehmen Sie mich mit ins Geschäft – für zehn Riesen kann man sich eine Menge Blumen kaufen.«

»Ich – ich will 'ne Feuerbestattung.« Borg starrte mit heiterer Miene ins Blaue. »Keine Blumen, aber reichlich Musik.« Und mit einem Seitenblick auf Kells: »Sie wissen schon – Wagner.«

Kells sagte: »Also gehen wir, und schauen wir mal nach, ob Mr. MacAlmon zu Hause ist.«

Er und Faber stiegen aus dem Wagen, und dann gingen sie alle die Straße hinauf und in die Villa Dora.

2

Mister MacAlmon war daheim. Er stand mitten in seinem eleganten Wohnzimmer mit der hohen Decke und hatte beide Hände in der Luft.

Kells sagte: »Das hier tut mir leid. Ich habe nichts gegen Sie oder Hesse – falls Hesse sich mit Ihnen zusammengetan hat, aber ich habe viel gegen Crotti und viel gegen Ihre ganze verdammte Verbindung. Ich bin aufs Kreuz gelegt worden und fast draufgegangen. Ich bin das jetzt verdammt leid – und ich brauche den Kies.«

MacAlmon war fast so groß wie Kells. Sein dichtes braunes Haar war glatt von seiner hohen schmalen Stirn zurückgekämmt, und seine

Augen waren dunkel, blickten scharf. Er sagte: »Das ist gemeiner Raub. Was meinen Sie, wie weit Sie damit kommen?«

»Seien Sie nicht blöd.« Kells schaute auf den Stapel mit Geldscheinen auf dem Tisch. »Ich kann Ihnen innerhalb von zwei Minuten die Rauschgiftfahnder der Bundesbehörde herschicken – und dann sorge ich dafür, daß Sie auch noch da sind, wenn die hier ankommen. Die brauchen dann bloß noch abzuwarten, bis der Stoff gebracht wird. Wenn Sie bei einem Rauschgiftgeschäft dieser Größenordnung festgenagelt werden, können Sie lange suchen, bis Sie jemanden finden, der sich Ihr Geschwätz über das bißchen Geld anhört.«

Borg lehnte in der Eingangstür und ließ den kurzläufigen Revolver um seinen Zeigefinger kreisen. Faber wartete draußen.

Kells ging zum Telefon auf dem niedrigen runden Tisch, nahm den Hörer ab. »Ich hab' in meinem ganzen Leben noch nie jemandem einen Cop auf den Hals gesetzt«, sagte er. »Aber jetzt ist es soweit . . .« Er drehte die Wählscheibe.

MacAlmon nahm die Hände herunter. Er sagte: »Warten Sie einen Moment.« Er setzte sich in einen großen Sessel, beugte sich vor, stützte die Ellbogen auf die Knie. Er schaute Kells an. Sein Gesicht war gerötet, und er versuchte ein Lächeln. »Warten Sie einen Moment.«

Kells sagte in die Sprechmuschel: »Auskunft? Wie lautet die Nummer des Federal Building?« Er wartete einen Augenblick, sagte dann danke und drückte die Gabel mit dem Daumen hinunter.

MacAlmon sagte jetzt: »Wie würde es Ihnen gefallen, noch fünfundzwanzig mehr zu machen?« Er deutete mit dem Kopf zu dem Geldstapel auf dem Tisch.

»Das ist völlig ausreichend.« Kells schüttelte den Kopf. »Alles, was ich will, ist nur ein fairer Preis für die Zeit, die ich investiert habe. Das hier deckt meine Bemühungen.«

MacAlmon lehnte sich zurück. »Der Stoff, der heute nachmittag geliefert wird, ist genau das Doppelte dessen wert, was dafür bezahlt wird, nämlich für mich – meine Leute«, sagte er. »Mir ist ganz gleich, wer das Geld bekommt – wenn Sie stillhalten, bis die Übergabe abgewickelt und der Stoff in meinem Besitz ist, gebe ich Ihnen einen Bonus von fünfundzwanzig Riesen.«

Kells sagte: »Nein.«

Jemand klopfte an die Tür.

Borg preßte die Lippen zusammen, seine Augendeckel klappten herunter, und er schüttelte bekümmert den Kopf. Er hielt den kurzläufigen schwarzen Revolver locker in der Hand und schaute zu Kells.

Kells' Lippen formten den Namen »Faber«. Borg schüttelte weiter den Kopf. Kells zog die Luger aus dem Gürtel, durchquerte das Zimmer und stellte sich dicht an die Wand; er nickte Borg unmerklich zu.

Crotti und zwei weitere Männer kamen herein. Einer der Männer trug eine große Reisetasche aus schwarzem Leder, der andere schleppte zwei Taschen.

Crotti warf einen Blick auf MacAlmon, drehte dann den Kopf und schaute Borg an. Er hatte Kells noch nicht entdeckt. Der Mann mit der einen Tasche stellte sie auf den Fußboden und reckte sich. Borg schloß die Tür.

Kells sagte: »Hallo.«

Der Mann, der die eine Reisetasche getragen hatte, trat einen Schritt zur Seite. Gleichzeitig riß er eine Automatik aus seinem Schulterhalfter, ließ sich auf ein Knie fallen und schwenkte die Automatik in Borgs Richtung. Borgs Waffe bellte zweimal auf.

Crotti hatte zwei oder drei Schritte vorwärts gemacht. Sein Gesicht war Kells zugewandt, und seine schwarzen, weit auseinanderstehenden Augen waren groß, sein dicker wulstiger Mund stand leicht offen.

Der Mann mit den zwei Taschen stand noch immer im Türrahmen. Sein kleines Gesicht war völlig ausdruckslos; er beugte ganz vorsichtig die Knie und stellte die Taschen ab. Der andere Mann schaute zu Borg, und sein Gesicht war sanft und kindlich und überrascht; dann kippte er zur Seite.

MacAlmon stand auf.

Kells ging auf Crotti zu.

Borg starrte Crotti an; plötzlich bewegte er sich mit überraschender Schnelligkeit für einen so dicken Mann vorwärts, umspannte den Revolverlauf mit der linken Hand, holte mit der Waffe aus und schlug sie mit aller Kraft auf Crottis Hinterkopf. Crottis Blick war noch immer auf Kells gerichtet. Jetzt wurden seine Augen stumpf, und er schlug hart auf den Boden auf.

Der Mann mit den zwei Taschen hatte sich umgedreht, die Hand schon am Türknauf. Kells sagte: »Hey«, und der Mann drehte sich um und blieb, den Rücken an die Tür gelehnt, stehen.

Kells eilte zur Tür, langte an dem Mann vorbei, drehte den Schlüssel im Schloß, zog ihn ab und steckte ihn in seine Tasche. Er ging zurück zum Tisch, legte die Luger hin, raffte das Geld zusammen und stopfte es in seine Taschen. Er warf einen Blick auf MacAlmon, deutete dann mit einem Kopfnicken auf die drei Reisetaschen.

»So, jetzt haben Sie es. Was wollen Sie damit anfangen?«

MacAlmon starrte hinunter auf Crotti. Borg behielt den Mann an der Tür im Auge.

Kells sagte: »Wir verschwinden.«

Borg ging zu dem Mann an der Tür, klopfte seine Taschen ab, fühlte unter seinem Arm nach einer Waffe.

Sie verließen die Wohnung durch die Küche, liefen den Dienstbotenaufgang hinunter ins Foyer. Als sie nach draußen gingen, hörten sie im Haus Fäuste gegen eine Tür hämmern. Sie durchquerten den Eingangsflur, tasteten sich die Hintertreppen hinunter und traten durch eine Seitentür hinaus auf einen Patio. Auf der der Straße zugewandten Seite des Patio stellte sich Borg auf eine Bank und warf einen Blick über die Mauer. Er schüttelte den Kopf, kletterte herunter und sagte: »Faber ist abgehauen.«

Kells sagte: »Vielleicht kommen wir über die andere Straße von hier weg.«

Sie gingen zur anderen Seite des Innenhofs und durch ein kleines Tor in einen Durchgang, der in die Fountain mündete. Sie liefen durch die Gasse und wandten sich auf der Fountain nach Westen. Sie betraten einen Drugstore an der Ecke, und Kells trank eine Coca-Cola, während Borg ein Taxi rief.

Solange sie auf das Taxi warteten, kaufte Kells eine Packung Aspirin und schluckte zwei Tabletten.

Borg sagte: »Das ist pure Gewohnheit. Dieser Mist bekommt Ihnen nicht.«

Kells nickte abwesend.

Kurze Zeit später fuhr das Taxi vor.

3

Kells, die Granquist, Beery und Borg saßen in Kells' Zimmer im *Ambassador.*

»Hier ist der große Lacher der Saison . . .« Beery kippte seinen Stuhl nach hinten an die Wand. »Das Apartment im *Miramar* war auf Fenners Namen eingetragen. Das Zimmermädchen war abbestellt – keiner der Angestellten hat euch dort je zu Gesicht bekommen . . .«

Kells trank sein Glas leer und stellte es auf den Tisch.

Beery fuhr fort, als wolle er Schlagzeilen deklamieren: »Fenner wird gesucht, weil man ihn wegen des Mordes an Woodward vernehmen möchte.«

Borg kicherte.

»Und es ist ein Haftbefehl wegen der Schüsse auf Bellmann gegen ihn erlassen worden, und zwar wegen des Geständnisses, das man bei Woodward gefunden hat.« Beery kippte mit dem Stuhl nach vorn und griff nach seinem Glas. »Die Woodward-Sache wird gehandelt unter der Schlagzeile ›Mord durchs Fenster‹.«

Kells fragte: »Wer hat die Leiche gefunden?«

»Ein paar Glasscherben aus dem Fenster sind unten auf die Zufahrt gefallen, und jemand ist raufgegangen, um festzustellen, wer da so achtlos mit Glassplittern umgeht.«

Die Granquist sagte: »Aber es muß doch was geben, das sie bis zu uns zurückverfolgen können.« Sie sah nicht sehr glücklich aus. Sie nippte an ihrem Glas.

Kells schaute sie an, grinste Beery zu. »Miss Pollyanna G. hält Ihnen jetzt einen Vortrag –«

Sie unterbrach ihn. »Laß uns gehen, Gerry – bitte . . .« Sie erhob sich.

Kells sagte: »Hol uns allen noch einen Drink, Baby.«

Zu Beery gewandt, fuhr er fort: »Wahrscheinlich kommen sie uns über Doc Janis auf die Spur – oder über Telefonanrufe – oder sonst was.«

Beery schüttelte den Kopf. »Sie sind höllisch scharf drauf, Fenner die ganze Geschichte anzuhängen.«

»Glaubt ihr, die sind so außer sich vor Freude, daß sie die Klage gegen mich ganz fallenlassen?« Die Granquist wandte sich vom Tisch ab und kam mit drei hohen Gläsern in den Händen auf sie zu.

Kells sagte: »Shep und ich werden das in ungefähr einer halben Stunde herausfinden . . .«

»Und wir werden herausfinden, was bei MacAlmon passiert ist, nachdem ihr abgehauen seid.« Beery stand auf und nahm seinen Drink von der Granquist.

Jemand klopfte an die Tür.

Die Granquist, das Glas Borg hingestreckt, erstarrte in der Bewegung. Beery öffnete die Tür, und ein Dienstmann kam herein.

Er lächelte, nickte Kells zu: »Sie möchten Ihr Gepäck nach unten gebracht haben, Sir?«

Kells sagte: »Ja. Der Koffer soll morgen abend rechtzeitig zur Abfahrt des *Chief* hingebracht werden. Stellen Sie das andere Zeug so ab, daß wir es in mein Auto laden können.«

Der Gepäckträger sagte: »Ja, Sir.« Er kippte den Koffer an und schleifte ihn durch die Tür. Beery kam zurück und setzte sich.

Borg hatte seinen Drink von der Granquist entgegengenommen. Er sagte: »Was ich gern wissen möchte, ist, wie ich mein Auto zurückbekomme.«

Kells wandte sich vom Schreibtisch zu ihm um. »Würden Sie bitte damit aufhören, diesem Schrotthaufen hinterherzujammern?« sagte er. Er hielt ihm ein einmal gefaltetes Bündel Scheine hin, und Borg griff danach und nahm es an sich.

Kells ging zurück zu seinem Sessel, setzte sich. Er warf ein weiteres Geldbündel in Beerys Schoß.

Beery schaute einen Augenblick darauf, nahm es, steckte es in seine Tasche und sagte dann: »Danke, Gerry.«

Die Granquist reichte Kells eins der hohen Gläser. »Der Abschiedstrunk.«

Alle tranken.

Der Dienstmann kam zurück in die Wohnung, belud sich mit Handgepäck und ging wieder.

Kells sagte: »Wir befinden uns alle in einer heiklen Lage. Das Baby hier« – er nickte zur Granquist – »wird noch immer wegen des Mordes an Bellmann gesucht – vielleicht. Shep und ich müssen hin und unsere Unterschriften auf Fenners Geständnis bestätigen – und vielleicht wollen sie mit mir noch über Woodward reden oder darüber, was bei MacAlmon passiert ist. Und falls MacAlmon irgendwas ausgeplaudert hat, werden sie auch nach dem Dicken suchen . . .« Er grinste Borg zu.

Beery zog einen langen Umschlag aus seiner inneren Jackentasche und drehte ihn mehrmals in seinem Schoß. »Wenn das hier nicht sämtlichen Mist ausräumt, den die sich ausdenken können«, sagte er, »dann bin ich mit meinem Latein am Ende.«

Der Dienstmann kam zurück in die Wohnung und nahm die letzten Gepäckstücke mit. Sie tranken ihre Gläser leer, gingen zum Aufzug, fuhren hinunter zum Taxistand.

Sie verteilten sich auf zwei Taxis. Kells und Beery stiegen in das erste ein. Die Granquist und Borg stiegen in das zweite und beluden den Wagen mit dem gesamten Handgepäck. Kells trug dem Fahrer des zweiten Taxis auf, sich immer etwa einen halben Block hinter ihnen zu halten, sobald sie in der Innenstadt anhalten mußten.

Dann ging er zurück zum anderen Taxi, stieg zusammen mit Beery ein und sagte: »Aufs Polizeirevier.«

4

Beery unterzeichnete die eidesstattliche Erklärung und schob sie Kells über den Schreibtisch zu.

Captain Larson schnäuzte sich die Nase und sagte: »Es ist Ihnen klar, daß Sie beide Zeugen der Staatsanwaltschaft sind, sobald wir Fenner geschnappt haben?«

Kells nickte.

»Und dieses Mädchen, die Granquist – sie ist eine Hauptzeugin.« Der Captain richtete seine wäßrigen blauen Augen auf Beery und lehnte sich in seinem Drehstuhl weit zurück.

Kells las sich aufmerksam die eidesstattliche Erklärung durch und unterzeichnete sie.

Larson sagte: »Was wissen Sie von dem Fall Woodward?«

»Nichts.« Kells stemmte seine Ellbogen auf den Schreibtisch, legte das Kinn in die Hände und starrte Larson ausdruckslos an. »Ich habe Fenners Geständnis verloren, kurz nachdem er es unterschrieben hatte – bevor ich davon Verwendung machen konnte. Woodward hat es offenbar irgendwie in die Finger bekommen und versucht, es an Fenner zurückzuverkaufen.«

»Wenn Fenner in seiner Wohnung im *Miramar* gewesen ist, als Woodward erschossen wurde, wie kommt es dann, daß er das Geständnis dort zurückgelassen hat?« Larson schaute aus dem Fenster, sprach in einem Tonfall, als rede er mit sich selbst.

Kells schüttelte langsam den Kopf.

Larson sagte: »Ich vermute, Sie wissen selbst ganz genau, daß Sie so tief in all dem drinstecken, daß ich Sie festhalten könnte.« Er sagte das sehr ruhig, schaute noch immer aus dem Fenster.

Kells lächelte, doch er erwiderte nichts.

Beery lehnte sich über den Schreibtisch. »Fenner hat Bellmann umgebracht«, sagte er. »Das ist für die derzeitige Administration ein Glücksfall. Die ganze Sache würde noch runder aussehen, wenn man beweisen könnte, daß der ganze Schmutz über Bellmann, den der *Coast Guardian* veröffentlicht hat, eine Fälschung gewesen ist –, so wäre es doch?«

Larson wandte sich vom Fenster ab. Er zog ein großes Tuch aus seiner Tasche, schnäuzte sich heftig die Nase und nickte.

Beery entnahm seiner Jackentasche den langen Umschlag, legte ihn auf den Schreibtisch und schob ihn langsam zu Larson hin.

»Hier sind die Negative der Fotos und ein paar Briefe. Sie können

Sie verbrennen und dann gegen die Leute vom *Coast Guardian* die gerichtliche Verfügung erwirken, Beweismittel vorzulegen – oder Sie könnten sie so manipulieren, daß sie aussehen wie Fälschungen . . .«

Larson schaute auf den Umschlag. Er fragte: »Wer sind diese Leute vom *Coast Guardian*?«

Kells lächelte: »Das bin ich – ganz allein.«

Larson schlitzte den Umschlag auf, sah den Inhalt durch. Dann legte er den Umschlag auf die oberste Schublade seines Schreibtisches und stand auf. Auch Kells und Beery erhoben sich. Larson langte über den Schreibtisch und schüttelte ihnen die Hände. Sie verließen sein Büro und gingen nach unten.

Kells sagte: »Sieht ganz so aus, als hätte MacAlmon nicht geplaudert – vielleicht hat er mit dem ganzen Stoff abhauen können.«

Sie gingen am Reporterzimmer vorbei, und Beery sagte: »Wart mal einen Moment – das kann ich vielleicht rausfinden.« Er ging hinein, telefonierte, kam zurück und schüttelte den Kopf. »Bisher nichts.«

Ihr Taxi parkte auf der anderen Straßenseite. Kells schaute die First Street hinauf zu der Stelle, wo das zweite Taxi auf der anderen Seite der Hill Street geparkt gewesen war. Es war verschwunden.

Einen Augenblick blieb er stehen, schaute die First hinauf und sagte dann: »Komm mit.« Er überquerte die Straße.

Kells fragte den Fahrer: »Was ist mit dem anderen Taxi passiert?«

Der Fahrer schüttelte den Kopf. »Ich weiß auch nicht. Eben ist es noch da gewesen. Und dann, als ich hingeschaut habe, da war es weg.«

Kells stieg ins Taxi und starrte durch die offene Tür Beery an. Sein Gesicht war angespannt und weiß. »Wir wollten zu einer Autovermietung an der Los Angeles Street und einen Wagen samt Fahrer mieten, der uns nach San Bernardino bringen sollte. Aber sie hat die Adresse nicht gewußt – dahin können sie nicht gefahren sein.«

Beery sagte. »Vielleicht haben sie im Halteverbot gestanden und mußten einmal ums Karree fahren.«

Ein stämmiger, grauhaariger Mann kam auf die Treppe des Polizeireviers heraus und rief zu Beery herüber:

»Telefon, Shep – der Anrufer sagt, es ist wichtig.«

Beery rannte über die Straße, und Kells stieg aus dem Taxi und folgte ihm, so schnell er konnte. Das war nicht sehr schnell; sein Bein bereitete ihm heftige Schmerzen. Als er das Reporterzimmer betrat, stand Beery am Telefon, drückte den Hörer immer und immer wieder wütend auf die Gabel und schrie der Vermittlung zu, den Teilnehmer festzustellen. Dann sagte er: »Na schön – aber Beeilung –, hier ist das Polizeirevier«, legte dann auf und schaute Kells an.

Der Mann, der Beery ans Telefon gerufen hatte, warf beiden einen Blick zu, stand auf und ging hinaus in den Eingangsflur.

Sie schauten einander einen Augenblick schweigend an, und Beery setzte sich an einen der kleinen Schreibtische. Er sagte: »Sie haben sie.«

»Wer?«

»Ich weiß nicht – ich schätze, Crotti und MacAlmon. Du sollst mit MacAlmon ein Geschäft machen ...«

»Was meinst du damit, ein Geschäft?« Kells stand neben einem der Fenster, und sein Mund war zu einem harten, freudlosen Grinsen verzogen.

»Sie wollen die Hundertfünfzehntausend, und sie wollen sie schnell. Ich weiß nicht, mit wem ich gesprochen habe – ich konnte die Stimme nicht einordnen. Er hat gesagt, der Preis würde jeden Tag um fünfundzwanzig Riesen raufgehen – und sie würden dir jeden Tag einen Ihrer Zähne schicken, um dich immer daran zu erinnern, daß ...«

Kells lachte. Er schaute aus dem Fenster und lachte, ohne den Kopf zu bewegen, und dieses Lachen klang kalt und trocken und hohl. Er sagte: »Zur Hölle damit. Was bringt diese Idioten dazu, anzunehmen, daß sie mir so viel bedeutet? Was sie mir bisher eingetragen hat, waren nichts als Sorgen – ich will nichts mehr von ihr wissen.«

Beery saß da, starrte Kells an, und das Lächeln, zu dem sich seine Lippen verzogen hatten, war nur angedeutet.

»Ich bin aus allem raus – ich hab' meinen Anteil. Ich hau' ab.« Kells ging auf unsicheren Beinen zur Tür, drehte sich dann um und streckte die Hand aus.

Beery stand auf, nahm seine Hand und schüttelte sie ernst.

Kells sagte: »Gottverdammt, Shep, warum? Sie hat mich zigmal reingelegt. Woher soll ich wissen, daß das nicht wieder einer ihrer skandinavischen Tricks ist? Zuallererst ist sie Crottis Puppe gewesen ...«

Beery nickte bedächtig. Er sagte: »Na klar ...«

Wieder wandte sich Kells zur Tür. Er machte zwei oder drei Schritte, drehte sich dann um und hinkte müde zu einem der Schreibtische, setzte sich. Eine ganze Weile blieb er so sitzen und starrte ins Leere.

Dann sagte er: »Versuch mal, ob du MacAlmon erreichen kannst, Shep.«

Beery lächelte, holte sich das Telefon heran.

5

In MacAlmons großem Wohnzimmer in der Villa Dora waren sechs Männer versammelt. Crotti saß auf einer Seite eines an die Wand gerückten Schreibtischs. Er hatte sich mit einem Ellbogen schwer auf die große rosa Schreibunterlage gestützt, die die ganze Platte bedeckte. Seine wulstig rote Unterlippe war vorgeschoben, an den Mundwinkeln verzogen zu einem leeren, kalten Lächeln.

Ihm gegenüber im Zimmer saßen zwei Männer auf hochlehnigen Stühlen. Der eine war Max Hesse. Er war fett, blond und hatte eine von feinen Äderchen durchzogene rötliche Gesichtshaut; sein Anzug sah aus, als wäre er aus einer Pferdedecke geschneidert worden. Der andere Mann war brünett und schlank. Er wirkte unruhig und zappelig. Man hatte ihn schlicht als Carl vorgestellt.

Kells hockte in einem großen Sessel am Mitteltisch, und Beery hatte an einer Ecke des Tisches Platz genommen.

MacAlmon wanderte auf und ab, von der Tür zum Tisch und wieder zurück.

Kells sagte: »So auf gar keinen Fall. Sie haben die Granquist nicht hier – ich hab' die Kohle nicht. Übergeben Sie sie mir ganz offen und ohne irgendwelche Tricks, und dann können Sie wen Sie wollen mit einer Anweisung von mir zu einem bestimmten Ort schicken. Von dort kann Ihnen der Betreffende sein Okay geben, sobald er das Geld hat. Und dann gehen wir.«

Crotti richtete sein starres Lächeln von MacAlmon auf Kells. Er sagte: »Sie sind sehr vorsichtig.« Die Sprachbehinderung, die ihn zwang, seine Worte leise und schleppend vorzubringen, machte auf Kells den Eindruck, als flüstere er.

Kells nickte wortlos, ohne ihn anzuschauen.

Hesse lachte, und es war ein hohes, meckerndes Gackern.

MacAlmon schaute zu Crotti, hörte auf, im Zimmer umherzuwandern, und sagte, zu Kells gewandt: »Sie ist hier.« Er hob die Augen zu der Balustrade, die eine Hälfte des Raums umlief. Er rief nach oben: »Shorty.«

Eine der drei vom Podest abgehenden Türen öffnete sich, und ein gedrungener, hyperelegant gekleideter Filipino kam heraus und lehnte sich auf das Geländer. Er schob seinen hellgrünen Velourshut nach hinten und starrte kalt und ausdruckslos auf MacAlmon hinunter.

MacAlmon sagte: »Bring sie runter.«

Der Filipino trat zurück in das Zimmer und erschien dann mit der Granquist im Türrahmen.

Ihr Haar war aufgelöst, hing ihr strohfarben, strähnig und unordentlich über die Schultern. Ihre Augen waren geweitet und blicklos. Ein weißes Seidentaschentuch war ihr in den Mund gestopft worden, und ihre Hände waren am Rücken zusammengebunden.

Kells sagte: »Nehmt ihr diesen gottverdammten Knebel aus dem Mund.« Als er sprach, bewegte er kaum den Mund.

Beery erhob sich.

»Das tut mir sehr leid«, sagte Crotti, halb zu Kells gewandt.

»Sie hat ein großes Spektakel gemacht . . .« Er nickte dem Filipino zu.

Der Filipino langte geziert zu ihrem Gesicht hoch und zog ihr das Taschentuch an einer Ecke aus dem Mund. Sie holte scharf Luft; sekundenlang verdrehte sie die Augen, und dann schloß sie sie und schwankte zur Seite, streifte mit ihrer Hüfte das Geländer.

Kells stand langsam auf.

Crotti sagte: »Hinsetzen.«

Die Granquist schlug die Augen auf, wandte langsam den Kopf und schaute hinunter zu Kells. Sie öffnete leicht den Mund und versuchte zu sprechen. Dann ergriff der Filipino ihren Arm und führte sie die Treppe hinunter zu einem niedrigen Stuhl, der zwischen Kells und Crotti stand. Sie sank darauf, und der Filipino zog ein scharfes Messer aus der Tasche, trat hinter sie und schnitt die geflochtene Kordel durch, mit der ihre Hände gefesselt waren. Sie lehnte sich zurück und schlug die Hände vors Gesicht.

MacAlmon schlenderte zur Tür und wieder zurück.

Crotti fragte: »Wie fühlst du dich, Schwester?«

Die Granquist blieb bewegungslos, gab durch nichts zu erkennen, daß sie ihn gehört hatte.

Kells setzte sich in den großen Sessel, und Beery hockte sich wieder auf die Tischkante.

Kells zog ein schmales schwarzes Kartenetui aus seiner Tasche, entnahm ihm eine Spielkarte und sagte über die Schulter gewandt zu Beery: »Hast du einen Bleistift dabei?«

MacAlmon war von seiner Wanderung zur Tür zurückgekehrt und stand jetzt neben Kells. Er zog einen silbernen Drehbleistift aus seiner Westentasche und reichte ihn ihm. Hesse stand auf, ging hinaus in die Küche, kam mit einem Glas Wasser zurück, das er vorsichtig auf der

Lehne des Stuhls absetzte, wo die Granquist saß. Er tätschelte ihre Schulter und lächelte zu ihr hinunter. Einen Augenblick nahm sie die Hände vom Gesicht und starrte leer zu ihm hoch, dann bedeckte sie wieder die Augen mit den Händen.

»Wie viele Männer haben Sie draußen?« fragte Kells mit einem Seitenblick auf Crotti. Crotti lächelte nicht mehr. Seine weit auseinanderstehenden Augen blickten sehr ernst.

Er sagte: »Zwei – ein Auto.« Er zog eine dunkelgrüne Zigarre aus seiner Brusttasche, biß das Ende ab und zündete sie an.

Mit leichtem Lächeln beobachtete Kells ihn dabei. Crotti schaute hoch von der Flamme, nickte langsam und nachdrücklich. Hesse sagte: »Ich habe nur meinen Chauffeur draußen – er wartet . . .«

Kells legte die Spielkarte auf seine Stuhllehne und kritzelte etwas darauf. Er sagte: »Sie können Carl hier schicken« – er deutete mit dem Kopf auf den schlanken, nervösen Mann – »und jeden, der sonst noch draußen ist. Beery wird sie begleiten und ihnen sagen, wohin sie gehen müssen.« Er schaute Carl an. »Sobald sie das Geld haben, wird Beery uns hier anrufen, und Sie können es dann Ihrem Boß bestätigen.« Er nickte zu Crotti.

Jetzt lächelte Crotti wieder. Er sagte: »Abgemacht.«

Carl stand auf, kam zu ihm und nahm die Spielkarte. Beery stand neben dem Telefon; er notierte sich die Nummer.

Kells fuhr fort: »Vielleicht sollte das Schlitzohr auch mitgehen.«

Der Filipino warf ihm einen kalten Blick zu. Crotti schüttelte den Kopf. Kells grinste nur und zuckte die Achseln.

Er sagte: »Ich seh' dich später, Shep.«

Beery nickte, setzte seinen Hut auf und ging mit Carl zur Tür. Sie gingen hinaus.

Als Beery die Tür zumachen wollte, rief Kells ihm hinterher: »Sag dem Taxifahrer, daß er warten soll – wir kommen etwas später.«

MacAlmon ging zu einem Lichtschalter und sorgte für mehr Licht. Dann durchquerte er das Zimmer und legte sich auf einen breiten Diwan unter dem großen Vorderfenster. Die Vorhänge waren fest zugezogen.

Kells schielte auf eine hohe Standuhr in einer Ecke. Es war neunzehn Uhr fünfzig.

Hesse hatte jetzt MacAlmon darin abgelöst, rastlos im Zimmer umherzuwandern.

Kells stand auf und humpelte zum Stuhl der Granquist, setzte sich auf eine Lehne, beugte sich, die Hand um ihre Schulter gelegt, dicht zu ihr hinunter.

Sie flüsterte: »Gerry – es tut mir ja so leid.« Sie schaute ihn dabei nicht an.

»Sei still, Baby.« Er lächelte zu ihr hinunter und zog ihr sacht die Hände vom Gesicht.

»Was macht dein Bein?«

Er sagte: »Prächtig.« Mit einer Hand tätschelte er beruhigend sein Bein. Sie beugte den Kopf näher zu ihm. »Es ist alles so verdammt schnell passiert«, sagte sie. »Ich meine, rasend schnell. Sie haben sich auf der Straße quergestellt, und zwei von ihnen sind ins Taxi gestiegen, haben dem Fahrer und mir ein Schießeisen in die Rippen gedrückt, und dann sind wir hier rausgebracht worden. Borg ist sofort rausgesprungen, als er sie gesehen hat, und die First Street hinuntergerannt – der Wagen, mit dem sie uns gefolgt waren, ist ihm nach ...«

Kells sagte: »Er ist ihnen entkommen – er hat an der Ecke hinter dem Bahnhof auf uns gewartet. Er hat die einhundertfünfzehntausend Dollar zu einem kleinen Hotel an der Melrose gebracht. Dahin bringt Shep jetzt Crottis Männer ...«

Die Granquist seufzte, flüsterte: »Das ist so eine Masse Geld.«

Kells schüttelte langsam den Kopf. »Das war der erste wirklich ungesetzliche Schritt, den wir gemacht haben – vielleicht haben wir es nicht verdient.« Er rieb sich heftig die Stirn. »Was ist aus dem Taxi mit unserem ganzen Zeug drin geworden?«

»Es steht draußen in der Einfahrt. Sie haben den Fahrer bewußtlos geschlagen – er liegt oben und schläft.«

Sie schwiegen eine Weile, und dann sagte Kells: »Wir haben vergessen, den Wagen zurückzuschicken, den wir im *Miramar* gemietet haben – erinnere mich daran, daß ich ihn abliefere, sobald wir hier rauskommen.«

»Hmm, hmm.« Die Stimme der Granquist klang erstickt; sie hatte ihr Gesicht eng an ihn geschmiegt.

Kells stand auf und ging in die Küche. Er versuchte, die Hintertür aufzumachen, doch sie war verschlossen, und der Schlüssel steckte nicht. Als er zurückkam, hatte Crotti sich am Tisch breitgemacht und saß über eine Zeitung gebeugt.

Kells fragte: »Wie geht es dem Burschen, dem mein dicker Freund heute nachmittag eine Kugel verpaßt hat?«

Crotti wandte ihm den Kopf zu, nickte. »Dem geht's gut.«

Das Telefon klingelte, und Kells nahm ab.

MacAlmon setzte sich mit einem Ruck auf dem Diwan auf. Crotti wandte sich in seinem Stuhl langsam zu Kells. Hesse blieb kurz vor der Tür stehen. Der Filipino kippelte mit seinem Stuhl nahe der Treppe, die hoch zum Podest und den oberen Räumen führte. Er hatte sich den Hut über die Augen gezogen, und er saß bewegungslos da.

Kells sprach ins Telefon: »Ja, Shep?« Er hörte eine Weile zu, und sein Gesicht war kalt und steinern, seine Augenlider müde und schwer. Dann sagte er. »Ja, gut«, und legte den Hörer auf.

Mehr zur Granquist als zu einem der anderen gewandt, sagte er: »Borg ist verschwunden.«

Die Granquist beugte sich langsam vor.

Hesse fragte: »Wer ist Borg?«

»Der Knabe, der Ihre hundertfünfzehn Riesen hat.« Kells lächelte zu Hesse hinüber. Als er dem Filipino einen Blick zuwarf, entdeckte er, daß dieser eine schwarze Automatik in der Hand hielt. Sein Stuhl war noch immer an die Wand zurückgekippt, und auch der Hut bedeckte fast seine Augen.

Crotti stand auf. Er ging ein Stück auf Kells zu, blieb dann sehr aufrecht stehen, starrte auf Kells hinunter, und die Muskeln seines tiefgefurchten weißen Gesichts zuckten leicht. Mit einem Blick auf den Filipino schüttelte er fast unmerklich den Kopf.

Langsam sagte er: »Nein – das erledige ich lieber selbst, Shorty.«

Er schob eine Hand seitlich unter die Jacke und zog einen seltsam geformten deutschen Revolver heraus. Er hielt ihn sekundenlang am gestreckten Arm mit dem Lauf nach unten, und dann richtete er ihn auf Kells. Er hob ihn so, als hätte er ihn am liebsten ganz langsam, bewußt und kontrolliert auf Kells gerichtet, aber er vermochte es nicht; er riß ihn sehr schnell hoch.

Kells hatte leicht die Schultern zusammengezogen. Das Kinn hatte er zurückgenommen. Er blickte auf Crottis Füße, und seine Augen waren halb geschlossen.

Die Granquist stand auf, und ihr Gesicht war totenbleich, die Hände hielt sie krampfhaft an den Körper gepreßt. Sie war starr und stumm.

Dann krachte es laut und scharf. Es knallte zweimal, und die Schüsse hallten dumpf im Zimmer wider.

Kells stand noch immer mit leicht zusammengezogenen Schultern da, die Augen fast geschlossen.

Crotti schwankte nach links. Sein Gesichtsausdruck war fragend, besorgt; der Revolver löste sich aus seiner Hand und fiel klappernd zu

Boden. Eins seiner Beine gab langsam nach, und er sackte auf ein Knie, stürzte dann nach vorn aufs Gesicht.

Kells' Kopf zuckte hoch. Er schaute nach oben. Von der Galerie grinste Borg zu ihm herunter; aus dem kurzen Revolver in seiner Hand stiegen Rauchwölkchen. Der Filipino saß zusammengekrümmt, das Handgelenk zwischen die Knie gepreßt. Langsam machte er eine halbe Drehung auf einem Bein – sein Hut war heruntergefallen, und sein breites, plattes Gesicht war vor Schmerz verzerrt.

Borg sagte: »Mein Gott, fast genau so, wie die es im Kino machen.«

Hesse eilte zur Tür.

Borg schwenkte den Revolver herum, richtete ihn auf ihn und sagte: »Einen Moment.«

MacAlmon hatte sich nicht bewegt. Noch immer saß er auf der Kante des Diwans, starrte zu Crotti.

Kells sagte: »Gehen wir.«

6

Sie hielten vor einem Drugstore an der Ecke Sixth und der Normandie. Borg setzte sich mit dem anderen Taxi vor sie, und er und der Fahrer schafften Kells' Gepäck in das eine Taxi.

Kells sagte zu dem Fahrer: »Sie können anrufen und melden, wo dieses Taxi abgestellt ist, falls Sie möchten.« Er deutete auf das zweite Taxi. »Der Fahrer liegt bewußtlos in der Wohnung, aus der wir gerade gekommen sind – Apartment L.«

Borg sagte: »Aber nur vielleicht. Wahrscheinlich sind sie alle inzwischen längst weg.«

»Aber sie würden den Fahrer nicht mitnehmen.«

»Vielleicht doch – er könnte als Zeuge gegen sie aussagen.«

Kells und der Fahrer gingen in den Drugstore, um zu telefonieren. Kells rief Beery zu Hause an und sagte: »Prachtvoll, Shep ... Hast du Schwierigkeiten gehabt zu entkommen? ... Das ist wunderbar ... Borg ist ins Grübeln darüber geraten, wie jammerschade es doch wäre, das ganze Moos zurückzugeben, also hat er sich zu MacAlmons Wohnung geschlichen und ist durch ein Fenster geklettert ... Hmm, der verrückte Hund hätte fast dafür gesorgt, daß ich weggepustet werde, aber wenn er nicht da gewesen wäre, wäre ich jetzt nicht hier – also, was soll's? ... Ich weiß selbst noch nicht, ob ich ihm eins auf die Nase geben soll oder eine Prämie zur Belohnung ... Ich kann mir gut vorstellen, daß Crotti auf jeden Fall versucht hätte, mich umzulegen. Ob Borg nun da gewesen wäre, um das Geld abzuliefern, oder nicht. Ich glaube nicht, daß er mich sehr gemocht hat ... Bis bald, Shep. Und viel Glück – ich schick' dir eine Postkarte.«

Er hängte ein, ging hinaus und stieg mit der Granquist und Borg ins Taxi.

Der Fahrer drehte sich um und fragte: »Wohin soll's gehen?«

»Wie wär's, wenn Sie mit uns eine ganz lange Tour machen?« Kells schaute die Granquist an, lächelte dann dem Fahrer zu.

Der Fahrer sagte: »Aber klar. Je länger, desto besser.«

Kells sagte: »San Bernardino.«

Er lehnte sich zurück und schloß die Augen.

DAS DUNKEL

Der Raum war etwa fünf mal zehn Meter groß. Beide Längsseiten waren in sechs Nischen aufgeteilt. In einer der Schmalseiten war eine Tür, die in eine Art Küche führte, und auf der gegenüberliegenden Seite befand sich die Tür auf die Vordertreppe zur Gasse. Auf einem Tisch neben der Tür, die zur Küche abging, stand ein kleines Radio, und über dem Tisch an der Wand hing eine Uhr. Es war einundzwanzig Uhr fünf.

Kells, die Granquist und Borg saßen rechts in der dritten Nische von der Eingangstür, alle anderen Nischen waren leer.

Der Taxifahrer ging nach hinten zur Küchentür und rief: »Jake.« Dann bückte er sich zum Radio und stellte es an.

Ein Mann kam aus der Küche, sagte »Hallo« zum Fahrer, trat dann zu den anderen in der Nische. Er war ein großer Mann von ungefähr fünfundfünfzig Jahren mit einer langen, gebogenen Nase und einem drei oder vier Tage alten grauen Bart. Er wischte sich die Hände an seiner schmutzigen grau-weißen Schürze ab.

Kells fragte: »Wissen Sie, wie man einen Whiskey Sour macht?«

Der Mann verzog den Mund zu einem schiefen Grinsen und nickte.

»Dann los – und gießen Sie auch ein bißchen Whiskey ein.«

Die Granquist tupfte Puder auf ihre Nase, hielt den Kopf zurückgelehnt und schaute in einen kleinen Spiegel, den sie mit einer Hand etwas über Kopfhöhe hin und her bewegte.

Sie sagte: »Mir das gleiche – und Schinken und Ei.«

Borg war tief in den Sitz gerutscht. Er hatte das Kinn auf der Brust, und seine Augen waren geschlossen. Er fragte, ohne sich zu rühren oder die Augen zu öffnen: »Haben Sie zufällig Buttermilch da?«

Der Mann schüttelte den Kopf. Kells sagte: »Bringen Sie ihm auch einen Whiskey-Sour – und für alle Schinken und Ei. Aber frische Eier.«

Er hob den Kopf und rief dem Fahrer zu: »Ist Ihnen das recht?«

Plötzlich plärrte Tanzmusik aus dem Radio. Der Fahrer drehte sich zu ihnen um, lächelte, nickte.

Jake ging zurück in die Küche.

Die Granquist rief zum Fahrer hinüber: »Versuchen Sie doch mal, ob Sie Louis Armstrong reinkriegen.«

Jake steckte den Kopf durch die Tür und sagte: »Der kommt nie vor elf Uhr.« Sein Kopf verschwand.

Kells grinste der Granquist zu.

Sie sagte: »Komm, laß uns tanzen.«

»Sei nicht albern.« Er schielte hinunter auf sein Bein.

»Oh, das tut mir leid, Liebling.« Ihr Gesicht war plötzlich ernst und besorgt. »Was macht es?«

Er schüttelte den Kopf, ohne sie anzuschauen, blieb stumm; nach ungefähr einer Minute beobachtete er, wie Jake mit vier hohen Gläsern auf einem zerkratzten Blechtablett hereinkam.

Jake stellte das Tablett auf dem Tisch ab und sagte über die Schulter zum Taxifahrer: »Dreh die Skala auf zehn – das ist KGPL, die Welle der Polizei mit Durchsagen für die Funkwagen.« Dann ging er wieder zurück in die Küche. »Letzte Nacht hat's einen Überfall auf die Tankstelle gleich unten an der Ecke gegeben, und wir haben sofort davon gehört. Ich bin runtergegangen und hab' das Auto dieser Banditen vorbeifahren sehen – mit mindestens hundert Sachen.« Sein Kopf ruckte hoch, pendelte nach links und nach rechts, als wolle er sagen: »Das war doch was, oder?«

Der Taxifahrer drehte an der Skala, kam dann in ihre Nische und nahm sich eins der hohen Gläser. Er setzte sich an den Tisch genau auf der anderen Seite ihrer Nische und brachte den Trinkspruch aus, »Dann ein Prost auf uns alle«, trank.

Eine Weile wurde es still, nur das Zischen der bratenden Eier in der Pfanne war aus der Küche zu hören.

Dann kam im Radio ein Summton. Schnarrend meldete sich eine Stimme: »KGPL – Los Angeles Police Department . . . Wir rufen Wagen Nummer eins zweiunddreißig – Wagen Nummer eins drei zwei, bitte melden ... Berkley Ecke Gaines Street – Geleit für einen Krankenwagen ... Das ist alles ... Gordon.«

Die Ellbogen auf den Tisch gestützt, hielt die Granquist ihr Glas mit beiden Händen. Sie neigte das Glas, trank, sagte: »Nicht schlecht. Nicht gut, aber auch nicht schlecht.«

Kells hob den Kopf, rief: »Bringen Sie uns die Flasche, Jake.«

Borg öffnete die Augen, starrte düster auf seinen Drink.

Wieder knatterte es im Radio, erwachte es zum Leben: »KGPL ... Achtung, an alle Funkstreifen – Achtung, an alle Funkstreifen ... Wiederhole Meldung von acht-fünfzehn über Mord an Crotti ... Gefahndet wird nach folgenden Personen: Nummer eins – Gerard A. Kells. Beschreibung: ein Meter dreiundachtzig groß – Gewicht ca. achtzig Kilo – Alter: ungefähr fünfunddreißig – rotes Haar – blasses Gesicht – trägt einen dunkelblauen Anzug, einen schwarzen weichen Hut – zieht ein Bein nach infolge einer kürzlich erlittenen Schußverletzung.«

Mit einer Hand den Hals einer Whiskeyflasche umspannend, kam Jake aus der Küche. Er stellte sie auf den Tisch, und Kells entkorkte sie, neigte die Flasche und füllte sein Glas und das der Granquist und Borgs. Er schwenkte die Flasche zum Fahrer hin. Der Fahrer ging vom Tisch mit dem Radio weg, kam herüber, streckte sein Glas hin, und Kells goß Whiskey ein. Der Fahrer ging zurück, setzte sich jetzt an den Tisch, und Jake ging wieder in die Küche.

Im Hinausgehen rief er über die Schulter: »Schinken und Eier kommen gleich.«

Weiter tönte es aus dem Radio: »Nummer zwei – eine Frau, mutmaßlicher Name Miss Granquist – Vorname unbekannt – wird ebenfalls gesucht in Verbindung mit dem Mord an Bellmann. Beschreibung: ein Meter siebzig groß – Gewicht ca. fünfundfünfzig Kilo – Alter: siebenundzwanzig, blond – helle Gesichtsfarbe ... Nummer drei – Borg, Otto, J. Beschreibung: ein Meter vierundsechzig – Körpergewicht ca. neunzig Kilo – Alter: vierzig – brauner Teint ... Besonderer Hinweis für Wagen auf Straßen, die aus Los Angeles hinausführen: Die genannten Personen versuchen wahrscheinlich die Stadt zu verlassen. Gehen Sie keinerlei Risiko ein – die Gesuchten sind gefährlich ... Ende der Durchsage ... Gordon.«

Der Taxifahrer stellte sein Glas ab und stand vom Tisch auf. Er sagte: »Ich hab' vergessen, das Licht auszumachen«, und setzte sich in Richtung Tür in Bewegung.

Borg sagte: »Hinsetzen.« Er hatte sich nicht auf seinem Sitz aufgerichtet oder auch nur den Kopf gehoben. Der schwere, kurzläufige Revolver lag schimmernd in seiner linken Hand.

Kells stand langsam auf, zwängte sich aus der Nische und hinkte zur Küchentür. Er blieb im Eingang stehen und sagte: »Sie können das Telefon wieder hinlegen und uns jetzt den Schinken und die Eier rausbringen.« Er blieb auf der Schwelle stehen, bis Jake mit den vier Bestellungen von Schinken und Ei auf einem großen Tablett an ihm vorbeiging. Jakes Nase und Stirn glänzten vor Schweiß. Er stellte das Tablett auf dem Tisch ab, blieb stehen und wischte sich die Hände an seiner Schürze ab.

Der Taxifahrer drehte sich um, lief zurück an den Tisch und setzte sich. Er war sehr blaß geworden, und er lächelte zaghaft. Er griff nach seinem Drink.

Borg machte eine auffordernde Bewegung mit dem Kopf, und Jake ging hinüber und setzte sich zu dem Taxifahrer in die Nische.

Kells ging in die Küche.

Die Granquist schaute mit hartem, undeutbarem Blick gradeaus. Sie nahm einen der Teller mit Schinken und Ei vom Tablett, saß nur da und starrte darauf.

Aus der Küche konnte man Kells' Stimme hören: »Madison zwei vier fünf sechs ... Hallo – *Chronicle*? ... Lokalredaktion, bitte ... Hallo – ist Shep Beery da? ... «

Dann senkte er die Stimme so, daß nichts mehr zu hören war.

Er rief eine andere Nummer an und sprach lange Zeit mit leiser Stimme in den Apparat.

Die Granquist aß mechanisch. Borg leerte sein Glas, stand auf und brachte dem Taxifahrer seinen Teller. Der Fahrer setzte sich neben Jake und schnitt den gebratenen Schinken in dünne Scheiben.

Nach einer Weile kam Kells zurück und setzte sich. Er schob seinen Teller beiseite und goß Whiskey in die Gläser auf dem Tisch.

Er sagte ruhig: »Sie haben Shep verhaftet.«

Niemand sagte etwas. Die Granquist nippte an ihrem Glas, und Borg starrte Kells ausdruckslos an.

»Und man hat ihnen einen Tip gegeben, daß wir für den *Chief* morgen abend Platzkarten gebucht haben – sie überwachen alle Züge, alle Straßen – sie werden in diesem Zug bis Albuquerque mitfahren.« Kells trank. Er schaute zur Granquist, wandte dann langsam den Kopf und sah Borg an. »Und sie haben uns mit Abner hier – oder mit seiner Karre – in Verbindung gebracht.« Er nickte mit dem Kopf leicht zum Taxifahrer.

Borg sagte: »Beery hat geredet.«

»Nein.« Kells schüttelte langsam den Kopf. »Nein, das glaube ich nicht.«

Die Granquist setzte ihr Glas ab. »Sei doch kein Trottel, Gerry – er hat.«

Kells beugte sich über den Tisch und schlug ihr sehr hart auf den Mund.

Sie starrte ihn aus großen, entsetzten Augen an und legte langsam die Hände vors Gesicht. Kells schaute auf ihren Mund, und sein Gesicht war sehr weiß, die Augen fast geschlossen.

Borg saß kerzengerade.

Kells' Hand lag mit der Handfläche nach oben auf dem Tisch. Die Granquist streckte zögernd eine Hand aus, berührte ihn und sagte weich: »Tut mir leid.«

Kells schüttelte heftig den Kopf, schloß sekundenlag die Augen, öffnete sie wieder und schaute hinunter auf den Tisch. Er sagte: »Tut mir auch leid, Baby.« Er tätschelte ihren Handrücken.

Er stand auf, lehnte sich an die Rückwand der Nische und starrte minutenlang Jake und den Taxifahrer an.

Der Fahrer schaute von seinem Teller hoch und sagte: »Fahren wir jetzt nicht mehr nach San Bernardino?«

Kells' Miene verriet nicht, ob er ihn gehört hatte oder nicht. Seine Augen blickten stumpf und leer. Er sagte zu Borg: »Ich fahre zurück in die Stadt und will herausfinden, was es damit auf sich hat.«

Die Granquist erhob sich hastig. Ihre Augen glänzten sehr hell, und ihr Gesicht war angespannt und entschlossen. Sie sagte: »Ich komme mit.«

Kells beugte den Kopf leicht zur Seite. »Du bleibst hier – und der Dicke wird dir Gesellschaft leisten. Falls ich es nicht schaffe, hörst du von mir übers Radio – oder auf andere Weise.« Er richtete den Blick auf Borg. »Du beschaffst dir einen Wagen und bringst sie nach Las Vegas oder zu irgendeinem Bahnhof der United Pacific, wo ihr gefahrlos einen Zug nehmen könnt.«

Borg nickte.

»Ich werde herausfinden, was aus der Immunität geworden ist, die uns Berrys Kumpel, der Captain, versprochen hat«, fuhr Kells fort. »Man behauptet von ihm, daß er den Polizeichef in der Tasche hat – und der Bezirksanwalt ist sein Schwager.« Er goß sich einen Drink ein. »Jetzt will er uns Daumenschrauben anlegen, weil wir Crotti umgelegt haben, den Volksfeind Nummer eins.« Er trank, lächelte freudlos.

»Gott, das ist lachhaft.« Kells warf einen Blick auf die Granquist, bewegte leicht Kopf und Schultern, wandte sich ab und ging hinaus in die Küche. Sie folgte ihm. Er saß auf der Kante eines großen Tisches, und sie ging zu ihm und legte ihm einen Arm um die Schulter, drückte eine Hand an seine Brust. Ihr Gesicht kam dem seinen ganz nahe.

Er sprach ruhig, flüsterte fast: »Ich muß allein gehen, Baby. Das Risiko ist schon groß genug, daß ich entdeckt werde – aber wenn wir zusammenbleiben, ist das für die Bullen ein gefundenes Fressen.«

»Können wir nicht hier warten, bis sich alles ein bißchen abgekühlt hat, oder unser Glück versuchen, jetzt von hier wegzukommen?« Ihre Augen waren heiß und trocken; ihre Stimme zitterte leicht.

Kells sagte: »Nein. Das würde bedeuten, daß wir das Land verlassen müßten – und das würde heißen, daß wir immer und überall auf der Flucht sind. Ich hab' das schon mal erlebt, und ich will es nicht noch mal durchmachen.«

Er zog ein kleines, in braunes Papier gewickeltes Päckchen aus der Innentasche seiner Jacke und reichte es ihr. »Da drin sind ungefähr einhundertneunzig Riesen«, sagte er. »Laß Borg nicht wissen, daß du sie hast. Ich glaube zwar, daß er okay ist, aber es ist eine Menge Geld.«

Sie nahm das Päckchen an sich und steckte es in eine der großen Taschen ihres langen Tweedmantels.

Kells fragte: »Hast du eine Waffe?«

Sie nickte und tätschelte ihre Handtasche. »Ich hab' mir die von dem Schlitzohr geschnappt – dem Burschen, den Crotti bei sich hatte.«

Kells küßte sie. Er sagte: »Ich laß dir irgendwie eine Nachricht zukommen, oder ich bin morgen mittag zurück. Paß auf dich auf.«

Hinkend ging er zur Tür, dann hinüber in den größeren Raum. Die Granquist folgte ihm bis zur Tür, blieb, an den Türrahmen gelehnt, stehen; ihr Gesicht war kreidebleich, und sie biß sich auf ihre tiefrote Unterlippe.

Über die Schulter gewandt, rief Kells dem Taxifahrer zu: »Los, kommen sie.«

Der Fahrer sprang auf und folgte ihm zur Eingangstür.

Kells drehte sich an der Tür noch einmal um und sagte zu Borg: »Wir sehen uns dann.« Er schaute die Granquist nicht an. Er ging hinaus, der Fahrer folgte ihm und schloß die Tür hinter sich.

2

Auf der Kenmore, unweit des Beverly Boulevard, beugte Kells sich vor und klopfte an die Scheibe. Das Taxi kurvte an den Bordstein, und der Fahrer schob die Trennscheibe zurück.

Kells fragte: »Sind Sie verheiratet?«

Der Fahrer wirkte einen Augenblick verblüfft, sagte dann: »Hmm, ja – es ist nur so, daß wir nicht sehr gut miteinander auskommen.«

Kells lächelte in der Dunkelheit. »Vielleicht kommen Sie besser miteinander zurecht, wenn Sie sie mal auf eine kleine Urlaubsreise mit nach Caliente nehmen – oder nach Catalina.« Er streckte ihm vier zerknitterte Geldscheine hin, und der Fahrer griff danach und nahm sie an sich. Er hielt sie in das trübe Licht des Taxameters, stieß einen Pfiff aus, und dann steckte er die Scheine hastig in die Tasche und sagte: »Ja, Sir?«

Kells sagte: »Ich möchte, daß Sie sich daran erinnern, daß Sie uns nach Lankershim gefahren haben und daß wir dort den Wagen gewechselt und uns Richtung Frisco auf den Weg gemacht haben. Reicht ihr Gedächtnis dafür?«

»Ja, Sir.« Der Taxifahrer nickte heftig.

»Falls Ihr Gedächtnis doch nicht so gut sein sollte«, fuhr Kells fort, »gebe ich Ihnen noch zwei Tage. Meine Freunde hier wären nämlich rasend wütend, falls mir etwas passieren sollte, nur weil Sie Gedächtnislücken haben.« Er senkte die Stimme und sprach jedes einzelne Wort überdeutlich aus. »Haben Sie genau verstanden, was ich meine?«

Der Fahrer sagte: »Ja, Sir – ich verstehe.«

Kells stieg aus, blieb am Bordstein stehen, bis das Taxi auf den Beverly gebogen war, und verschwand. Dann ging er in den Drugstore an der Ecke, rief den Taxistand vor dem *Ambassador* an und fragte, ob Nummer achtundfünfzig da sei. Nein, er mache eine kurze Fahrt, werde jedoch bald zurückerwartet, beschied man ihn. Kells hinterließ die Nachricht für Nummer achtundfünfzig, ihn am Beverly, nahe der Normandie, abzuholen, ging dann aus dem Drugstore und wandte sich nach Westen.

Er hatte jetzt kaum noch Schmerzen im Bein. Er war sich nicht ganz sicher, ob es inzwischen besser geworden oder nur vorübergehend taub war. Jedenfalls fühlte er sich um vieles besser – er konnte ohne große Anstrengung laufen.

Ein Taxi löste sich aus dem Verkehr nach Norden und fuhr an der

Ecke Normandie an den Randstein. Nummer achtundfünfzig steckte den Kopf aus dem Fenster und grinste Kells zu.

Kells kletterte in das Taxi, fragte: »Wie geht's?«

Nummer achtundfünfzig sagte: »Prima. Und selbst? Wohin soll's gehen?«

»Fahren wir zuerst zu dem Apartmenthaus an der Ecke Yucca und Cahuenga.« Kells lehnte sich zurück.

Sie fuhren über die Normandie zur Franklin, dann auf der Franklin nach Westen zur Argyle, da, wo die Argyle einen Bogen beschreibt, noch zwei Blocks nach Westen bis zur Cahuenga. Kells stieg aus und sagte: »Es dauert nicht lang«, ging dann in das Apartmenthaus an der Ecke. Am Empfangspult fragte er nach der Nummer des Apartments von Mr. Beery, stieg in den Aufzug und drückte den Knopf zum dritten Stockwerk.

Florence Beery war groß – fast so groß wie Kells – und schlank. Ihr Haar war sehr dunkel, und ihre Augen groß mit dunklen Schatten darunter. Sie stand in der Tür und schaute Kells an, und ihr Gesicht war eine harte, steinerne Maske.

Sie sagte schleppend: »Nun – was wünschen Sie?« Ihre Stimme war eisig, bitter.

Kells streckte einen Arm vor und lehnte sich in den Türrahmen. Er fragte: »Darf ich reinkommen?«

Sie blickte ihn eine Weile unverwandt an, drehte sich dann um und ging ihm durch den kurzen Flur ins Wohnzimmer voran. Er schloß die Tür, folgte ihr ins Wohnzimmer und setzte sich hin.

Sie blieb mitten im Zimmer stehen, starrte die Wand an, wartete.

Kells nahm den Hut ab und legte ihn auf den Diwan neben sich. Er sagte: »Tut mir leid wegen Shep –«

»Es tut Ihnen leid.« Langsam wandte sie ihm ihr Gesicht zu. Ihre Augen hatte sie zu Schlitzen zusammengekniffen. »Leid. Was für ein Augenblick, zu sagen, daß es Ihnen leid tut.« Sie schwankte leicht.

Kells sagte: »Warten Sie, Florence. Shep wäre jetzt nicht im Knast, wenn er sich nicht mit mir eingelassen hätte. Aber er hätte jetzt auch nicht ein dickes Polster von zehn oder zwölf Riesen auf der Bank. Das Geld zu nehmen kann doch wohl nicht so schwer gewesen sein, oder?«

Noch immer schwankend, stand sie da, starrte ihn mit leeren, blicklosen Augen an. Dann schluchzte sie auf, und es war ein trockener, reißender Laut in ihrer Kehle, und blindlings tappte sie zwei Schritte auf ihn zu. Als sie sprach, war es, als wolle sie schreien – aber ihre

Kehle war wie zugeschnürt, die Worte kamen leise heraus, brüchig wie rauher Stoff, der reißt.

»Sie gottverdammter Kerl. Wissen Sie nicht, daß Shep tot ist – tot.«

Das Wort schien eine Feder in ihrem Innern ausgelöst zu haben – ihr Blick richtete sich fest auf ihn, ihre Bewegungen waren schnell und flüssig. Die Hände wie Krallen gekrümmt, sprang sie auf Kells zu.

Er hatte sich halb erhoben, um sie abzufangen, erwischte eins ihrer Handgelenke, riß sie herum und zwang sie in die Knie. Die Fingernägel ihrer freien Hand gruben sich in seine Wange, rissen seine Haut auf. Er schlang den rechten Arm um ihre Schultern, hielt ihre Handgelenke mit beiden Händen umspannt; dann hielt er ihre Handgelenke mit der rechten Hand fest, drückte mit der linken ihren Kopf zu sich herunter. Sie keuchte scharf und abgehackt, stieß hervor: »Mistkerl! Mistkerl!« wiederholte es immer und immer wieder. Dann entspannte sie sich plötzlich und wurde schlaff in seinen Armen – ihre Schultern zuckten hilfslos –, sie schluchzte, doch es war kein anderer Laut zu hören als ihr tiefes, stoßweises Atemholen.

Kells gab sie sanft wieder frei und stand auf. Er wanderte bis zur anderen Zimmerwand, machte dann kehrt. Seine Augen waren weit offen, und auch sein Mund war leicht geöffnet, schien schwarz in der grünlichen Blässe seines Gesichts. Er sank neben ihr auf die Knie, legte ihr wieder den Arm um die Schultern, sprach dann ganz ruhig: »Florence, um Himmels willen – wann? – Wie?«

Nach einer Weile flüsterte sie, ohne den Kopf zu heben: »Als sie ihn aufs Revier abgeführt haben – Schüsse aus einem Auto – man weiß nicht, wer es gewesen ist . . .«

Kells starrte über ihre Schulter durchs Fenster auf eine Lichtreklame, die flackernd an und aus ging. Sein Blick war glasig, kalt – der Mund etwas verzerrt. So blieb er kurze Zeit am Boden hocken, löste dann den Arm von ihren Schultern, nahm seinen Hut, setzte ihn auf, erhob sich. Er stand da und schaute vielleicht eine Minute lang bewegungslos zu ihr hinunter. Dann wandte er sich ab und ging aus dem Zimmer.

3

Es war zweiundzwanzig Uhr fünfzig, als das Taxi vor einem Bungalow an der South Gramercy an den Bordstein fuhr.

Nummer achtundfünfzig drehte sich um, sagte: »Sie waschen sich besser erst das Blut vom Gesicht, bevor Sie da reingehen.«

Kells führte die Finger seiner linken Hand mechanisch an seine Wange und zog sie feucht und klebrig wieder zurück, nahm ein Taschentuch heraus und drückte es an seine Wange, stieg aus dem Taxi und ging auf das dunkle Haus zu.

Nachdem er vier- oder fünfmal die Klingel gezogen hatte, ging oben ein Licht an, und er hörte jemanden herunterkommen. Der untere Teil des Hauses blieb in Dunkelheit gehüllt, doch über ihm – in der Decke der überdachten Veranda – flammte ein Licht auf. Er stand mit dem Kinn auf der Brust da, hatte sich den Hut über die Augen gezogen und schaute auf die Unterkante der Tür.

Sie wurde aufgemacht, und Captain Larsons Stimme sagte aus der Dunkelheit zu ihm: »Kommen Sie herein.« Kells ging hinein.

Das Verandalicht ging aus, im Zimmer wurde Licht gemacht. Hinter ihm schloß sich die Tür.

Es war ein ziemlich großes Wohnzimmer, das zusammen mit einem kleineren Eßzimmer die ganze Breite des Hauses einnahm. Die Möbel waren hauptsächlich billig, hauptsächlich eingebaut. Die Tapete war hell und von minderer Qualität.

Larson stand im Nachthemd mit dem Rücken zur Tür, die großen Füße in flauschigen Pantoffeln. Er hielt einen Colt .38 Revolver sicher in seiner rechten Hand. Er sagte: »Holen Sie sich einen Stuhl ran.«

Kells setzte sich auf einen Stuhl, der ihm am bequemsten schien, und lehnte sich zurück. Larson zog sich selbst einen Stuhl heran, setzte sich auf die Kante, behielt Kells im Blick. Er beugte sich vor, stützte die Ellbogen auf die Knie – der Revolver, den er in der rechten Hand hielt, baumelte zwischen seinen Schenkeln. Mit der anderen Hand kratzte er sich heftig die Nase. Er sagte: »Was haben Sie vor?«

Kells schob seinen Hut ein Stück zurück und starrte Larson schläfrig an.

»Sie haben mir heute nachmittag einen Freifahrschein gegeben«, sagte er. »Im Austausch gegen einiges Material, das ein Riesenloch in Ihre Administration – in Ihren ganzen Apparat gerissen hätte.« Er machte eine Pause, veränderte seine Sitzposition. »Jetzt mit einemmal versuchen Sie mich zu krallen, weil irgendwer auf die blöde Idee gekommen ist, daß ich was mit dem Abservieren von Crotti zu tun habe. Wie reimt sich das zusammen?«

»Der Reim darauf, das ist Crotti.« Larson spuckte in weitem Bogen genau in den Kamin, wischte sich mit dem Ärmel über den Mund. Er lehnte sich zurück, schlug die Beine übereinander und hielt den Revolver locker im Schoß. »Es ist eine Menge Wasser unter der Brücke durchgeflossen, seit ich Sie heute nachmittag gesehen habe«, fuhr er fort. »Zuerst einmal habe ich Ihnen gar keinen Freifahrschein gegeben, wie Sie es nennen – ich hab' Ihnen gesagt, daß man Ihnen und Ihrem Mädel im Zusammenhang mit einer ganzen Menge Sachen wahrscheinlich gern ein paar Fragen stellen würde. Richtig, ja, und ich hab' die Andeutung gemacht, daß wir, falls Sie nicht zur Stelle sind, wenn die Zeit für die Vernehmung gekommen ist, nicht allzu weit nach Ihnen suchen würden.« Er zog ein zerknautschtes Taschentuch aus der Tasche seines Nachthemds und schnaubte sich geräuschvoll die Nase.

»Crotti ist nun wieder was ganz anderes.« Kells' Lippen verzogen sich zu einem Lächeln. »Crotti war doch Ihr Gangster Nummer eins«, sagte er. »Falls ich was mit seiner Ermordung zu tun haben sollte, müßte man mir dafür eher eine Medaille verleihen – aber keine Klage anhängen.«

Von oben war die brüchige, quengelnde Stimme einer Frau zu hören. »Was ist los, Gus?«

Larson spuckte wieder in den Kamin, schaute zur Treppe hoch. »Nichts. Geh' wieder ins Bett.«

Er wandte sich wieder an Kells, und sein großer schlaffer Mund teilte sich zu einem breiten Grinsen. »Sie sind weit hinter den Ereignissen zurück«, sagte er. »Crotti hatte sich heute morgen mit meinen Leuten verständigt. Sie waren höllisch scharf darauf, eine Organisation wie die seine zur Rückenstärkung zu bekommen, und sie waren nicht wenig enttäuscht, als Sie ihn weggeputzt haben. Das ist einer der Gründe dafür, warum ein Haftbefehl gegen Sie raus ist . . .«

Kells hielt sein Taschentuch an die blutende Wange. Er sagte: »Welches sind die anderen Gründe?«

»Jack Rose hat Crottis Stelle eingenommen.«

Kells lachte tonlos. »Sie machen Spaß.«

»Nein.« Larson wirbelte den Revolver einmal um seinen dicken Zeigefinger. »Rose hat vor ein paar Tagen mit Crotti einen Deal gemacht. Als Crotti heute abend erschossen worden ist, hat Rose keine Zeit damit verloren, Druck auf meine Leute auszuüben, und Sie haben keine Zeit damit verloren, den Druck an mich weiterzugeben. Jetzt sind Sie dran.«

»Aber Rose wird doch gesucht, wegen O'Donnell –«

»Jetzt nicht mehr.« Larson lachte glucksend. »Ich hab' Ihnen ja gesagt, daß Sie mit dem Gang der Ereignisse nicht Schritt halten. Das eine ist, daß Lee Fenner sich heute abend gegen acht Uhr erschossen hat. Er ist der einzige gewesen, der in der O'Donnell-Sache gegen Rose hätte aussagen können – also scheidet das aus. Und Rose behauptet nun, Sie hätten O'Donnell getötet, behauptet, daß er das unter Eid aussagen würde – und daß er noch einen weiteren Zeugen parat hat.«

Kells sagte müde: »Ist das alles – werde ich nur wegen zweifachen Mordes gesucht?«

»Für heute abend reicht's jedenfalls. Matheson hat mich vor ein paar Stunden angerufen und gesagt, Perrys Frau hätte ihn besoffen angerufen und erklärt, sie wollte ihr Geständnis widerrufen, daß Perry Doc Haardt umgebracht hat.« Larson grinste breit und erhob sich. »Vielleicht können wir Ihnen das morgen früh auch noch anhängen.«

Er machte zwei Schritte auf einen kleinen Beistelltisch zu, nahm den Hörer mit einer Hand vom Apparat, hockte sich hin, bis sein Mund fast die Sprechmuschel berührte. Den Revolver hielt er mit der rechten Hand, beobachtete Kells angespannt, während er ins Telefon sprach.

»Geben Sie mir Michigan sechs eins eins eins, Schwester. Hmm ... Hallo, Mike – hier ist Gus ... Kells ist hier draußen bei mir – bei mir im Haus ... Kommt raus und holt ihn euch ... Hmm.«

Er legte den Hörer auf, erhob sich, ging zurück zum Stuhl und setzte sich wieder.

»Sie sind in der vergangenen Woche in fast jeden gottverdammten Mord verwickelt gewesen«, sagte er. »Für mich sieht es ganz so aus, als wären Sie der Revolvermann Nummer eins – und nicht Crotti.«

Kells beugte sich langsam nach vorn.

Larson sagte: »Stillsitzen.«

Kells fragte: »Was glauben Sie wohl, wie groß meine Chancen sind, lebend und auf eigenen Füßen bis zum Revier zu kommen?«

»Was meinen Sie damit?« Larson schnaubte sich die Nase.

»Ich meine damit, die haben Beery unterwegs erwischt, nachdem er verhaftet worden war. Ich meine, Ihr Wachhabender hat Rose längst einen Tip gegeben, daß ich hier draußen bei Ihnen bin – er wird zur Stelle sein, sobald Ihre Cops hier anrauschen –, er wird draußen warten. Dann kann man mich gleich ins Leichenschauhaus schaffen.«

Larson sagte: »Ah, sagen Sie doch so was nicht.« Er kniff die Augen zusammen, als versuche er sich an etwas zu erinnern, sagte dann stolz: »Sie haben einen Verfolgungswahn. Genau das haben Sie – einen Verfolgungswahn.«

Kells stand auf.

Larson deutete nachdrücklich mit einem Kopfnicken zum Stuhl und blaffte: »Setzen Sie sich.«

Kells sagte gedehnt: »Ich bin ziemlich schnell, Gus. Ich wette, Sie können mir ins Herz schießen, und trotzdem zieh' ich noch die Waffe, und Sie haben ein paar Kugeln im Bauch, bevor ich zu Boden gegangen bin.« Er lächelte leicht. »Versuchen wir es.«

Larson sagte laut: »Hinsetzen!«

»Ich wette, Sie treffen nicht mal mein Herz – ich wette, Sie sind ein lausiger Schütze.« Kells machte einen kurzen Schritt nach vorn, hatte das Gewicht jetzt auf beide Füße verteilt.

Larson wurde weiß im Gesicht. Sein großer, schlaffer Mund stand leicht offen.

Kells sagte: »Dann los.« Seine Hand fuhr blitzschnell seitlich unter seine Jacke.

Larsons Schultern zuckten konvulsivisch, seine rechte Hand stieß nach vorn, kam mit dem Revolver hoch. Gleichzeitig sank sein Kopf nach vorn. Er stürzte vorwärts vom Stuhl. Der Revolver rutschte scheppernd über den Boden.

Kells stand auf den Fußballen, vor der Brust hielt er eine Automatik. Er starrte hinunter auf Larson, und seine Augen wurden groß, blickten überrascht. Er sagte wie zu sich selbst: »Verdammt will ich sein.«

Larson kauerte auf Händen und Knien; seine mächtigen Schultern und der feiste Hals waren wie im Krampf eingezogen.

Kells bückte sich, hob den Revolver auf und steckte ihn in seine Manteltasche. Dann lachte er fast unhörbar und sagte: »Feiger, korrupter Cop. Das ist das erste Mal, daß mir mein Ruf was genützt hat.«

Er ging schnell zur Tür, wandte sich noch einmal mit einem schnellen Blick um. Larson, immer noch auf Knien, hatte sich aufgerichtet. Er schaute Kells nicht an; er stierte auf die Wand – er atmete schwer und stoßweise.

Kells zog die Tür auf, ging hinaus und schloß sie hinter sich.

4

Nummer achtundfünfzig sagte: »Da ist er.«

Sie hatten im tiefen Schatten zwischen zwei Laternen im nächsten Straßenzug, etwas abseits von dem, in dem sich Larsons Haus befand, geparkt. Ein großer Tourenwagen war ohne Licht fast geräuschlos die Straße heraufgekommen und hatte gegenüber von Larsons Haus gehalten.

Kells sagte nichts. Er saß zusammengekauert in einer Ecke des Taxis, und obwohl die Nacht ziemlich warm war, fröstelte ihn.

Nach wenigen Minuten bog ein zweites Auto um die Ecke und fuhr vor Larsons Haus vor. Kells beugte sich vor und beobachtete das Geschehen durch die Frontscheibe. Drei Männer stiegen aus und gingen hinein. Kurze Zeit später kamen sie wieder heraus; einer von ihnen ging über die Straße und blieb neben dem Wagen stehen, der zuerst gekommen war. Die anderen stiegen in das zweite Auto und fuhren davon.

Dann stieg der Mann in den dunklen Wagen, die Scheinwerfer wurden aufgeblendet, und er fuhr weg.

Kells sagte: »Halten Sie reichlich Abstand.«

Nummer achtundfünfzig wartete ab, bis der andere Wagen mehr als die Hälfte der langen Häuserreihe zurückgelegt hatte, und ließ dann langsam die Kupplung kommen. Kells wühlte in seinen Taschen, bis er die Blechbüchse mit Aspirintabletten gefunden hatte, und nahm zwei. Der andere Wagen bog nach links auf die Third Street. Nummer achtundfünfzig ging aufs Gas, bog ebenfalls in die Third; anderthalb Seitenstraßen voraus waren die Rücklichter zweier Autos zu sehen. Er folgte dem schnelleren der beiden Fahrzeuge nach Norden bis zur Rossmore, fuhr dicht genug heran, bis er erkannte, daß er richtig geraten hatte, und ließ sich dann zurückfallen.

Sie schwenkten wieder westlich auf den Beverly, dann zur La Brea.

Kells saß seitlich auf seinem Sitz und schaute durchs Rückfenster. Er beugte sich plötzlich nach vorn, sprach hastig auf Nummer achtundfünfzig ein. »Behalten Sie diesen Wagen im Auge – Sie müssen das jetzt allein tun. Ich muß was anderes beobachten. Wir werden verfolgt.«

Nummer achtundfünfzig sagte: »Geht klar.«

Sie bogen von der La Brea ab nach Westen auf den Santa Monica Boulevard.

Kells war sich jetzt sicher, daß sie verfolgt wurden. Der Wagen war ein großes blaues oder schwarzes Coupé – chromblinkend, mit starkem Motor.

Auf dem Santa Monica Boulevard, ein Stück über die Gardner hinaus, sagte Nummer achtundfünfzig, über die Schulter gewandt: »Sie halten.«

»Fahren Sie vorbei – ganz langsam.«

Kells drückte sich tief in die Ecke, sah vier Männer, die aus dem Tourenwagen stiegen und auf die andere Straßenseite wechselten. Er glaubte, daß einer der Männer Detective Lieutenant Reilly war; ganz sicher war er sich nicht. Er erkannte keinen der anderen.

Nummer achtundfünfzig fragte: »Was mach' ich jetzt?«

»Fahren Sie weiter – langsam.« Kells zog die Automatik aus dem Schulterhalfter, balancierte sie auf der Handfläche. Er beobachtete, wie das große Coupé langsam herankam.

An der zweiten Nebenstraße hatte es sie eingeholt, und es blieb auf gleicher Höhe.

Kells sagte: »Biegen Sie an der nächsten Seitenstraße nach rechts ab.« Er hatte sich tief in die dunkle Ecke des Taxis gedrückt und beobachtete das Coupé angespannt. Dann hielt der Fahrer des Coupés eine Hand hoch, und Kells erkannte, daß es Borg war. Beide fuhren in die Nebenstraße, dann noch etwa hundert Meter weiter, bis sie eine Stelle gefunden hatten, wo es relativ dunkel war. Borg parkte ein kleines Stück vor dem Taxi.

Kells stieg aus und ging nach vorn zu dem Coupé. Er sagte unfreundlich: »Das ist genau die Art, wie Leute zu einem Unfall kommen.«

Borg blieb stumm.

Die Granquist saß sehr tief im Sitz neben Borg. Jetzt richtete sie sich auf und sagte: »Dein anderer Fahrer hat alles ausgespuckt, und die hatten Wind bekommen, daß wir da draußen in diesem Loch sind, wo wir –«

Borg unterbrach sie: »Eine prachtvolle Erfindung, so ein Radio. Ich wüßte nicht, was wir ohne es gemacht hätten.«

»Und dann, ganz kurz, bevor wir weggegangen sind«, fuhr die Granquist fort, »ging die Meldung an den Wagen in Larsons Nachbarschaft, daß man losfahren und dich festnehmen sollte – so haben wir auch die Adresse bekommen. Borg konnte kein passendes Auto finden, also haben wir dieses hier gemietet –«

»Verdammt, und haben uns fast den Hals gebrochen, um zu Larson zu kommen«, führte Borg zu Ende aus.

Kells fragte: »Wo habt ihr mich aufgespürt?«

»Wir sind gerade von der Third auf die Gramercy gebogen, als Sie in die Third reingefahren sind.« Borg zündete seinen Zigarrenstummel an. Er deutete mit dem Kopf zur Granquist. »Miss Adlerauge hier hat gemeint, sie hätte Sie in dem Taxi entdeckt – und ich hab' geglaubt, sie wäre nicht ganz bei Trost. War sie aber doch.«

»Habt ihr gemerkt, daß ich einem anderen Wagen gefolgt bin?«

Die Granquist sagte: »Ja, sicher.«

»Das war einer von Roses Wagen.« Kells stellte ein Bein aufs Trittbrett und lehnte sich an die Tür. »Die haben mit Larson ausgeheckt, mich in dem Augenblick niederzuknallen, wenn die Cops mich abführen.« Er zögerte einen Augenblick. »Das ist mit Shep passiert, als sie ihn festgenommen haben.«

Borg schluckte, setzte zu sprechen an. »Sie haben . . .«

Die Granquist sagte: »Gerry – um Gottes willen. Steig ein und laß uns hier wegfahren.« Ihre Stimme war leise; sie sprach sehr schnell und drängend. »Bitte, Gerry. Laß uns jetzt fahren – wir schaffen es bis drei Uhr früh bis zur Grenze.«

»Doch, klar. Ein bißchen später.« Kells schaute auf den schwarzen und gelben Himmel.

Es begann leicht zu regnen.

Borg sagte: »Also, was jetzt?«

»Dieser Wagen hat vor *Ansel's* gehalten.« Kells deutete mit dem Kopf zurück zum Santa Monica Boulevard. »Ansel zieht da Würfelspiele auf, und Rose schützt ihn – ich bin schon dagewesen. Man kann ziemlich sicher wetten, daß Rose auch da ist und daß eine Wagenladung Scharfschützen dahin zurückgefahren ist, um ihm zu berichten.«

Borg sagte: »Soso, aha. Und was nun?«

Kells starrte Borg ausdruckslos an. »Also gehe ich da rauf und erzähle Rose von Beery – von Beerys Frau.«

Die Granquist öffnete plötzlich die Tür, sprang auf der anderen Wagenseite auf den Bürgersteig. Sie ließ die Arme steif an den Seiten herabhängen, und ihre Hände waren zu Fäusten geballt; sie zitterte heftig. Sie ging etwa zehn Meter den Bürgersteig hoch – ihr Gang wirkte so, als müsse sie sich gewaltig anstrengen, langsam zu gehen. Dann drehte sie sich um, lehnte sich an einen Telefonmast und blickte zurück zum Auto.

Kells beobachtete sie; in der Dunkelheit konnte er ihr Gesicht nicht sehen, nur die schwachen Umrisse ihrer Gestalt. Er wandte sich langsam an Borg.

»Sie können hier warten«, sagte er. »Oder vielleicht warten Sie besser an der ersten Ecke vor *Ansel's.* Und bleiben Sie im Wagen – beide.«

Borg sagte: »In Ordnung.«

Kells ging auf die Granquist zu. Er blieb stehen, schaute kurze Zeit zu ihr hinunter und fragte dann: »Was ist los, Baby?«

Als sie schließlich antwortete, war ihre Stimme betont sarkastisch. »Was los ist? Was los ist?« Dann wechselte sie unvermittelt den Tonfall – sie legte eine zitternde Hand auf seinen Arm. »Gerry – tu's nicht«, sagte sie. »Laß es sein – bitte – nur dieses eine Mal . . .«

Er lächelte dünn. Er schüttelte leicht den Kopf.

Sie nahm ihre Hand von seinem Arm, und plötzlich war ihre Stimme ätzend, metallisch. »Du – du und dein Stolz. Du und deine Risikobereitschaft – du und deine Ganovenrache!« Sie lachte schrill, hysterisch. »Du hast zu viele Gangsterfilme gesehen – das ist es, was bei dir nicht stimmt . . .«

Kells starrte sie ausdruckslos an. Er wandte sich abrupt ab und ging mit langen Schritten zum Auto zurück.

Sie war hinter ihm, schluchzte, versuchte ihn am Arm festzuhalten.

»Gerry!« Die nächsten Worte sprach sie gebrochen, undeutlich. »Gerry – kannst du denn nicht mal ein bißchen an mich denken – kannst du diese Sache nicht sausen lassen – meinetwegen? Unseretwegen?«

Er schüttelte ihre Hand ab und sagte knapp zu Borg. »Und bleibt diesmal im Wagen – wenn ich ihn brauche, werde ich ihn ganz dringend brauchen.«

Borg sagte: »Okay. An der ersten Ecke vor dem Bumsladen.«

Kells ging zurück zum Taxi, stieg ein und sagte: »Fahren Sie mich runter zu Gardner, ungefähr einen halben Block auf der anderen Seite des Boulevards.«

Nummer achtundfünfzig grunzte zur Bestätigung und lenkte das Taxi in die enge Straße.

Kells schaute durch das Rückfenster nach hinten. Die Granquist stand bewegungslos mitten auf der Straße, ihre Silhouette hob sich im Schein einer Laterne hinten an der Ecke ab.

Es regnete jetzt heftiger, schwere Tropfen trommelten auf das Dach des Taxis. Nummer achtundfünfzig stellte den Scheibenwischer an, und die Blätter bewegten sich in weitem Bogen rhythmisch über die Frontscheibe.

Sie hielten im Schutz einer großen Palme an der Gartentür, und Kells stieg aus.

Nummer achtundfünfzig fragte: »Kann ich Ihnen sonst noch helfen, Mr. Kells?«

Kells schüttelte den Kopf. »Ich komm' schon zurecht.« Er wickelte zwei Scheine von dem Bündel in seiner Tasche und reichte sie dem kleinen Iren. Dann wandte er sich schnell ab und verschwand in der Dunkelheit zwischen zwei Häusern, hörte, wie Nummer achtundfünfzig ihm noch hinterherrief: »Besten Dank, Sir.«

Die Zufahrt mündete in eine kleine Garage; auf einer Seite war ein Gatter, das in eine Art enger Gasse führte. Kells durchschritt die Gasse und ging an einem ein Meter fünfzig hohen Lattenzaun entlang etwa dreißig Meter nach Norden. Dann kletterte er über den Zaun, überquerte eine unkrautüberwachsene Freifläche, die zur Rückseite des Gebäudes führte, in dem Ansels Spielclub untergebracht war.

Seine zwei Geschosse wirkten im Regen dunkel und abweisend; auf der hinteren Seite fiel kein Licht nach draußen, und die Seite, die Kells einsehen konnte, schien fensterlos. Es regnete inzwischen sehr heftig – er stellte seinen Mantelkragen hoch, zog die Krempe seines weichen Huts herunter.

Er glitt einmal im Matsch aus und wäre fast hingefallen. Als er sich aufrichtete und das Gleichgewicht wiederfand, wurde er plötzlich und mit einem scharfen Schmerz an sein verwundetes Bein erinnert. Es pochte darin stetig. Es war angeschwollen und fühlte sich heiß an.

Er ging nah an das Gebäude heran. Es war dort sehr dunkel, doch als er jetzt hochschaute, konnte er die vagen Umrisse einer Feuerleiter vor dem gelblichen Schein des Himmels erkennen. Er lächelte in der Dunkelheit vor sich hin, legte den Handrücken an seine Stirn. Sie fühlte sich heiß und trocken an.

Er tastete sich an der Gebäudewand vor, bis er unter dem freihängenden Ende der Feuerleiter stand. Sie lag etwa einen Meter außerhalb seiner Reichweite. Er ging den Weg, den er gekommen war, bis zum Lattenzaun zurück, ging weiter, bis er in der Ecke, die der Zaun und ein flacher Anbau bildeten, eine ziemlich stabile Packkiste fand. Er stellte sich darauf und stellte fest, daß sie sein Gewicht trug; er wuchtete sie auf eine Schulter und trug sie zurück in den Schatten des Gebäudes.

Auf der Kiste stehend, konnte er gerade die unterste Sprosse der Feuerleiter erreichen; er hängte sich vorsichtig daran. Sie quietschte nur leicht und ließ sich langsam herunterziehen.

Als die unterste Sprosse auf der Packkiste ruhte, kletterte er langsam und vorsichtig zum ersten Absatz hinauf. Er legte sich auf die Seite, hielt das freihängende Stück weg, so daß er es leise nachziehen konnte. Dann stand er auf.

Der zweite Ansatz lag auf gleicher Höhe mit zwei Fenstern. Eins war so dicht mit Brettern vernagelt, daß kein Licht hindurchfiel. Kells legte das Ohr an die Bretter, doch er hörte nur undeutliches Stimmengesumm. Das andere Fenster war von innen schwarz überstrichen worden, doch über eine der vier Scheiben verlief diagonal ein langer Kratzer. Er nahm seinen Hut ab und brachte seine Augen dicht an die Kratzspur.

Er blickte in ein Büro, das fast die ganze Breite des Gebäudes einnahm und von dem großen Saal oben durch eine Wand aus rohem, ungestrichenen Pinienbrettern abgeteilt war.

Die erste Person, die er erblickte, war eine Frau, die er noch nie gesehen hatte. Sie saß auf einem breiten Schreibtisch und unterhielt sich mit zwei Männern. Einer der Männer, der einen schlechtsitzenden Smoking trug, war ihm unbekannt – als der andere Mann sich umwandte, erkannte Kells Lieutenant Reilly. Reilly war schwer und formlos. Ein heller Fleck in einem seiner Augen verlieh seinem aufgedunsenen, geröteten Gesicht einen gerissenen, gemeinen Zug. In einer Hand hielt er ein hohes Glas Bier; er hob es an die Lippen und trank in tiefen Zügen.

Am Boden neben dem Schreibtisch standen zwei große Waschwannen mit Flaschenbier und Eisstücken.

Eine andere Frau in einem hellorangen Abendkleid kreuzte Kells' Blickfeld, beugte sich hinunter, nahm zwei Flaschen aus einer der Wannen, verschwand wieder.

Kells' Lippen formten das Wort »Party«. Er grinste.

Dann entdeckte er Ruth Perry. Sie saß an einer Wand des Raums auf einer schäbigen Couch, schwankte betrunken vor und zurück und sprach laut mit dem Mann, der neben ihr saß. Kells legte sein Ohr an die Scheibe, doch er konnte die Worte nicht deutlich hören.

Der Mann neben ihr war MacAlmon.

Dann öffnete sich die klobige Lattentür in der Mitte der gegenüberliegenden Wand, und zwei Männer kamen herein. In dem Moment, als die Tür offenstand, sah Kells ein Gewoge von Menschen um einen der Würfeltische in dem großen Spielsaal. Dann schloß sich die Tür; Kells betrachtete die beiden Männer.

Der eine war ein kurz geratener Mann mit langen Armen, an den sich Kells vage von irgendwoher erinnerte. Sein Gesicht war großflächig und platt und kindlich.

Der andere Mann war Jack Rose.

Die große Automatik glitt aus dem Halfter in Kells' Hand.

Roses langes, gebräuntes und gutaussehendes Gesicht war heiter; sein schmaler roter Mund war zu einem Lächeln verzogen. Er durchquerte den Raum und setzte sich neben Ruth Perry, sprach sie an MacAlmon vorbei an. Kells blickte nachdenklich die drei dunklen, schlüpfrigen Eisentreppen hinunter. Vom Hinunterschauen wurde ihm plötzlich schwindlig – er blinzelte, schüttelte heftig den Kopf, hielt sich mit einer Hand am Geländer fest. Einen Augenblick lang dachte er, daß ihm schlecht werden würde, doch das Gefühl ging vorüber. Ihm war sehr heiß, und er spürte den Regen schrecklich kalt auf seinem Kopf.

Dann blickte er wieder hoch auf die Tür. Da war eine große, gehobelte, zweimal vierzöllige Platte in der Mitte, die sich auf zwei Eisenschienen rechts und links der Tür zur Seite schieben ließ.

Während er weiter beobachtete, gingen die Frau und Reilly und der andere Mann, den er zuerst gesehen hatte, mit ihren Gläsern in der Hand aus dem Raum. Es blieben jetzt noch – nach seiner ungefähren Schätzung – sechs oder sieben Personen. Rose, Ruth Perry, Mac Almon und der stämmige kleine Mann, der mit Rose hereingekommen war, die Frau in dem orangen Abendkleid; und dann vielleicht noch zwei oder drei weitere Leute, die er aus diesem Blickwinkel nicht hatte sehen können.

Er schaute auf die Holzstreben zwischen den vier Fensterscheiben, ertastete ihre Stärke mit den Fingern. Dann richtete er sich auf, stemmte sich ans Geländer, legte die Sicherung seiner Automatik um, drückte einen Fuß gegen das Holzkreuz und legte plötzlich das ganze Gewicht in seinen Tritt. Das Holz gab mit einem kleinen Splittergeräusch nach, Glasscherben regneten auf den Boden. Kells stolperte über die Unterkante des Fensterrahmens und wäre fast gestürzt. Er konnte seinen Fall verhindern, indem er sich schnell an der Oberkante festhielt, und er spürte, wie ein langer scharfer Glassplitter in das Fleisch seiner Hand schnitt. Er hielt die Automatik tief und setzte einen Fuß langsam drinnen auf den Boden.

Die Frau in dem orangen Kleid sah aus, als würde sie gleich losschreien, der Mann neben ihr packte sie jäh grob am Arm – sie legte ihre freie Hand vor den Mund und blieb still.

Rose war aufgestanden; eine Hand hielt er hinter dem Rücken. Kells riß mit wildem Schwung die Automatik hoch – langsam hob Rose die Hände. Ruth Perry und MacAlmon saßen noch immer auf der Couch. Der kleine Mann stand mit dem Rücken zu Kells neben ihnen, starrte Kells über die Schulter an. Auch der kleine Mann und MacAlmon hoben langsam die Hände.

Kells ging, das Gesicht den anderen zugewandt, im Sidestep wie ein Boxer zur Tür, legte den Riegel vor. Durch die Wand drang Lärm vom Saal herein, und er überlegte, ob das Krachen des Fensters im Saal vielleicht zu hören gewesen war.

Ruth Perry glotzte Kells blöde an. Sie stammelte: »Sag ma' – was iss'n hier los?«

MacAlmon nahm eine Hand herunter, legte sie ihr über den Mund und sagte: »Halt die Klappe.« MacAlmon war totenbleich.

Kells blickte auf den anderen Mann – den, den er noch nie gesehen hatte, den Begleiter der Frau im orangen Kleid. Auch er hob die Hände, doch sehr viel schneller als die anderen Männer.

Jemand hämmerte an die Tür, und eine Stimme rief: »Was ist da drinnen los?«

Kells schaute Rose an. Die Automatik lag fest in seiner Hand, zielte genau auf Roses Brust.

Rose blickte auf die Waffe, schluckte.

MacAlmon rief zurück: »Nichts . . .«

Rose schluckte wieder. Er lächelte schwach, leckte sich über die Lippen. »Wir treiben nur Spielchen.«

Von draußen ertönte Gelächter – das eines Mannes und das einer Frau. Die Stimme fragte: »Ihr spielt wohl stille Post . . .«

Die Frau in dem orangen Kleid kicherte. Dann verdrehte sie die Augen und glitt schlaff zu Boden.

Ruth Perry stieß MacAlmons Hand beiseite, erhob sich. Sie schwankte, starrte betrunken auf Kells; sie schüttelte mit einem heftigen Ruck den Kopf, torkelte heran, sagte: »Na, da schlag doch einer lang hin – es is' Gerry – der gute alte Hundesohn Gerry. Komm, laß uns was trinken.« Sie beugte sich über eine der Wannen, fiel fast hinein.

Kells stand mit dem Rücken zur Tür. Sein Gesicht war blutig, und aus dem Schnitt in seiner linken Hand tropfte Blut. Er zog ein Taschentuch aus seinem Mantel, drückte es an sein Gesicht.

Er sagte: »Wir machen einen Spaziergang, Jakie.«

Rose bewegte leicht die Schultern, nickte zaghaft.

Ruth Perry verlor das Gleichgewicht, fiel der Länge nach zu Boden. Sie setzte sich langsam auf und lehnte sich an die Wand.

Kells starrte Rose an. Seine Augen waren hell und kalt, und seine Mundwinkel waren kaum merklich nach oben verzogen. Er sagte: »Komm hier rüber.«

Rose kam langsam durch den Raum. Als er dicht genug heran war, legte ihm Kells plötzlich die linke Hand auf die Schulter, riß ihn herum, fuhr mit der Hand nach unten und zerrte eine kleinkalibrige Automatik aus Roses Hüfttasche.

Kells sagte: »Wir gehen jetzt hier raus. Du gehst ein Stück vor mir auf der rechten Seite. Falls wir irgendwelchen Ärger bekommen, oder falls einer dieser Gentlemen« – er nickte mit dem Kopf zu MacAlmon, dem kurz geratenen Mann und dem anderen Mann – »vergessen sollten, ganz ruhig sitzen zu bleiben, schieße ich euch die Eingeweide raus.«

Er schob den Riegel zurück, zog den Schlüssel der Tür. »Kapiert?«

Rose nickte.

Ruth Perry kam taumelnd auf die Beine. Sie hatte sich einen der Eisstößel gegriffen, der neben einer der Waschwannen gelegen hatte; sie schwenkte ihn in Kells' Richtung. Sie sagte: »Geh nicht, Gerry – is' so 'ne tolle Party.« Sie torkelte auf unsicheren Beinen auf ihn zu.

Kells ließ Roses Waffe in seine linke Manteltasche gleiten, verlagerte seine eigene Automatik in die linke Hand und schob Ruth Perry sacht mit der anderen weg.

Plötzlich schlüpfte sie unter seinem ausgestreckten Arm durch, richtete sich auf und stieß ihre rechte Hand in einem weiten Bogen hart in seinen Rücken. Der Eisstößel bohrte sich tief zwischen seine Schulterblätter.

5

Kells blieb etwa fünf Sekunden stocksteif stehen. Dann beugte er den Kopf langsam abwärts, schaute zu ihr hinunter.

Rose drehte sich halb herum, und Kells stieß ihm die Automatik plötzlich mit brutaler Kraft in die Seite. Rose hob die Hände ein Stück höher, senkte langsam den Kopf.

Ruth Perry hatte beide Arme um Kells geschlungen. Ihre Hand hatte den Griff des Eisstöckels losgelassen, sie hatte die Arme um seine Hüften gelegt und ihr Gesicht an seine Schulter gepreßt. Die Finger seiner rechten Hand packten ihr Haar und rissen ihren Kopf zurück. Sie öffnete flackernd die Lider und schaute hoch in sein Gesicht; sie war blaß, ihre Lippen waren fahl. Dann öffnete sich ihr Mund, sie warf den Kopf zurück gegen seine Hand und lachte.

Er lächelte leicht, zog seine Hand aus ihrem Haar, löste ihren Arm langsam von seiner Schulter. Er legte ihr die Hand vor die Brust und stieß sie sacht von sich. Sie taumelte zurück an die Wand und sank langsam zu Boden; sie blieb lachend liegen, und das einzige Geräusch, das zu hören war, waren ihr Gelächter und das leise Stimmengesumm von draußen.

Kells führte die rechte Hand an seinen Rücken, zog den Eisstöckel zur Hälfte heraus. Er schwankte, mußte sich einen Augenblick an die Tür lehnen und zog dann das restliche Stück mit einem Ruck heraus. Der Eisstößel fiel, bohrte sich mit zitterndem Griff in den Boden.

Er richtete sich wieder auf, öffnete die Tür einen Spalt, steckte die Automatik in seine große Manteltasche und sagte: »Gehen wir.«

Rose nahm die Hände herunter. Er öffnete die Tür ganz und ging aus dem Raum. Kells folgte ihm, schloß die Tür, sagte: »Warte eine Sekunde.«

Rose drehte sich halb herum, blickte hinunter auf Kells' Manteltasche. Der Lauf der Automatik beulte den Stoff aus. Kells beobachtete Rose scharf, stieß die Tür schnell mit der linken Hand zu.

Gemeinsam gingen sie durch den langen Saal; Rose ein Stück rechts, immer einen Schritt voran.

Es waren vielleicht dreißig oder fünfunddreißig Personen – meistens Männer – im Saal; die meisten von ihnen umstanden die beiden Würfeltische. Ein paar andere tranken an zwei kleinen, mit grünem Tuch bespannten Tischen.

Die Beleuchtung war so, wie Kells sie in Erinnerung hatte: die Lampenschirme, zwei Halbkugeln mit starken Birnen über den großen Tischen, die die hintere Hälfte des großen Raums ausleuchteten. Der vordere Teil des Saals – zur Straße hin – war nur schwach beleuchtet, in Halbdunkel gehüllt, und in den Ecken war es stockfinster.

Kells sagte aus dem Mundwinkel: »Rede mit mir, Jakie.«

Rose wandte den Kopf, und sein Mund verzog sich zu einem schrecklich gezwungenen Grinsen. Seine Augen waren angstgeweitet. »Worüber soll ich reden?«

Einige Leute wandten sich um und schauten ihnen nach.

Kells sagte: »Übers Wetter – und geh ein bißchen schneller.«

Dann krachte etwas an die verschlossene Tür hinter ihnen. Im selben Augenblick entdeckte Kells Reilly. Er hatte sich von einem der kleineren Tische erhoben und starrte Rose an.

Er sagte: »Jake – was zum Teufel ...«

Als er Kells erblickte, fuhr seine Hand zu seiner Hüfte.

Kells gab zwei Schüsse durch seine Manteltasche ab.

Reilly preßte langsam beide Hände mitten auf seine Brust. Er setzte sich auf die Tischkante, glitt langsam hinunter, als seine Knie nachgaben, stürzte nach hinten, halb unter den Tisch.

Eine andere Waffe bellte auf, und Kells spürte, wie das Schulterpolster seines Mantels sich anhob und riß; er spürte einen heißen Stich in seinem Oberarm.

Rose rannte hastig im Zickzack zum anderen Ende des Saals.

Kells verfolgte ihn, taumelte, wäre beinahe gefallen. Er riß die große Automatik aus der Tasche, schwenkte sie in Roses Richtung, dann öffnete sich die Tür vor Rose, und jemand kam herein. Kells konnte nicht erkennen, wer es war; er taumelte hinter Rose her, hielt dann plötzlich inne, als Rose stehenblieb.

Aus der Dunkelheit heraus sagte Borg: »Saubere Sache.«

Kells' Revolver bellte auf, und fast gleichzeitig flammte es gelb aus dem Dunkel neben der Tür auf, und es gab einen scharfen Knall.

Rose hatte die Hände hoch in die Luft erhoben. Er drehte sich um sich selbst, als wären seine Hände an der Decke aufgehängt, dann stürzte er in die Knie und fiel langsam vornüber.

Kells ging mit schnellen Schritten zu ihm, drückte ihm den Lauf der Automatik an den Hinterkopf und feuerte dreimal. Haßerfüllt murmelte er: »Mit den besten Empfehlungen von Flo Beery«, richtete sich dann auf und beobachtete, wie Rose der Länge nach hinschlug und sein Gesicht über den Boden schrammte.

Er drehte sich um, um einen Blick in die hintere Hälfte des Saals zu werfen, und genau in diesem Augenblick gingen die zwei starken Lampen aus, und es wurde stockfinster.

Borgs Stimme flüsterte neben ihm: »O Junge, Junge. War das nicht ein prächtiger Einfall, daß ich draußen in dem kleinen Vorraum das Licht abgedreht habe – wir hätten beim Rausgehen wunderbare Zielscheiben abgegeben, wenn ich's nicht getan hätte.«

Borg führte ihn zur Tür, und sie gingen durch den kleinen Vorraum hinaus in die Dunkelheit. Kells stolperte über etwas Weiches am Boden. Borg sagte: »Ich mußte dem Türsteher eins überziehen – er wollte mich nicht reinlassen.«

Borg riß die schwere Außentür mit Schwung auf, und sie traten hinaus auf die Vortreppe.

Ungefähr auf halbem Weg nach unten streckte Kells plötzlich die Hand aus und griff haltsuchend nach dem Geländer – er hielt sich nur noch auf einem Bein, krachte gegen die Wand. Er sank in die Knie, das Geländer noch immer fest umklammernd.

Borg schob die Hände unter Kells' Arme, verschränkte sie fest vor seiner Brust, versuchte ihn hochzuheben.

Kells murmelte etwas, das sich anhörte wie: »Warte, nur eine Minute.« Er hustete.

Borg löste seine Hände vom Geländer, zerrte ihn halb, trug ihn halb das restliche Stück die Treppe hinunter.

Es regnete sehr heftig.

6

Kells richtete sich plötzlich auf, stieß Borg weg, sagte: »Ich bin in Ordnung.« Dann lehnte er sich an die Mauer und hustete, und sein Husten war ein rauhes, reißendes Geräusch, das tief aus seinem Inneren aufstieg. Er stand nur da und hustete schrecklich, bis Borg ihn wegzerrte, ihn in den Wagen schob, der an den Bordstein gefahren war.

Die Granquist saß am Steuer. Sie sagte sarkastisch: »Na also – mein Held«, als hätte sie vorgehabt, genau das zu sagen, als hätte sie sich schon seit langem gewünscht, ihm das zu sagen.

Kells' Kopf sackte an ihre Schulter. Um seinen Mund war Blut, und seine Augen waren geschlossen. Borg stieg hinter ihm ein und warf die Tür zu.

Die Granquist warf plötzlich die Arme um Kells und drückte seinen Kopf an ihre Schulter. Ihre Augen waren groß, vor Entsetzen geweitet; ihre Zähne hatten sich in die Unterlippe gegraben – fast schrie sie heraus: »Gerry – Liebling –, um Gottes willen, sag etwas!«

Borg schaute durchs Seitenfenster zurück unter den dunklen Baldachin, der zur Vordertreppe führte.

Er sagte: »Verschwinden wir hier.«

Kells hob den Kopf und schlug die Augen auf. Er ruderte mit den Armen, deutete zu dem Wagen auf der anderen Straßenseite – dem Wagen, dem sie von Larsons Haus gefolgt waren.

Borg sagte: »Wir haben nicht mehr die Zeit, noch alle zu erledigen – übrigens haben die jede Menge Autos.« Er langte nach vorn, schüttelte die Granquist, rief: »Nun fahr schon los!«

Sie schaute mit stumpfen Blick hoch, zog dann ihren linken Arm mechanisch zurück und umklammerte das Lenkrad. Sie ließ die Kupplung kommen, und das große Coupé löste sich vom Bordstein.

»Schleichen wir uns die Gardner runter.« Borg machte die Innenbeleuchtung an, zog Kells' Mantel und Anzugjacke von seiner Schulter, riß sein Hemd auf und betrachtete die Wunde auf seinem linken Oberarm. »Nur ein Kratzer«, sagte er. Dann schaute er durch das Rückfenster und fuhr fort: »Jetzt hier nach rechts – nein – die übernächste. Da sind zuviel Schlaglöcher.«

Die Granquist saß über das Lenkrad gebeugt, starrte angespannt durch die regenverschmierte Frontscheibe. Sie riß ihren Kopf zu Kells herum, fragte: »Warum hustet er Blut?« Sie sprach mit leiser, gepreßter, atemloser Stimme.

Borg zuckte die Achseln und untersuchte Kells weiter.

Wieder warf er einen Blick durchs Rückfenster, sagte: »Da kommen Sie – jetzt hol' alles aus dem Wagen raus.«

Sie jagten um die Ecke, der Wagen schoß voran, der Motor heulte, brüllte auf. Als Borg zurückschaute, waren die Scheinwerfer des sie verfolgenden Wagen fast drei Seitenstraßen hinter ihnen.

Er hatte Kells nach vorn geschoben und untersuchte seinen Rücken. Er sagte: »Er blutet wie ein angestochenes Schwein aus einem winzigen Loch im Rücken. Was meinen Sie, woher das stammt?«

Kells richtete sich plötzlich auf, setzte sich aufrecht und zwängte sich in seine Jacke. Er schaute zur Granquist, lächelte schwach, hob eine Hand und rieb sich damit über das Gesicht. Er sagte: »Schätze, ich bin bewußtlos geworden – wohin fahren wir?«

»Zu einem Arzt.«

Kells sagte: »Seid nicht albern. Wir fahren nach Norden – und das ganz schnell.« Wieder mußte er husten, zog ein Taschentuch heraus und hielt es sich an den Mund.

Borg sagte bedächtig: »Ich dachte, nach Süden – na ja, ich schätze, im Raten bin ich lausig.«

»Ich hab' dem Taxifahrer, der uns verraten hat, erzählt, es geht nach Norden – wahrscheinlich gehen die davon aus, daß wir uns nach Süden wenden, zur Grenze.« Kells sprach rauh, mit einem merkwürdig belegten Lispeln. Er beugte sich vor, und wieder schüttelte ihn ein Hustenanfall.

Die Granquist zog den Wagen nach rechts, bog um die nächste Ecke.

Borg schaute zurück. Einige Wohnblocks weiter sagte er: »Ich glaube, wir haben sie abgehängt.«

Kells setzte sich wieder auf, als die Granquist nach Osten auf den Sunset Boulevard bog. Er sagte: »Die andere Richtung, Baby – die andere Richtung.«

»Wir suchen für dich einen Arzt.« Sie weinte jetzt fast.

Kells streckte beide Hände vor und zog mit aller Kraft die Handbremse. Der Wagen kam ins Schleudern, drehte sich halb um die eigene Achse, blieb stehen. Kells sagte müde: »Du fährst, Dicker.« Er schaute zur Granquist und fuhr geduldig fort: »Hör zu, unsere Chancen stehen eins zu hundert, hier rauszukommen. Jeder Funkwagen und jede Verkehrsstreife im Bezirk hält jetzt nach uns Ausschau . . .«

Borg hatte die Tür aufgerissen und war hinausgesprungen. Er rannte um den Wagen herum, öffnete die Fahrertür und stieg ein. Die Granquist und Kells rutschten auf dem Sitz hinüber, um ihr Platz zu machen.

Dann, noch bevor Borg die Tür zuwerfen konnte, kam auf Borgs

Seite ein Wagen auf sie zugerast – ein Auto ohne Licht. Gelborange Flammen zuckten auf, als es scharf auswich, um einen Zusammenstoß mit ihnen zu vermeiden – Borg sackte langsam über das Lenkrad, rutschte auf die Seite, stürzte durch die offene Tür auf die Straße. Der Wagen war zu schnell gefahren, um noch abbremsen zu können – er fuhr bis zur nächsten Ecke weiter, verlangsamte. Aus seinem Rückfenster flammten Blitze; die Frontscheibe barst, überschüttete Kells und die Granquist mit einem Scherbenregen.

Kells bewegte sich sehr schnell. Er kroch über die Granquist hinweg, schlug die Tür zu, löste die Handbremse und jagte, im zweiten Gang anfahrend, nach Westen, noch bevor der andere Wagen gewendet hatte. Er legte den höchsten Gang ein und trat das Gaspedal durch.

Die Granquist war in ihrem Sitz zusammengesunken.

Kells warf ihr einen Seitenblick zu, fragte: »Bist du in Ordnung, Baby?«

»Hmm.« Sie drängte sich an ihn.

Sie kamen mit mehr als hundert Stundenkilometern auf dem Sunset Boulevard heraus, jagten weiter durch Beverly Hills hinaus auf den Beverly Boulevard. An der Küste wandten sie sich nach Norden. Auf einem Streckenstück von etwa einem Kilometer wurde die Straße ausgebessert; Kells ging auf sechzig herunter.

Die Granquist hatte derweil durch das Rückfenster geschaut und kein Anzeichen des anderen Wagens entdecken können. Sie war dicht an Kells herangerückt, und ihr Arm umschlang seine Schultern. Ihre Augen waren weit und erregt.

Immer wieder sagte sie: »Vielleicht schaffen wir es, Liebling – vielleicht schaffen wir es.«

Wieder fing Kells an zu husten – die Granquist hielt das Lenkrad, während er sich an die Tür lehnen mußte, schrecklich hustete, als würde ihm die Lunge reißen.

Durch die zerbrochene Frontscheibe schlug Regen in den Wagen.

Kells nahm wieder das Steuer, sagte mit ersticktem Flüstern: »Ich besorg' mir einen Arzt in Ventura – falls wir durchkommen.« Er trat das Gaspedal durch, bis die Nadel des Tachos wieder um hundert Stundenkilometer zitterte.

Es waren nur wenige Autos auf der Straße.

Ein kurzes Stück hinter dem Topanga Canyon schaltete Kells in den Leerlauf, ließ den Wagen ausrollen und zog die Handbremse.

Er sagte: »Ich glaube, du fährst jetzt besser ...«

Die Granquist half ihm dabei, auf den Beifahrersitz hinüberzurutschen, kroch über ihn hinweg ans Steuer – sie fuhren weiter.

Kells lehnte sich zurück in die Ecke und blieb stumm.

Als sie sich der Brücke südlich von Malibu näherten, verlangsamte die Granquist etwas. Mitten auf der Straße schwenkte jemand eine rote Laterne. Dann trat sie das Gaspedal hart durch, brach scharf nach links aus, schoß vorbei an einem Wagen, der quer über die Straße gestellt war.

Als sie kurze Zeit später zurückblickte, entdeckte sie seine Lichter hinter ihnen, trat das Gaspedal bis zum Boden durch.

Die Straße wurde jetzt sehr kurvenreich. Die Granquist mußte sich weit über das Lenkrad vorbeugen – der Regen schlug ihr heftig ins Gesicht; gegen den Fahrtwind und den Regen hatten sich ihre Augen zu Schlitzen verengt.

Man hörte das schwache Geräusch eines Schusses, dann eines zweiten, dann ein metallisches Aufschlagen, als sich hinter ihnen irgendwo eine Kugel in die Karosserie bohrte.

Kells schlug die Augen auf, wandte sich um, um zurückzuschauen. Er grinste der Granquist zu, und sein Gesicht war weißer, als sie es jemals gesehen hatte. Er blickte nach vorn, sagte aufmunternd: »Gib's ihm. Hol alles aus ihm raus, Baby.« Dann langte er in die Tasche, zog die große Automatik heraus. Er zerschlug die Rückscheibe mit dem Knauf der Waffe, stützte dann den Lauf auf seinen Unterarm, zielte, schoß.

Er sagte: »Daneben«, und fluchte leise.

Er feuerte wieder, und als das Auto hinter ihnen mit wilden Schlingerbewegungen von der Straße abkam und stehenblieb, sagte er mit tonlosem Lachen: »Volltreffer.«

Sie kamen an zwei Autos vorbei, die in die andere Richtung fuhren. Zurückblickend sah Kells, wie eines von ihnen anhielt und wendete. Dann legten sie sich in eine Kurve, und er konnte das andere Auto nicht mehr sehen.

Er warf einen Blick auf den Tacho. »Du mußt ein bißchen zulegen. Ich glaube, der, der uns auf den Fersen sitzt, ist ein ganz Schneller.«

Sie sagte: »Die Kurven . . .«

»Ich weiß, Baby – du machst das wunderbar. Nur ein bißchen schneller.« Er lächelte.

Die Granquist fragte: »Was macht dein Husten?«

»Prächtig – ich spüre gar nichts mehr.« Er klopfte sich auf die Brust. »Ich fühl' mich schon viel besser.«

Sie riß sich zusammen und mußte hart auf die Bremse treten, als sie sich in eine scharfe Kurve legten.

»Im Seitenfach ist eine Literflasche Bourbon. Wir haben sie bei Jake in seiner komischen Spelunke bekommen . . .«

Kells sagte: »Mein Gott! Warum hast du mir das nicht schon früher gesagt?« Er griff nach der Flasche.

»Ich habe es vergessen . . .«

Plötzlich riß sie scharf das Steuer herum, schrie zwischen zusammengebissenen Zähnen auf.

Kells spürte noch, wie sie rutschten, schleuderten; er schaute nach draußen, voran in nächtliche Schwärze. Sie schwebten jetzt frei in der Luft, stürzten trudelnd in die Finsternis; es gab ein schleifendes, reißendes, krachendes Geräusch. Fallen. Schwärze.

7

Von irgendwo kam ein kleines Licht. Da war eine Stimme.

Kells bewegte den Arm ein paar Zentimeter, seine Finger gruben sich tief in den Schlamm. Dann schlug ihm der Regen hart und kalt ins Gesicht.

Die Stimme kam von irgendwo über ihm, verlangte mehr Licht.

»Ich kann nicht weiter runtersteigen«, sagte sie. »Wir brauchen dringend mehr Licht.«

Kells versuchte sich auf die Seite zu rollen. Auf seinen Beinen lag etwas Schweres. Er konnte sich nicht bewegen, konnte sie nicht spüren, doch es gelang ihm, seinen Körper ein Stück zu drehen, und er schlug die Augen auf. Es war stockdunkel.

Er drehte seinen Körper auf die andere Seite und sah den dünnen Strahl einer Taschenlampe hoch über sich in der Dunkelheit. Der Regen wirkte im Schein der Lampe wie Schnee.

Er drückte sich langsam hoch, stützte sich auf einen Ellbogen, entdeckte ein kleines Stück weiter etwas Weißes. Irgendwie bekam er seine Beine von dem scharfen schwarzen Metall frei, in das sie eingeklemmt gewesen waren. Und schmerzhaft langsam kroch er auf das Weiße zu.

Das Weiße war die Granquist. Sie war tot.

Kells blieb eine Weile auf dem Bauch im Schlamm liegen. Sein Gesicht war dem Gesicht der Granquist ganz nahe.

Er konnte nicht denken. Er spürte nur den entsetzlichen, wühlenden

Schmerz in seinem Körper; nach einer Weile auch Angst. Er schaute hoch zu dem Lichtstrahl, und eine Welle der Panik erfaßte ihn plötzlich, krampfte ihm das Herz zusammen. Er wollte in die Dunkelheit, weg von dem Licht. Er wollte Dunkelheit, mehr als alles andere.

Er küßte die kalten Lippen der Granquist, wandte sich ab und kroch durch den Schlamm, weg von dem Licht, weg von den Stimmen.

Er wollte im Dunkel allein sein; er flehte darum, daß das Licht verschwinden solle.

Er flüsterte immer und immer wieder in sich hinein: »Geh weg, bitte.«

Der Boden war schroff; große, scharfkantige Felsen ragten aus dem Schlamm, und überall hatte der Regen kleine Rinnsale gebildet.

Nach einer Weile hielt er inne, drehte sich um, schaute zurück, und jetzt konnte er das Licht nicht mehr sehen. Trotzdem kroch er weiter, schleppte seinen zerschmetterten Körper über den zerklüfteten Boden.

Im Schutz eines steil abfallenden Felsens hielt er inne, sank nach vorn, nach unten.

Dort hauchte er kurze Zeit später sein Leben aus.